Mordsmäßig verstrickt

LOUISA MANUS ZWEITER FALL

Saskia Louis

Erstausgabe Oktober 2017

© 2016 dp DIGITAL PUBLISHERS GmbH

Made in Stuttgart with ♥
Alle Rechte vorbehalten

Mordsmäßig verstrickt

ISBN 978-3-96087-077-7
E-Book-ISBN 978-3-96087-076-0

Umschlaggestaltung:
Christin Peulecke
Unter Verwendung von Abbildungen von
© Pezibear/pixabay.com
Lektorat:
Janina Klinck

Das Werk darf – auch teilweise – nur mit Genehmigung des Verlages wiedergegeben werden.

Sämtliche Personen und Ereignisse dieses Werks sind frei erfunden. Etwaige Ähnlichkeiten mit real existierenden Personen, ob lebend oder tot, wären rein zufällig

Über die Autorin

Saskia Louis kam 1993 in Herdecke mit einer Menge Fantasie zur Welt, die sie seit der vierten Klasse nutzt, um Geschichten zu schreiben. Zusammen mit ihren zwei älteren Brüdern wuchs sie in der Kleinstadt Hattingen auf, doch über die Jahre hat sie ihr Zuhause in unterhaltsamer Frauenliteratur und Fantasy gefunden.

Sie ist überzeugt davon, dass Kuchen zwar nicht alle, aber doch die meisten Probleme lösen kann und glaubt, dass Tagträumen eine unterschätzte Profession ist.

Heute studiert sie Medienmanagement in Köln, gestaltet Beiträge für den Bürgerfunk, schreibt Songs und wünscht sich, dass Menschen mehr singen als schimpfen würden. Ihr größter Traum ist es, den Soundtrack zur Verfilmung eines ihrer Bücher zu schreiben.

*Für Papa, weil er mehr sieht als
nur einen Traum.*

Kapitel 1

Ein spitzer Schrei ließ mich zusammenfahren. Ich fiel so eilig von meinem Schreibtischstuhl auf den Boden, damit ich unter dem massiven Holztisch hindurchkrabbeln konnte, dass ich einige Blätter und meinen Taschenrechner mitriss.

Hastig rappelte ich mich wieder hoch und stieß die Tür zum Verkaufsraum auf. Mit einem lauten Krachen knallte sie gegen die dahinterliegenden Kühlschränke, in denen ich fertige Blumensträuße aufbewahre.

„Was ist passiert? Ich bin bewaffnet!" Meine leeren Hände straften mich Lügen, aber falls jemand Trudi, meine siebzigjährige Verkaufshilfe, angriff, wurde er zumindest abgelenkt.

Doch als ich in den Raum sah, stand da kein Mann mit schwarzer Skimaske über dem Kopf und auch kein Skinhead mit einem Klappmesser. Stattdessen beäugte mich ein junger, leicht verwirrter Paketbote, während meine kleine Schwester die Augen in meine Richtung verdrehte.

„Herrgott, Lou! Du hast uns vielleicht erschreckt."

Ich hatte *sie* erschreckt? Wenn jetzt noch ein Vogel gegen die Fensterscheibe klatschte, würde ich an einem Herzinfarkt verrecken! „Emily Manu, du kannst hier nicht herumschreien, als ob der Typ aus Psycho auf dich losgehen würde!", fuhr ich sie an. „Ich war kurz davor, die Polizei zu rufen."

Um ehrlich zu sein, hatte ich nicht einmal eine Zehntelsekunde daran gedacht, die Polizei anzurufen. Was vielleicht nicht für meinen gesunden Menschenverstand sprach, da ich gegen einen Einbrecher oder Räuber in etwa so viel hätte ausrichten können wie eine Fliege gegen eine Spinne. Eine Fruchtfliege.

Emily, körperlich zwei, seelisch zehn Jahre jünger als ich, sah mich mitleidig an. „Du bist eine solche Spielverderberin, seitdem du den Finger gefunden hast."

„Es war ein Menschenfinger. Da habe ich wohl das Recht ..."

Meine Schwester ahmte mit ihrer Hand einen plappernden Mund nach. „Willst du das jetzt ewig als Grund dafür nehmen, dass du ein Angsthase bist?"

Ewig? „Es ist drei Monate her."

„Du sagst es. Drei *lange* Monate. Wir haben ein neues Jahr. Und dieses Jahr hast du noch keinen Finger gefunden, also beruhige dich und lass dir ein paar Eierstöcke wachsen."

Sie wandte sich von mir ab und riss dem Boten das Paket aus der Hand, der sich etwas peinlich berührt die Falten seiner ungebügelten, schwarz-gelben Uniform glatt strich. Erfolglos.

„Wo muss ich unterschreiben?", fragte Emily und reichte das Paket an Trudi weiter, die hinter der Theke stand. Sie zog es enthusiastisch an sich und wurde vor Aufregung ganz rot.

Der junge Mann warf mir einen ängstlichen Blick zu, zeigte Emily jedoch trotz meines düsteren Blickes, wo sie die Paketannahme bestätigen sollte.

Ich verschränkte die Arme vor der Brust, ließ sie aber nach einigen Momenten wieder sinken. Vielleicht hatte sie ja recht. Seitdem ich vor knapp drei Monaten einen abgehackten Finger im Sperrmüll gefunden hatte und eine Woche später beinahe von einer durchgeknallten Irren mit einem Messer erstochen worden war, war ich etwas empfindlich, wenn Menschen anfingen zu schreien. Aber … Moment.

Ich starrte auf meine Schwester und dann auf den Paketboten.

Wieso war Emilys Paket hierher geschickt worden? Pakete wurden nicht zu meinem Laden geschickt. Nur die Blumenbestellungen und …

„Emmi, hast du wieder meinen Amazon-Account gehackt?"

Meine kleine Schwester hob eine Schulter an und gab dem Mann den Stift zurück. „Wenn du nicht willst, dass man ihn benutzt, solltest du dein Passwort in etwas anderes als 123Schokolade ändern."

„Du bist kriminell! Darf ich dich daran erinnern, dass du im Moment überhaupt nur hier bist, weil du deine Schulden bei mir abarbeiten musst?"

„Ja – und wieso habe ich diese Schulden wohl?"

„Weil du nicht mit Geld umgehen kannst?", schlug ich vor.

Sie verdrehte die Augen. „Nein. Weil du mir meine Bildung verwehren wolltest."

Ich schnaubte. „Anziehsachen sind keine Bildung."

„Da würde Karl Lagerfeld etwas anderes sagen."

„Du *bist* aber nicht Karl Lagerfeld!"

„Vielleicht will ich ja Karl Lagerfeld werden! Das weißt du doch gar nicht."

Ich warf die Hände in die Luft. „Nach drei Minuten mit einer Nähmaschine hättest du wahrscheinlich dein Ohr an einen Rock getackert!"

„Darf ich gehen?"

Abrupt sahen wir beide auf.

Der Paketbote stand immer noch in der Mitte des Raumes, das blasse Gesicht angespannt, die Schultern nach oben gezogen, sodass sein aschblondes Haar sie streifte.

Ich warf ihm einen wütenden Blick zu, was ihn dazu veranlasste, aus der Tür zu fliehen. Irgendwie hatte ich diesen Effekt auf Männer.

Emily ging um den Verkaufstresen herum und holte ein Cuttermesser aus einer der Schubladen hervor, um sich an das Paket zu machen.

„Emily", seufzte ich und rieb mir mit der flachen Hand über die Stirn, „du kannst mich nicht dauernd bestehlen."

„Dann ruf doch deinen Polizisten an und lass mich verhaften."

Das würde ich ja gerne, nur ... redete ich im Moment nicht mit ihm.

Ich öffnete den Mund und schloss ihn Sekunden später wieder, um ihn dann verkniffen zusammenzupressen.

Emily schnaubte. „Ich sag es dir ja nur ungern, aber gerade erinnerst du mich sehr an Mama. Wenn jetzt noch die Ader auf deiner Stirn anfängt zu pochen ..."

„Ich habe dir frische Kekse auf den Schreibtisch gestellt!", warf Trudi ein, die genau wusste, dass das Gespräch nur noch bergab gehen konnte, wenn Emily mich mit unserer Mutter verglich. „Du siehst aus, als könntest du Zucker gebrauchen. Mein Günter hat immer gesagt, dass ein Keks in jeder Lebenslage hilft."

Und schon lief sie in mein Büro, um *Hilfe* zu holen.

Trudi war Witwe, unglaubliche Bäckerin und die unfähigste Angestellte, die man sich vorstellen konnte. Sie konnte Pflanzen mit nur einem Blick zum Verwelken bringen, was angesichts der Tatsache, dass ich einen Blumenladen führte, nicht immer von Vorteil war.

Sie war siebzig, vergesslich, hatte stahlgraue Locken, die bei jedem ihrer Schritte wippten, und war grundsätzlich der Meinung, dass alte Leute sagen durften, was sie wollten. Ganz einfach aus dem Grund, dass das Leben zu kurz war, um es nicht zu tun. Ich hätte sie eigentlich nie einstellen dürfen, aber ... hatte ich erwähnt, dass sie eine unglaubliche Bäckerin war?

Es war wirtschaftlich gesehen vielleicht nicht ganz ratsam, Backkünste über berufliche Kompetenz zu stellen, aber falsch konnte es auch nicht sein. Nicht, wenn es bedeutete, dass ich jeden Tag die Kekse essen konnte, von denen Trudi mir gerade einen in den Mund schob.

Karamell-Nuss. Ich konnte es nicht beweisen, aber ich war mir ziemlich sicher, dass diese Kekse den Weltfrieden herbeiführen könnten.

Trudi bot auch Emily ein Plätzchen an, doch die schüttelte nur den Kopf. „Nein, danke. Ich sollte auf meine Linie achten. Ich sehe ja, was sonst in zwei Jahren aus mir wird."

Mit den Wimpern klimpernd warf sie mir einen Blick zu.

Weltfrieden vorbei.

Ich schnappte nach Luft, hatte aber leider noch Keksstückchen im Mund. Ich verschluckte mich und musste mich röchelnd über den Verkaufstresen legen, um wieder zu Atem zu kommen. Emily störte sich nicht daran, sondern schlüpfte aus ihren Winterstiefeln, um die High Heels, die aus dem Paket zum Vorschein gekommen waren, anzuprobieren. Sie waren orange – passend zu ihrer derzeitigen Haarfarbe.

„Da habe ich eine gute Investition getätigt", sagte sie selbstzufrieden und bewunderte ihre Füße.

„Meinst du nicht eher, dass *ich* eine gute Investition getätigt habe?", hustete ich.

„Oh ja. Stimmt. Danke dafür! Trudi, was sagst du? Kann ich mir so einen reichen Ehemann angeln?"

Ich stöhnte und hielt es für besser, wieder zurück in mein Büro zu gehen. Ich liebte Emily, wirklich, aber das hielt mich nicht davon ab, ihr regelmäßig mit dem Griff einer Gartenschere etwas Verantwortungsbewusstsein in den Kopf klopfen zu wollen. Mit ihren fünfundzwanzig Jahren war ihr Berufswunsch immer noch Prinzessin. Wenn das mit der Prinzessin nicht klappte, hielt sie sich eine Option als It-Girl offen. Eigentlich studierte sie Ethnologie – oder tat so, als würde sie Ethnologie studieren, die Uni besuchte sie zumindest fast nie. Wirklich begabt schien sie allerdings nur darin, mich zur Weißglut zu bringen. Aber hey! Wenigstens diese Fähigkeit verfolgte sie mit regem Interesse.

Kopfschüttelnd drehte ich ihr und Trudi den Rücken zu. Meine Angestellte war gerade dabei, Emily zu erzählen, welche reichen Junggesellen Köln zu bieten hatte und das nahm ich als Anlass dazu, die Tür hinter mir zu schließen.

Mein Handy vibrierte, ich zog es aus der Hosentasche und lugte auf das Display. Eine SMS von Rispo.

Plötzlich wollte ich die Gartenschere gerne für *meinen* Kopf benutzen. Eine andere Lösung dafür, wie ich ihn aus meinem Kopf bekommen sollte, sah ich zurzeit nicht.

Joshua Rispo. Wenn ich seinen Namen nur las, wollte ich laut aufstöhnen. Vor Lust und vor Verärgerung.

Rispo war wie eine Schokotorte. Ich wollte ihn, wusste aber gleichzeitig, dass er schlecht für mich war und große Veränderungen meines Körpers herbeiführen könnte.

Er arbeitete bei der Kripo, hatte dunkle Augen, die nach Sünde schrien, ebenso dunkle Haare, die meine Hand in ihre Richtung zucken ließen – und ein Mundwerk, das meine Hand ebenfalls in seine Richtung lockte. Allerdings in Form einer Faust.

Seitdem ich mich vor drei Monaten in die Polizeiarbeit eingemischt hatte, beinahe von einer Verrückten getötet und von ihm mit einer Ohrfeige aus meiner Ohnmacht geweckt worden war, hatte er einen nicht unerheblichen Teil meiner Gedanken eingenommen.

Im Moment war ich auf diesen Teil jedoch ziemlich wütend.

Ich öffnete die Nachricht.
Du gehst nicht ans Telefon. Bist du sauer?
Jetzt wusste ich auch, warum er ein so guter Kommissar war. Seine Spürnase war unschlagbar.
Ich rede nicht mit dir, tippte ich zurück und drückte auf »Senden«.
Es dauerte nur ein paar Sekunden, bis die Rücknachricht kam.
Warum nicht?
Aus offensichtlichen Gründen!
Frau-offensichtlich?
Offensichtlich-offensichtlich!
Aha. Und wann redest du dann wieder mit mir?
Sobald ich drüber hinweg gekommen bin, dass du ein Blödmann bist.
Kurze Stille.
Ich habe keine Ahnung, was los ist.
Ich schob das Handy in die Tasche.
Er hatte keine Ahnung, was los war! Im Duden hinter dem Wort ‚Mann' sollte *Geschöpfe, die keine Ahnung haben, leider aber zur Erhaltung der menschlichen Rasse benötigt werden* stehen.
Ich ließ mich auf die Knie sinken, krabbelte unter dem Schreibtisch durch, der zu beiden Seiten die Wand berührte, und hob meinen Taschenrechner auf. Ich würde Emilys Schulden berechnen. Wenn das so weiterging, hatte ich für den Rest meines Lebens eine kostenlose Angestellte.
Eine Stunde und tausend Keks-Kalorien später war es kurz nach eins und Emilys Schuhe schienen sich selbst abbezahlt zu haben. Wie gut, dass das Geld in meine Kasse ging.

Ihre Verkaufsstrategie war simpel: Brust raus, Hüfte geneigt, viel kichern und sehr viel mit den Wimpern klimpern. Die Männer kauften wie verrückt – solange ihre Freundin nicht neben ihnen stand. Mann, wieso hatte *ich* noch nie versucht, mich für meine Blumen zu prostituieren?

Aber andererseits hatte ich auch keine 90-60-90-Maße. Ich war zufrieden mit meinem Körper, obwohl Emily schon recht hatte ... Trudis Kekse taten mir nicht unbedingt gut.

Ich sollte Sport machen. Morgen. Oder nächste Woche.

Sollte man mit Sport nicht immer an einem Montag anfangen? Heute war Mittwoch, das konnte nicht gut sein. Außerdem hatte ich gelesen, dass man mit drastischen lebendverändernden Maßnahmen nicht bei Vollmond anfangen sollte. Sport wäre eine drastische Veränderung und ich war mir ziemlich sicher, dass der Mond heute Abend zumindest fast voll sein würde.

Alles sprach gegen Sport und für Kekse.

Es war nicht meine Schuld! Ich hatte es wirklich versucht.

Ich nahm mir noch einen und beobachtete Emily dabei, wie sie einem Mann gerade erklärte, dass eine einzelne Rose keine Frau beeindrucken würde, sondern dass er schon mindestens ein Dutzend nehmen müsse, um nicht geizig zu wirken.

„Sie wäre erstklassig darin, einen reichen Ehemann zu finden", bemerkte Trudi fachmännisch und ließ etwas in den Eimer Wasser mit Schnittblumen fallen.

„Sie soll aber keinen reichen Ehemann finden", erinnerte ich sie. „Sie soll ihren Ehrgeiz und dann einen Job finden."

„Also, für mich hat das mit dem Ehemann wunderbar funktioniert", widersprach sie, während ich wieder hörte, wie etwas auf den Grund der Vase fiel. „Aber das Arbeitsleben ist auch ganz spannend. Obwohl mir die Beerdigungen nicht mehr so gefallen. Am Anfang war es ja noch aufregend, aber seit du mir verboten hast, darauf zu wetten, wer als erstes anfängt zu weinen, hat es seinen Reiz verloren."

Für mich war der Reiz, Trudi auf Beerdigungen mitzunehmen, auch verloren gegangen. Zumindest seitdem sie den katholischen Pastor gefragt hatte, ob er Sex sehr vermisse oder ob er einfach nie welchen gehabt hätte. Ich war überrascht gewesen, dass sie nicht auf der Stelle von einem Blitz getroffen worden war. Wenn es einen Gott gab, dann hatte er offensichtlich Humor.

Wieder ertönte ein Ploppen und verwirrt sah ich Trudi dabei zu, wie sie erneut etwas in die Vase warf. „Trudi, was lässt du da in die Vase fallen?"

„Geld!"

Ich blinzelte. „Trudi ... das ist eine Blumenvase und kein Wunschbrunnen."

Ihre Hand hielt inne und sie sah auf. Ihr Gesicht hatte so viele Falten, dass es mich in den Fingern juckte, mit dem Bügeleisen darüberzugehen.

„Kai hat mir gezeigt, wie ich mit dem Internet umgehen muss und Herr Google hat mir gesagt, dass Kupfermünzen dafür sorgen, dass Schnittblumen länger leben."

Kai war ihr Sohn und Herr Google ihr neuer bester Freund. Es lohnte sich nicht, ihr zu erklären, dass Google keine Person, sondern nur eine Suchmaschine war.

„Herr Google hat keine Ahnung", stellte ich fest, nahm die Schnittblumen aus dem Wasser und griff in die Vase, um die Münzen wieder herauszufischen. „Das ist ein Mythos. Die Münzen können gar nicht genug Kupferionen abgeben, um auch nur die geringste Wirkung zu erzielen." Ich selbst hatte in der dritten Klasse ein zweiwöchiges Experiment durchgeführt, das diese These bestätigte. Ich legte die Cent-Stücke wieder vor Trudi auf den Tresen. „Behalt dein hart verdientes Geld."

Empört schüttelte Trudi den Kopf. Ihre grauen Locken wippten mit. „Ich werde eine Beschwerde bei Herrn Google einreichen, dafür, dass er falsche Informationen abgibt. Ich will Schadensersatz."

Ich schmunzelte. Wenn das Internet Schadensersatz für falsche Informationen leisten müsste, dann wäre es längst bankrott. „Das brauchst du nicht", erklärte ich Trudi und tätschelte ihre Schulter. „Ich bin sicher, seine Scham darüber, dass er dich verwirrt hat, ist Strafe genug."

Sie nickte, wenn auch ein wenig nachdenklich. Doch als Sekunden später das Telefon klingelte, hatte sie ihren Enthusiasmus schon wiedergefunden.

„Ich mach das", sagte sie stolz und hob ab. „Hallo, hier bei Louisa's ..." Sie hielt inne.

„... Flower Power", half ich ihr nach und deutete auf den Schriftzug über meiner Brust.

Sie nickte. „Das wusste ich. Hier bei Louisa's Flower Power, was kann ich für Sie tun? Oh, Kai! Ich habe gerade über dich geredet."

Ich sollte sie wirklich dazu zwingen, das T-Shirt mit dem Logo und dem Schriftzug zu tragen. Wenn sie schon den Namen immer vergaß.

Bis jetzt schien ich allerdings die Einzige zu sein, die die Arbeitsuniform trug. Trudi „verlegte" sie andauernd oder „wusch sie zu heiß", während Emily mir ins Gesicht gesagt hatte, dass sie nichts tragen würde, dessen Ausschnitt bis zum Hals ging und hellgrün war. Mir war schleierhaft, wie sie Orange in ihren Haaren okay, aber Hellgrün auf der Brust verwerflich finden konnte.

Mein Handy vibrierte und als ich das Display anschaltete, war da wieder eine Nachricht von Rispo.

Weiß immer noch nicht, was los ist. Bist du jetzt absichtlich kompliziert?

Ich verdrehte die Augen, schrieb aber nicht zurück. Ich war nicht seine Freundin, somit also keineswegs dazu verpflichtet, ihm aufzuschreiben, was genau er falsch gemacht hatte.

Meine Güte, wie konnte er das nicht wissen? Er war Polizist, verdammt! Sollte er da Hinweise nicht vernünftig deuten können?

Trudi hatte aufgelegt und wischte die nassen Cent-Stücke an ihrer Kleidung ab, bevor sie mich anlächelte. „Lou, tust du einer alten Frau einen Gefallen?"

„Ich würde auch einer jungen Frau einen Gefallen tun."

„Nun, ich sehe vielleicht noch so aus, bin aber keine junge Frau mehr."

Ich betrachtete Trudis Haut, die schon vor sehr langer Zeit aufgehört hatte, gegen die Erdanziehungskraft anzukämpfen. Vielleicht sollte ich diese Aussage einfach unkommentiert lassen.

„Um was geht es, Trudi?"

„Würdest du zu Kai rüber in den Laden gehen und mir meine Medikamente holen?"

Verdutzt sah ich sie an. „Ich wusste nicht, dass du Medikamente nimmst."

„Ach", sie machte eine wegwerfende Handbewegung, „es sind nur ganz kleine Pillen für Herz, Blutdruck, Schilddrüse und Nieren. Ich würde sie ja gar nicht nehmen, wenn der Arzt nicht darauf bestehen würde. Ich brauch sie auch nur dreimal am Tag. Also kein Grund zur Sorge."

„Trudi!"

„Also, holst du sie? Es sind nur zwanzig Minuten Fußweg. Wenn du zurückkommst, kann ich die Erdnussbutterplätzchen servieren!"

Ich sah mich im Ladenraum um und rang die Hände. Der Kontrollfreak in mir hatte ein großes Problem mit Trudis Vorschlag. „Ah, ich weiß nicht, vielleicht sollte ich lieber Emily schicken ..."

Ich liebte sie beide, Trudi und Emily, war mir jedoch bewusst, dass keine von ihnen wissen würde, wie man ein Feuer löschte, aber beide sehr wohl dazu in der Lage waren, eines zu verursachen.

Trudi rümpfte die Nase und sah zur Tür, zu der gerade ein weiterer – männlicher – Kunde hereinkam.

„Hmh", machte sie und zog die Arme in die weiten Ärmel ihrer grellgelben Tunika zurück. „Also, es ist dein Laden und du bist das Finanzgenie, aber ... mein gesunder Menschenverstand sagt mir, dass du dir einen Batzen Geld durch die Lappen gehen lässt, wenn du Emily wegschickst."

Leider gab mir mein gesunder Menschenverstand dieselbe Auskunft. Die Entscheidung zwischen Geld und Kontrolle war komplex, aber dennoch leicht gefällt.

„Schön", seufzte ich und griff unter die Verkaufstheke, um meinen Wintermantel überzuwerfen. „Aber ihr zwei solltet wirklich eure T-Shirts tragen. Wenn ich gehe, sieht es nämlich so aus, als würde niemand hier arbeiten."

„Danke! Und natürlich!", flötete Trudi. „Ich ziehe es morgen an."

Mhm, genau.

Es war eisig kalt draußen. In Köln schneite es nicht. Nie. Ab und an kam eine Mischung aus Smog, Eis und Regen vom Himmel und immer, wenn das passierte, brach das komplette Verkehrssystem zusammen. Heute strahlte die Sonne und ließ die Kondenswölkchen, die ich ausatmete, im Licht glitzern. Ich zog die Jacke enger um meine Schultern und lief die Prinzstraße hinunter, in Richtung des Doms.

Kai, Trudis Sohn, hatte eine Zoohandlung in der Innenstadt. Ich hatte bis jetzt nur zweimal die Ehre gehabt, ihn zu treffen, aber dabei immer denselben Eindruck bekommen: Er war der liebenswerteste Mann, den es gab. Er war Anfang vierzig, hatte bereits angegrautes Haar, also das, was davon übrig war, und trug sein Herz auf der Handfläche. Das schien er von Trudi geerbt zu haben. Ich war noch nie in seiner Zoohandlung gewesen, aber schon öfters an ihr vorbeigegangen. Ich war stolze Eigentümerin eines Katers, aber Twinkys Bedürfnisse ließen sich nicht in einer Zoohandlung stillen. Er hielt sich für einen Hund, liebte Kaffee und bräuchte eigentlich dringend einen Tierpsychologen. Aber wer hatte das Geld für so etwas? Und wer war so bescheuert?

Mein Handy klingelte und ich rechnete schon fast damit, dass es Rispo war, der wissen wollte, was los sei, doch ein Bild meiner Mutter zierte das Display.

Ich seufzte. Ich brachte meiner Mutter gemischte Gefühle entgegen. Ich bewunderte sie für ihre Direktheit und liebte sie dafür, dass sie … meine Mutter war. Es fiel mir jedoch manchmal schwer, ihre Sichtweise nachzuvollziehen. Noch schwerer fiel es mir, sie nicht täglich daran zu erinnern, dass sie mein Leben nichts anging und ich mit siebenundzwanzig noch längst keine Angst davor haben musste, mein Uterus würde in Rente gehen.

Manchmal hatte ich das Gefühl, dass sie dachte, ich sei wie eine Backmischung. Ganz hübsch und praktisch, aber man musste mir noch ein paar Zutaten hinzufügen, bevor man mich in den Ofen – also in ein Hochzeitskleid – stecken konnte. Was genau das für Zutaten waren, hatte sie mir noch nicht erläutert. Ich fürchtete aber, dass eine davon Disziplin und eine andere Vernunft war. Beides Eigenschaften, die ich – stolz – nicht mein Eigen nannte.

Das Telefon klingelte weiter und weil ich keine Ausrede hatte, nicht dranzugehen, hob ich ab.

„Ja?"

„Wieso meldest du dich nicht mit deinem Namen, Louisa? Woher soll ich wissen, wer am anderen Ende abhebt?"

Ich stöhnte. Da hatte ich meinen Grund. „Du hast mich doch angerufen, oder nicht? Wer sollte sonst abheben?"

„Aber ich hätte sonst wer sein können."

„Mama, kennst du das Prinzip der Anruferkennung?"

„Du wusstest also, dass ich es bin?"

„Ja."

Stille. Dann: „Warum hast du dich dann nicht höflicher gemeldet? Findest du nicht, dass man seiner Mutter mit ein wenig mehr Respekt begegnen sollte?"

Ich schlug mir mit der flachen Hand gegen die Stirn. Wieder wäre mir eine Gartenschere von Nutzen gewesen. Ich sollte anfangen, sie in meiner Handtasche mitzuführen. So viel effektiver als zum Beispiel Pfefferspray. Wobei es ein Hammer wahrscheinlich auch tun würde.

„Entschuldigt, Eure Mutterheit. Das nächste Mal werde ich mit meinen goldenen Handschuhen und einem abgespreizten kleinen Finger abheben und Euch mit ‚*Ein herzliches Hallo, Euer Hochwohlgeboren*' begrüßen."

Ich hörte, wie meine Mutter pikiert hustete. „Jetzt machst du dich über mich lustig. Ich weiß auch nicht, woher du diese schlechte Angewohnheit hast, immer so sarkastisch zu sein. Das muss Franks Einfluss gewesen sein. Sarkasmus ist die unterste Schublade des Humors."

Ja, aber ich war klein und konnte diese Schublade am einfachsten erreichen!

„Mama", sagte ich, mich zur Ruhe zwingend, „gibt es einen Grund für deinen Anruf oder wolltest du einfach nur deine allgemeine Unzufriedenheit mit mir zum Ausdruck bringen?"

„Es gibt einen Grund. Und jetzt sei nicht so dramatisch – ich bin sogar sehr zufrieden mit dir. Du führst ein tolles Leben. Ich wünschte nur, du würdest dieses Leben endlich mit einem angemessenen Mann teilen ..."

Dieser ‚angemessene Mann' war bis vor kurzem noch ein Zahnarzt namens Malte gewesen. Ich hätte es allerdings nicht übers Herz gebracht, meine Kinder Karius und Baktus zu nennen und hatte deswegen leider Schluss machen müssen.

„Ich teile eben nicht gerne", stellte ich trocken fest. „Ich will den Keks namens Leben ganz für mich allein – und jetzt den Grund, bitte?"

„Schön." Meine Mutter seufzte schwer und im Hintergrund konnte ich ein schabendes Geräusch hören. So als würde jemand Stein über den Boden schleifen. Wo war meine Mutter? In einer Bergbaumine? „Ich wollte dir einen Job vermitteln. Die Tochter einer engen Freundin aus meinem Club heiratet am Samstag und ihr ist im letzten Moment die Floristin abgesprungen. Sie ist völlig aufgelöst und da habe ich dich empfohlen."

„Oh, danke."

Das war nett. Samstag war etwas kurzfristig und ich könnte auf keine Lieferung warten, sondern müsste selbst zum Blumenmarkt fahren, aber ... Moment.

Meine Überraschung darüber, dass meine Mutter mich empfohlen hatte, wurde von einer Portion Misstrauen gedämpft.

„Ich würde den Auftrag übernehmen", erklärte ich, „wenn du mir den Haken nennst."

„Was für einen Haken?"

„Das frage ich dich."

Meine Mutter liebte mich, keine Frage, aber man konnte davon ausgehen, dass sie bei jeder ihrer Nettigkeiten einen kleinen Hintergedanken hatte.

Irgendetwas schepperte im Hintergrund und man konnte jemanden lachen und dann fluchen hören. Die Geräusche wurden leiser, als würde meine Mutter sich von ihnen wegbewegen, schließlich sagte sie: „Schön. Dafür, dass ich dir den Auftrag besorgt habe, hätte ich gerne, dass du mich dorthin begleitest."

Ich runzelte die Stirn. „Das ist alles? Du willst, dass ich mit dir auf eine Hochzeit gehe?" Das würde ich hinbekommen. Ich war andauernd auf Hochzeiten. Die Frau, die die Blumen brachte, war zwar meistens nicht eingeladen, aber das hielt mich nicht davon ab, trotzdem der Zeremonie beizuwohnen. Es war romantisch und wenn ich schon keine Zeit hatte, um Liebesromane zu lesen, dann brauchte ich wenigstens das.

„Das ist alles. Ich kenne dort kaum jemanden und möchte nicht alleine gehen."

„Okay. Kein Problem, ich komme mit. Hast du der Braut meine Telefonnummer gegeben?"

„Nein, ich sagte, du meldest dich. Ich schicke dir ihre Nummer als SMS." Erneut krachte etwas. „Ich muss Schluss machen, melde dich bei ihr."

Verwirrt blieb ich stehen. „Wo bist du, Mama?"

„Ach, nirgendwo! Wir sehen uns Samstag."

Und schon hatte sie aufgelegt.

Äußerst ominös. Meine Mutter war eine Lady – wenn Papa es erlaubt hätte, hätte sie es auf ihr Klingelschild gedruckt – und verbrachte ihre Zeit nicht an Orten, an denen laute, dreckige Dinge geschahen.

Schön, ich konnte nicht mit Sicherheit sagen, dass der Ort, an dem sie sich aufgehalten hatte, dreckig gewesen war, aber es hatte sich so angehört.

Egal – ich hatte keine Zeit, weiter darüber nachzudenken. Trudis Medikamente warteten. Ich steckte das Handy weg, versuchte meine halbgefrorene Hand in meiner Tasche aufzuwärmen, und nach wenigen Minuten tauchte Kais Laden vor mir auf.

Zoo&Kunz befand sich in einer unbefahrenen Seitenstraße und lag zwischen einem Lotto-Toto-Geschäft und dem Café L'Amour, dessen Fassade ein Fuck-Cops-Graffiti zierte.

Ja, das würde ich ja gerne! Aber mein Cop war im Moment ein Blödmann. Und ich hatte es mir zur Regel gemacht, nicht mit Blödmännern zu schlafen!

Na gut: Kein *zweites* Mal mit Blödmännern zu schlafen.

Ich beschleunigte meinen Schritt, öffnete die Tür und trat erleichtert in die Wärme des Geschäftes.

Der Geruch von Tier, Chlor, Mist und Parfüm schlug mir entgegen. Keine angenehme Mischung. Eher der Geruch, gegen den Aspirin erfunden wurde. Das Parfüm kam bestimmt von dem jungen Mädchen mit den blondierten Haaren, das an der Kasse saß – eine riesige rosa Kaugummiblase vor ihrem Mund. Die anderen

Gerüche konnte man keinem bestimmten Ursprung mehr zuordnen.

Der Ladenraum war von Tierschreien, dem elektrischen Brummen, das die Aquarien von sich gaben, und dem Surren der Neonlampen über meinem Kopf erfüllt. Überall stapelten sich Terrarien, Aquarien und Käfige. Neben dem Eingang waren Glasvitrinen aufgebaut, in denen zehntausend Zwerghamster zu schlafen schienen.

Ich drückte mich an den Glaskästen vorbei, quietschte einmal kurz auf, als mein Blick auf eine riesige weiße Schlange fiel, und lief dann zur Kasse.

Die Kassiererin ließ ihre Blase platzen und hob eine dünne nachgemalte Augenbraue. „Ja?"

Was meine Mutter wohl zu einer derartigen Begrüßung gesagt hätte?

„Hallo", sagte ich lächelnd, denn ich war nicht meine Mutter. „Ist Kai hier irgendwo?"

Sie sah sich im Ladenraum um. „Keine Ahnung. Muss wohl."

Was für eine nette, hilfreiche junge Dame. „Würdest du ihn vielleicht für mich ausrufen lassen?"

„Nee", sie schüttelte den Kopf, „sowas wie eine Freisprechanlage haben wir hier nicht. Aber jetzt, wo Sie's sagen: Ich hab ihn schon länger nicht mehr gesehen. Er wird wohl hinten bei den Ladeflächen sein. Gehen Sie einfach mal geradeaus hier durch." Sie deutete in eine vage Richtung. „Die Tür ist nie abgeschlossen."

Ich nickte, bedankte mich und lief dann durch den engen Gang, den sie mir angedeutet hatte.

Bartagamen, Spinnen, Schlangen – lauter Reptilien und Krabbelvieh. Mir lief es kalt den Rücken hinunter.

Ich war wirklich kein Fan von Geschöpfen mit weniger als zwei und mehr als vier Beinen. Ich war dazu in der Lage, Spinnen zu töten, aber das auch nur, wenn ich die ganze Zeit „Oh Gott, oh Gott, oh Gott" kiekste und danach zehnmal meine Hände wusch. Ich verstand, dass die Welt Spinnen brauchte, um sich von Mücken und anderen Plagegeistern zu säubern, begriff aber nicht, warum sie acht Augen und acht Beine haben mussten. Mir doch egal, dass das die Glückszahl in China war. Acht war einfach zu viel.

Ich erreichte die graue Tür, auf der *Nur für Personal* stand, ignorierte den Schriftzug und trat hindurch. Kälte schlug mir entgegen und wider Erwarten befand sich kein Zimmer hinter der Tür. Ich war in eine offene Lagerhalle, eine Art halb überdachten Hof, getreten, die an die Straße hinter den Geschäften grenzte. Straße und Halle wurden nur von einem schmiedeeisernen Tor getrennt.

Ein Laster stand vor der Rampe auf der ich mich befand und Kisten reihten sich zu meinen Seiten auf, es war jedoch kein menschliches Lebenszeichen zu entdecken.

„Hallo?", rief ich. „Kai?"

Jemand japste und fluchte und ich folgte dem Geräusch. Es schien hinter dem Laster hervorzukommen.

„Kai?", fragte ich unsicher und bog um die Ecke.

Nur der Umstand, dass ich zu schockiert war und meine Füße durch die Kälte am Boden festgefroren zu sein schienen, hielt mich davon ab, auf der Stelle hintenüberzukippen und in Ohnmacht zu fallen.

Ein Mann in gelb-schwarzer Uniform lag bewegungslos auf dem Boden. Er war barfuß, seine Augen starrten leer in den Himmel und sein Haar, das sicherlich mal blond gewesen war, klebte in roten verklumpten Strähnen zusammen. Eine dicke, lange pinke Nadel steckte in seinem Hals, aus dem kontinuierlich Blut pulsierte und den Boden benetzte. Doch das war nicht die einzige Nadel. Es gab noch eine zweite – und die hatte Kai in der Hand. Er hockte neben dem Mann und war weiß wie eine Wand. Seine Hände und sein helles Hemd waren blutverschmiert.

Ein dicker Kloß bildete sich in meinem Hals und ich musste würgen. Die Übelkeit, die in meinen Magen floss, ließ mich taumeln.

Kai musste mich gehört haben, denn er sah augenblicklich auf, ließ die Nadel fallen und hob beide Hände in die Höhe.

„Ich schwör, ich war's nicht."

Kapitel 2

Atmen.

Ich musste atmen. Hilfe holen. Vielleicht wegrennen?

„Ich habe nichts getan", stotterte Kai, richtete sich auf und wich vor dem Körper zurück.

Der Leiche. Es war mit großer Wahrscheinlichkeit eine Leiche. Magensäure stieg mir in den Hals, konnte sich jedoch nicht an dem Kloß dort vorbeikämpfen, und hastig wandte ich mein Gesicht ab, um mir den Mann nicht länger ansehen zu müssen. Diese schwarz-gelbe Uniform und die aschblonden Haare ... ich war mir ziemlich sicher, dass es sich bei dem Mann um den Paketboten von heute Morgen handelte.

„Verdammt, verdammt, verdammt ...", murmelte ich, gegen die Ohnmacht ankämpfend.

„Ich habe nichts getan!", wiederholte Kai. „Ich habe ihn gefunden und wollte die Blutung stoppen, habe aber glaub ich alles nur noch schlimmer gemacht, als ich die Nadel herausgezogen habe!"

Seine Worte waren so nah aneinandergedrängt, dass es mir schwerfiel, ihn zu verstehen. Aber ich verspürte auch nicht das Bedürfnis, vor ihm wegzulaufen. Abgesehen davon, dass meine Beine Wackelpudding waren und ich mich wunderte, dass ich noch stand: Kai war kein Mörder.

„Ist er ... ist er tot?", würgte ich hervor, eine Hand vor meine Augen schlagend. Je weniger ich sah, desto niedriger war die Wahrscheinlichkeit, dass ich mich doch noch übergab.

„Er hat keinen Puls mehr."

Das hieß dann wohl Ja. Kein Grund jetzt noch einen Krankenwagen zu rufen.

Ich tat es trotzdem.

Meine Hände zitterten so heftig, dass ich mehrere Anläufe brauchte, doch schließlich war der Wagen auf dem Weg. Ich stand immer noch mit dem Rücken zur Leiche, denn wenn ich mich jetzt noch einmal umdrehte, hätte ich den Kampf gegen meinen Magen sicher innerhalb der nächsten Sekunden verloren und würde in Ohnmacht gefallen – wahrscheinlich mitten in mein Erbrochenes. Eigentlich sollte ich stolz auf mich sein, wenn man bedachte, wie oft ich gebrochen hatte, als ich den abgetrennten Finger gefunden hatte!

„Louisa, glaubst du mir? Du musst mir glauben!"

Was ich tun musste, war die Polizei rufen.

Ich holte zitternd Luft und beugte mich nach vorne, den Kopf auf meine Knie pressend. Eigentlich war ich Fan davon, die Verantwortung zu übernehmen. Aber doch nicht bei so was! Mich schüttelnd öffnete ich die Augen, richtete mich wieder auf und wählte die nächste Nummer.

„Lou?"

„Rispo", keuchte ich außer Atem, während kleine weiße Punkte vor meinen Augen tanzten. „Du musst kommen! Wir haben hier ... eine Situation."

„Ich dachte, du redest nicht mehr mit mir."

Ich gab ein hohes hysterisches Lachen von mir. „Im Moment rede ich ja auch nicht mit Josh, dem Menschen, sondern mit Rispo, dem Cop!"

„Ich weiß nicht, ob es mir gefällt, dass du soeben impliziert hast, dass ich als Polizist kein Mensch bin."

„Josh!", schrie ich, die Panik war jetzt deutlich in meiner Stimme zu hören. „Ich stehe neben einer beschissenen Leiche, hier ist überall Blut, mein Kreislauf winkt mir zu und möchte sich verabschieden, und wenn ich Pech habe, dann hockt neben mir ein Mörder ..."

„Ich habe nichts getan!", schrie Kai.

Ich holte zitternd Luft und versuchte mich zu beruhigen.

„Josh, kannst du *bitte* sofort kommen?"

Der Krankenwagen erreichte uns noch vor der Polizei, doch wie ich bereits vermutet hatte, gab es nichts mehr, was man für den Paketboten hätte tun können. Kai saß auf dem Boden, starrte apathisch auf die Leiche und hatte die blutigen Hände auf seine Beine gelegt.

Mir ging es nicht viel besser, doch hingesetzt hatte ich mich nicht – aus Angst, ich könnte dann womöglich nicht mehr aufstehen. Zwei Minuten nachdem die Sanitäter uns erreicht hatten, bog ein Streifenwagen in die Einfahrt, von der ich das Tor geöffnet hatte, dicht gefolgt von einem schwarzen Audi. Rispos Wagen.

Zwei Uniformierte stiegen aus, Josh kam in Zivil. Ich war so erleichtert, ihn zu sehen, dass ich das erste Mal seit den vergangenen zehn Minuten das Gefühl hatte, mein Körper nähme tatsächlich Sauerstoff auf. Jetzt würde alles gut werden.

Er warf kurz einen Blick auf die Leiche, nickte zu dem auf dem Boden kauernden Kai, dem sich die zwei Uniformierten sofort annahmen, und schlenderte dann zu mir. Er legte mir sanft die Hände auf die Schultern, strich mit seinen Fingern über meine Wangen, über meinen Kopf, so als wolle er sichergehen, dass ich keine Beule oder sonstige Verletzungen davongetragen hatte. Schließlich seufzte er lang und leise, bevor er mir in die Augen sah. „Geht es dir gut?"

Ich sah ihn an, blinzelte – und brach in Tränen aus.

„Ah, Mist", murmelte er und im nächsten Moment hatte er mich in seine Arme gezogen. „Alles gut, Louisa. Nichts passiert."

Alles gut? Wie konnte er das sagen? Dem Paketboten ging es offenbar *nicht* gut!

„Da war so viel Blut", flüsterte ich durch meine Tränen hindurch, die nach und nach sein Hemd durchnässten, das er unter einem offenen Parka trug. „Ich ... hasse Blut."

„Ich weiß", murmelte er und strich mir beruhigend mit der Hand über den Rücken, meine Nase an seinem Schlüsselbein. Er roch gut. Nach Wald und Vanille und Rispo.

Was mich daran erinnerte, dass ich verdammt noch mal sauer auf ihn war – und das zu Recht.

Außerdem waren wir nicht zusammen, und überhaupt sollte ich mich mal zusammenreißen. Ich war eine starke Frau! Ich hatte mich nicht übergeben! Ich brauchte keinen Mann, der mich festhielt! Was ich wollte, stand in diesem Moment jedoch auf einer ganz anderen Karte geschrieben.

Ich schniefte ein letztes Mal, entwand mich seinem Griff und wischte mir die Tränen mit meinem Jackenärmel weg. Dann streckte ich meinen Rücken durch. „Okay. Es geht wieder. Ich hatte heute einfach noch nicht genug Kekse, um einen toten Mann zu finden."

Ein Mundwinkel von Rispo hob sich. „Das wird es sein. Jetzt weiß ich auch, warum auf der Wache immer Kekse herumstehen."

Ich hickste und nickte. „Ja. Die sind für die Polizisten mit schwachem Magen."

„Rispo, willst du dir das mal ansehen?", rief jemand hinter mir und Josh warf einen Blick über meine Schulter.

Er nahm mich bei der Hand, zog mich zu seinem Auto, setzte mich auf den Beifahrersitz und strich mir sacht mit einem Finger über die Stirn.

„Ich muss mir das kurz angucken. Bleib hier sitzen und mach die Augen zu", sagte er vorsichtig, bevor er die Tür schloss.

Ich blieb sitzen, aber die Augen machte ich nicht zu. Es war warm im Wagen, und wenn ich mich im Sitz zurücklehnte, konnte ich die Leiche nicht sehen, aber immer noch die Uniformierten und Rispo dabei beobachten, wie sie um den Paketboten herum standen, sich hinhockten und sich unterhielten. Rispo hatte einen Block aus seiner hinteren Hosentasche gekramt und schrieb irgendetwas auf.

Ich blickte nach rechts und sah zu Kai, der auf der Rückbank des Polizeiwagens saß, die Augen aufgerissen, immer noch in Schockstarre.

Oh Gott, was würde Trudi sagen?

Ich glaubte nicht, dass Kai irgendetwas getan hatte, aber dennoch: Es gab da einige Dinge, die gegen ihn sprachen. Die Tatwaffe in seiner Hand zum Beispiel.

Fünf Minuten später fuhr der Streifenwagen ab und wurde von einem neuen Auto ersetzt. Vielleicht die Spurensicherung. Ich wusste es nicht. Ich hielt mein Handy immer noch umklammert und starrte aus der Windschutzscheibe zu Rispo, der mit den Neuankömmlingen sprach, in meine Richtung gestikulierte und schließlich auf mich zu kam, den Block zurück in seine Tasche steckend.

Jetzt musste ich doch etwas über das Armaturenbrett hinweg gucken, nur um zu sehen, was genau die Spurensicherung da tat. Doch es gab nur wenig zu erkennen. Die Leiche war zugedeckt worden, nur die nackten Füße schauten noch darunter hervor, während die Männer um sie herumhockten und ... irgendetwas machten. Da waren Pinsel und Besteck und Zeug, das ich glaubte, schon einmal beim Zahnarzt gesehen zu haben ...

Rispo öffnete die Fahrertür und sank hinters Steuer. Ich lehnte mich wieder zurück und schnallte mich an, doch Josh machte keine Anstalten, den Motor zu starten. Stattdessen sah er stur geradeaus, und an seinem Hals konnte ich eine Ader pochen sehen. Es sah aus, als müsse er sich zusammenreißen. Doch weswegen? Und um *was genau* nicht zu tun?

Nach ein paar weiteren schweigsamen Momenten schloss er die Augen, atmete tief durch und wandte sich mir zu. Wieder ganz der rationale, distanzierte Polizist.

„Was genau hast du gesehen, Lou?", fragte er. „Als du hier angekommen bist."

Ich erzählte es ihm, jedes Detail, an das ich mich erinnern konnte, während er aufmerksam zuhörte und nickte. Immer noch mit seinem Cop-Face.

Kühler Blick, sachliches Gesicht.

Ich hasste sein Cop-Face, denn es war größtenteils der Grund dafür, warum ich nie wusste, wie er sich fühlte.

Als ich geendet hatte, nickte er noch ein letztes Mal.

„Okay. Das wirst du gleich auf der Wache noch einmal wiederholen müssen."

Natürlich würde ich das. Ich kannte das Prozedere vom letzten Mal.

Rispo betrachtete mein Gesicht, streckte kurz seine Hand aus, um mir eine Haarsträhne hinters Ohr zu schieben und lächelte dann grimmig. „Du musst der Mensch mit dem größten Pech sein, den ich je getroffen habe."

Das glaubte ich so langsam auch. Ein abgeschnittener Finger und eine Leiche in ein bisschen weniger als drei Monaten. Das war kein schlechter Schnitt.

„Noch so einen Anruf von dir möchte ich definitiv nicht bekommen", lachte er trocken und fuhr sich mit der flachen Hand über Nase und Mund. Er sah erschöpft aus. „Was soll's", seufzte er. „Fahren wir zur

Wache. Je eher du deine Geschichte zu Protokoll gibst, desto eher kannst du nach Hause."

Er steckte den Zündschlüssel ins Schloss und startete den Motor.

Das war es schon von ihm?

„Willst du mich gar nicht fragen, ob mir sonst noch was aufgefallen ist?"

Er schaltete den Motor wieder aus und blickte mich ernst an. So, als hätte ich vorgeschlagen, selbst einmal eine Nadel in meinen Hals zu stecken.

„Nein", sagte er schlicht.

„Als ich den Finger gefunden habe, hast du mich gefragt, ob mir etwas aufgefallen ist."

„Das war eine andere Situation."

„Inwiefern anders?"

„Damals wusste ich noch nicht, dass du diese Frage mit der Aufforderung gleichsetzt, dich in polizeiliche Angelegenheiten einzumischen." Seine Augen verengten sich und waren jetzt schwarz wie Kohle. „Also, nein: Ich werde dich nicht fragen, ob dir etwas aufgefallen ist – damit du erst gar nicht auf die Idee kommst, dass der Fall in deiner Verantwortung liegen könnte.."

Ich räusperte mich. „Ich will ja nichts sagen, ..."

„Dann lass es."

„... aber das letzte Mal habe *ich* den Fall gelöst."

Entnervt ließ Rispo die Hand vom Lenkrad sinken, und obwohl ich es nicht für möglich gehalten hätte, verfinsterte sich seine Miene noch ein wenig mehr. „Das letzte Mal wärst du auch beinahe von einer Verrückten umgelegt worden – Wunsch, das zu wiederholen?"

Also, wenn er jetzt so fragte – nein. Aber das ganze Drumherum war irgendwie schon witzig gewesen. Das Befragen, die Rätsel ...

„Lou, mach, dass dein Gesicht sofort aufhört, so auszusehen."

Ich zuckte zusammen und kräuselte die Nase. „Vielen Dank auch."

„Tu nicht so." Sein Zeigefinger war auf besagtes Gesicht gerichtet. „Du hast gerade diesen Blick bekommen. Den, den du schon hattest, als du damals in das Haus der Pfennings gekommen bist."

Unschuldig legte ich eine Hand auf meine Brust. „Ich habe überhaupt keinen Blick", ... war aber geschmeichelt, dass Rispo dachte, er wisse noch, wie ich vor drei Monaten geguckt hatte.

„Dann sieh zu, dass das so bleibt!", knurrte er. „Du mischst dich nicht nochmal in Polizeiarbeit ein. Ist das klar?"

Ich hielt meine Lippen geschlossen.

„Lou?" Warnend beugte Rispo sich zu mir herunter, sein Atem warm auf meiner Haut. „Sag: Ich verspreche es."

Ich öffnete den Mund, schloss ihn wieder und schüttelte dann den Kopf. „Josh, das ist nicht so einfach, die Sache ist ..."

„Wenn du jetzt ‚persönlich' sagst, lass ich dich sofort in eine Zelle sperren."

Das konnte er nicht. Oder? „Nun ja, aber es *ist* persönlich. Er ist Trudis Sohn, und ich glaube, dass er unschuldig ist, und ..."

Rispo sank mit dem Kopf gegen das Lenkrad. „Ich diskutier das jetzt nicht mit dir. Du hältst dich raus, fertig. Trudis Sohn wird einen guten Anwalt bekommen und …"

„Du glaubst also, dass er schuldig ist?"

Ungläubig sah er mich an. „Du hast gesehen, wie er mit der Stricknadel über der Leiche hing!"

„Es waren Stricknadeln? Woher hatte er die Stricknadeln? Das macht keinen Sinn. Nein. Er ist unschuldig!"

Davon war ich überzeugt. Und das trotz Mordwaffe in seiner Hand. Das musste doch etwas Gutes bedeuten, oder?

„Lieber Gott im Himmel, gib mir Geduld …"

„Was denn?", verteidigte ich mich. „Du kannst nicht einfach davon ausgehen, dass er schuldig ist."

„Doch, das kann ich. Um genau zu sein, gibt meine Jobbeschreibung an, dass ich genau das kann. Ich bin offiziell der leitende Ermittler – du hingegen bist nicht der leitende Ermittler. Du bist eine Passantin, die zur falschen Zeit am falschen Ort war. Schon wieder. Du solltest zuhause bleiben und über Blumenarrangements nachdenken und dir nicht dein hübsches Köpfchen darüber zerbrechen, warum Menschen böse sind und böse Dinge tun. Und jetzt fahren wir."

Wieder wurde der Motor angeschmissen und Rispo fuhr rückwärts die Einfahrt hinunter. Ich kaute auf meiner Unterlippe.

„Das Opfer … es hatte keine Schuhe an."

„Gut beobachtet."

„Also, als ich es das letzte Mal gesehen habe, trug es noch welche."

Rispo trat auf die Bremse und ich wurde nach hinten in meinen Sitz gepresst. Wie gut, dass wir immer noch nicht aus der Einfahrt waren und uns niemand drauffahren konnte.

„Du hast das Opfer noch *lebendig* gesehen?"

Überrascht hob ich die Augenbrauen. „Hatte ich das nicht erwähnt?"

„Nein."

„Ups." Ich zuckte die Achseln. „Der Typ war heute Morgen bei mir im Laden. Er hat Emily ein Paket gebracht. Und da hatte er noch Schuhe an."

„Was für Schuhe waren das?"

Puh. Das war schon zwei Stunden her. Ich kratze mich am Kopf. „Sie hatten Schnürsenkel ..."

Rispo stöhnte auf.

„Na ja, es waren keine mit Klettverschluss!", fügte ich hinzu.

„Super, er war also kein achtjähriger Junge, danke."

Ich verschränkte die Arme. „Ich habe das Gefühl, du nimmst mich nicht ernst."

„Ich nehme dich sehr wohl ernst. Deine Auffassungsgabe allerdings nicht so wirklich."

Ich verdrehte die Augen. „Er war eben die Art Mann, die man sieht und direkt wieder vergisst ... ein bisschen so wie du eben", fügte ich mit zuckersüßer Stimme hinzu.

Rispo hob eine Augenbraue, Cop-Face wieder am angestammten Platz. „Willst du mir irgendetwas sagen, Lou?"

Ich schüttelte den Kopf. „Nee, ich rede ja auch eigentlich gar nicht mit dir. Es ist nur, ich versteh nicht, wie jemand ihn umbringen konnte. Ich meine, er war Post- und Paketbote. Welche Feinde kann man sich da machen?"

„Vielleicht hat er ja eine schlechte Nachricht überbracht", bemerkte Rispo und startete den Wagen erneut.

Meine Mundwinkel zuckten, und ich spürte wie ein Teil der Anspannung der letzten halben Stunde von mir abfiel. „Wahrscheinlich."

Wir schwiegen eine Weile, Rispo rollte die Einfahrt hinunter, fuhr die kleine Straße hinab und fädelte sich dann in den Verkehr der Hauptstraße ein. Schließlich fragte er: „Willst du mir eigentlich noch erzählen, warum du nicht mit mir redest?"

„Nö."

Das Polizeipräsidium war mir allzu vertraut. Vertrauter als so manchem Kleinkriminellen, könnte man meinen. Es war ein grauer Betonklotz, der deprimierender war als mein Privatleben.

Ich stieg aus dem Wagen und Rispo folgte meinem Beispiel. Er lief um die Motorhaube herum, und erst dann sah ich ihn zum ersten Mal an diesem Tag wirklich an. Ohne eine Leiche neben mir, ohne Panik, ohne Würgreflex.

Joshua Rispo. Verdammt.

Ich hatte ihn seit zwei Wochen nicht gesehen, und in der Zeit war er leider weder fett noch hässlich geworden. *Zum Anbeißen* wäre vielleicht der richtige Ausdruck.

Er hatte sich die letzten zwei Tage nicht rasiert und seine Haare waren wohl geschnitten worden. Jedenfalls hingen sie ihm nicht mehr in die Augen. Er hatte dieselben Muskeln, dieselben starken Arme und geschrumpft war er auch nicht. Oh Mann. Rispo brachte mich auf Ideen. Ideen, von denen ich wusste, dass er sie skandalös gut umsetzen konnte. Dieser Mistkerl.

„Willst du deine Gedanken mit mir teilen oder mich einfach nur noch ein bisschen anstarren?"

Ruckartig wandte ich ihm den Rücken zu und steuerte die breite Eingangstür der Hauptwache an. Ich sollte mich auf seine Fehler, nicht auf seine körperliche Perfektion konzentrieren. Wer wollte schon Perfektion? Langweilig.

Ich stieß die Tür zum Empfangsraum der Station auf und hob überrascht die Augenbrauen, als ich meinen Bruder erkannte, den Rücken gegen die Rezeption gelehnt.

Jannis hatte meine Augen – oder ich wohl eher seine –, war aber ansonsten sieben Jahre älter, zehn Zentimeter größer und eine Hochzeit und zwei Kinder weiter als ich im Leben. Im Moment lächelte er so breit, dass er mich an eine seiner Töchter erinnerte, und nicht an meinen großen Bruder, der mir mit sechszehn Jahren verbot, Alkohol zu trinken.

„Na, Loubalou? Bist du mal wieder in einen Mord gestolpert? Mama wird begeistert sein. Durch dich findet sie noch zur Religion."

Ich stöhnte. An meine Mutter hatte ich bis eben noch gar nicht gedacht. Jetzt war sie in ihrem Club-der-gelangweilten-Frauen nicht nur die Mutter der Frau, die einen Finger im Sperrmüll gefunden hatte, sondern auch die Mutter der Frau, die einen Mann gesehen hatte, aus dessen Hals eine Stricknadel ragte.

„Was tust du hier, Jannis?"

Er hob eine Schulter. „Kais erster Anruf ging an Trudi, Trudis erster Anruf ging an mich. Sie hat mich engagiert. Sie wollte eben den Besten haben."

Jannis war Anwalt für Strafrecht und seinem Ego und dem, was man hörte, nach zu urteilen, gut in dem, was er tat. Nicht, dass ich die Qualifikation gehabt hätte, das vernünftig zu beurteilen. Für mich waren Anwälte nichts anderes als Männer im Anzug, die mit Paragraphen um sich warfen. Entschuldigung: Männer und Frauen im Anzug.

„Hey, Manu." Rispo war hinter mir durch die Tür getreten und reichte Jannis die Hand.

„Rispo." Mein Bruder erwiderte den Handschlag mit einem Lächeln.

Verblüfft blickte ich von einem zum anderen. Kannten sie sich? Waren sie sich beim letzten Mord begegnet? Ich meinte, mich daran erinnern zu können, dass sie sich jedes Mal verpasst hatten.

„Ihr kennt euch?", fragte ich deshalb.

„Er hat letztens für mich ausgesagt", erklärte Jannis.

„Oh." Ich wusste nicht, ob mir das gefiel.

Rispo schien meine Gefühlslage nicht zu interessieren.

„Du übernimmst also die Verteidigung für Kai Freimann?", fragte er.

„Jap." Jannis nickte.

„Viel Spaß dabei. Die Beweislage ist eind..."

„Er ist unschuldig", schnitt ich Rispo das Wort ab, jetzt mehr überzeugt davon denn je.

Natürlich, er hatte über der Leiche gehockt, aber er hatte panisch gewirkt, und das Blut an seiner Kleidung musste davon kommen, dass er versucht hatte, die Blutung des Paketboten zu stoppen. Kai war kein Mörder. Muttersöhnchen waren keine Mörder. Das wusste doch jeder!

„Jannis, er ist unschuldig", wiederholte ich noch einmal, für den Fall, dass ich nicht deutlich genug gewesen war. „Du musst ..."

Mein Bruder legte einen Arm um meine Schultern und presste dann von der anderen Seite die Hand auf meinem Mund.

„Du redest mir schon wieder zu viel, Loubalou. Dich befrage ich nachher noch, vielleicht solltest du dir also lieber ein paar Worte sparen. Außerdem, als ich das letzte Mal nachgeguckt habe, warst du keine Anwältin – hast also keine Ahnung davon, was ich muss."

Rispo grinste breit. „Ich mag deinen Bruder."

Ich leckte Jannis' Hand an, wie in alten Zeiten, und er ließ sie fallen. Rispo ignorierte ich. Damit fuhr man bei ihm sowieso besser.

„Jannis, ich weiß ja, dass alle sagen, dass du gut bist", seufzte ich, die Arme verschränkt. „Aber ... bist du gut genug, um jemanden herauszuhauen, der wegen Mordes angeklagt wird?"

„Ach", Jannis machte eine wegwerfende Handbewegung. „Kaum jemand wird wegen Mordes angeklagt. Das denken nur immer alle. Meistens wird auf Totschlag plädiert."

„Wow", sagte ich tonlos. „Das macht es ja viel besser."

„Tut es", bestätigte Jannis lächelnd. „Und jetzt reg dich ab. Das ist mein Beruf, Lou. Ich hab's drauf, und wenn Kai tatsächlich unschuldig ist, dann hat er nichts zu befürchten. Und jetzt entschuldigt mich, ich muss mit meinem Klienten reden – bevor Rispo dazukommt und anfängt ihn auseinanderzunehmen."

„Ich gebe dir fünf Minuten", warnte Rispo ihn vor.

Jannis winkte ab und verschwand dann in einem der Gänge, von denen ich nie wusste, wo sie endeten. Einer führte sicherlich nach Narnia oder in Charlies Schokoladenfabrik. Rispo folgte ihm mit seinem Blick, und ich stieß mit der Hand gegen seine Schulter, um seine Aufmerksamkeit zurückzugewinnen.

„Er ist unschuldig, Josh", wiederholte ich fest.

Josh schnaubte. „Das kannst du nicht wissen.

„Er hatte kein Motiv!"

„Auch das kannst du nicht wissen."

„Na ja …" Mist. Er hatte recht. Ich konnte nichts von alledem wissen. „Ich habe das einfach im Gefühl."

Interessiert verschränkte Rispo die Arme und lehnte sich auf seine Fersen zurück. „Lass mich raten: Er hatte eine Affäre! Ein Verbrechen aus Leidenschaft."

Ich verdrehte die Augen. „Nein."

„Was? Keine neue Affären-Theorie?"

„Nein. Es ist eben nur dieses Gefühl, dass …"

„Gott im Himmel! Ich habe das Gefühl, dass du mir gerade Kopfschmerzen bereitest."

„Du arbeitest zu viel, daher müssen deine Kopfschmerzen kommen. Außerdem runzelst du zu oft die Stirn. Das kann nicht gut für den Druck sein, der auf dein Gehirn ausgeübt wird. Also, wegen der Unschuldssache …"

Rispo legte sich eine Hand über die Augen. „Was denn, hat etwas am Tatort komisch gerochen? Hat der Geruch dich an deine Schwester erinnert?"

„Nun ja, es hat komisch gerochen ... aber ich meine, es ist eine Zoohandlung, natürlich ..."

„Hattest du vielleicht deinen Kater dabei, der dir sagen konnte, ob der Mörder sympathisch war?"

Ich lief rosa an. Rispo spielte auf meine nicht allzu traditionelle Beweisführung vom letzten Mal an, und ich konnte ihm da leider wenig entgegensetzen. „Er ist unschuldig!"

Er schnaubte. „Jaja, komm", dann zog er mich am Ellenbogen mit in einen der mysteriösen Gänge. „Ich bring dich erst mal zu deinem Protokollanten."

„Aber ..."

„Kein Aber. Nicht dein Job, Lou. Du hast deine Blumen, ich meine Mörder. Krieg das endlich in deinen Kopf!"

Ja, nur ... warum konnte ich nicht Blumen *und* Mörder haben?

Kapitel 3

Als der Beamte, zu dem Rispo mich geschickt hatte, endlich damit fertig war, meine Zeugenaussage aufzunehmen, war ich erschöpft, müde und ein wenig panisch, weil ich seit mehr als zwei Stunden nicht mehr mit Emily gesprochen und sie den Laden möglicherweise bereits abgefackelt hatte.

Ich stand an der Rezeption und wollte gerade mein Handy aus der Tasche kramen, als Trudi in die Polizeiwache gestürmt kam. Sie mochte siebzig sein, aber manchmal hatte sie mehr Energie als ich und Emily zusammen.

Ohne Notiz von mir zu nehmen, lief sie schnurstracks an mir vorbei und knallte ihre Handtasche auf den Rezeptionstresen. „Ich möchte zu meinem Sohn und das sofort! Ich bin reich, Geld sollte also kein Problem sein – wen muss ich hier bestechen, um meinen Willen zu bekommen?"

Die Rezeptionistin bekam große Augen und rollte mit ihrem Stuhl einige Zentimeter von der Theke weg, so als befürchte sie, die alte Dame würde sich im nächsten Moment darüber schwingen und auf sie werfen. Es war nicht unter Trudis Würde, genau das zu tun, und ich wusste aus Erfahrung, wie es aussah, wenn sie jemanden beim Sommerschlussverkauf tackelte. Nicht schön!

Die Empfangsdame hatte also instinktiv richtig gehandelt.

„Trudi", sagte ich und berührte sie leicht am Arm.

Sie fuhr herum, bereit, mich ebenfalls umzuwerfen – doch dann erkannte sie mich. „Lou, Gott sei Dank! Was ist hier los? Wo ist Kai?"

„Er wird gerade befragt." Ich nickte in die vage Richtung, in der Jannis vorhin verschwunden war. „Aber Jannis wird sich schon darum kümmern, dass es ihm gut geht und ... oh mein Gott!" Mir fiel plötzlich etwas ein. „Deine Medikamente! Ich habe die Medikamente vergessen!" Ich schlug mir fest mit der Faust gegen die Stirn. „Trudi, geht es dir gut? Schlägt dein Herz sehr schnell?"

„Natürlich schlägt es schnell! Meinem Sohn wird vorgeworfen, er hätte jemanden umgebracht! Mach dir keine Gedanken wegen der Medikamente. Ich fahre nachher dort vorbei und hole sie."

„Du hast keinen Führerschein mehr, Trudi."

Zu Recht! Sie hinter das Steuer eines Autos zu lassen, wäre mehr als fahrlässig. Sie hatte Probleme damit, den Bürgersteig von der Straße zu unterscheiden und Menschen hielt sie des Öfteren für Laternen.

Sie winkte ab. „Ich lasse mich von deiner Schwester kutschieren, sie sucht zurzeit Wege, noch etwas Geld dazu zu verdienen."

Natürlich tat sie das. Ich bezahlte sie nicht und Marihuana war teuer.

„Emily ist beim Laden, oder? Sag mir, dass jemand beim Laden ist!"

Ich hatte genug Panik für diesen Tag. Wenn das so weiterging, wäre ich diejenige, die Medikamente für ihr Herz brauchte.

„Du machst dir zu viele Gedanken! Dem Laden und Emily geht's gut."

Ich machte mir nicht zu viele Gedanken! Alle anderen machten sich zu wenig Gedanken. Das war ein allgemeines Problem der Menschheit. Aber egal, es gab Wichtigeres. Trudis Sohn, der eingebuchtet werden sollte, zum Beispiel.

„Also, wegen Kai ..."

„Du wirst ihm doch helfen, oder?", unterbrach Trudi mich, bevor ich meinen Gedanken zu Ende formen konnte. Trudi war im Normalfall eine gelassene Person, aber in diesem Moment konnte ich Panik in ihrem Blick aufleuchten sehen. Panik und Sorge. Das passte gar nicht zu meiner Angestellten. „Du musst ihm einfach helfen!"

„Helfen?"

„Beweisen, dass er unschuldig ist."

„Ich ... was?"

„Na ja, es ist ja wohl klar, dass er unschuldig ist. Mein Kai kann keiner Fliege etwas zuleide tun – außer er verfüttert sie an seine Tiere. Er verliert vielleicht ab und zu mal den Kopf, ... aber ansonsten ist er harmlos! Das muss die Polizei doch sehen. Man kann es in seinen Augen lesen!"

Ich fürchtete, dass die Polizei sich eher auf das Blut an Kais Fingern und seine Hand um die Tatwaffe als auf seine Augen konzentrierte.

„Ich glaube dir ja, dass er den Paketboten nicht umgebracht hat", erklärte ich. „Aber Rispo meinte, dass die Beweislage sehr schlecht aussieht und ..."

„Ja, deswegen musst du ihm ja helfen", sagte Trudi langsam, als sei ich schwer von Begriff. „Du machst das doch! Mörder fangen."

Na ja. Nein. Ich hatte eine Mörderin gefangen – und das war mehr Glück des Dummen als tatsächliches Können gewesen. Nicht zu vergessen, dass ich dabei beinahe draufgegangen wäre. Natürlich hatte mir das Ganze Spaß gemacht, aber ... ich hing doch sehr an meinem Leben.

„Die Polizei ..."

„Die Polizei kümmert sich nicht darum, die Wahrheit herauszufinden! Wenn sie erst einmal einen Täter haben, dann legen sie ihre Hände in den Schoß. Ich weiß das, ich gucke Fernsehen!"

„Trudi ..."

„Er ist mein einziger Sohn, Louisa. Meine ganze Familie. Seit Günters Tod ist er alles, was ich habe, und ich werde jede Hilfe nehmen, die ich kriegen kann!"

Ihr Blick war ernst und entschlossen und ein Kloß bildete sich in meinem Hals. „Trudi", sagte ich leise und legte ihr eine Hand auf den Arm. „Ich verstehe ja, dass du dir Sorgen machst und ich halte mich selbst wirklich für halbwegs intelligent, aber ich bin keine Privatdetektivin oder Sonstiges. Ich hatte sehr viel Glück das letzte Mal und ..."

„Ich gebe dir Geld!" Ihre Miene erhellte sich, während sie ihre Hände rang. Sie hatte mir offensichtlich nicht zugehört. „Du bist ein helles Köpfchen und du strahlst Unschuld aus. Du bist quasi dafür geschaffen, den richtigen Mörder zu finden! Ich bezahle dich dafür und kümmere mich derweil um den Laden."

Ich fühlte mich geschmeichelt, dass sie überzeugt von meinen detektivischen Fähigkeiten war, aber ich sah da doch ein Problem: Wenn ich mich einmischte und der Mörder mich nicht umbrachte – dann würde Rispo es tun. So oder so war mit meinem zeitnahen Tod zu rechnen, sollte ich mich dazu entscheiden, mir den Fall einmal anzusehen. Ach ja, und: Trudi kümmerte sich um den Laden?!

Das wäre ein Problem von ganz anderer Bandbreite. Wenn Trudi sich nicht um einen Goldfisch kümmern konnte, wer sollte ihr da glauben, dass sie dazu fähig war, ein Geschäft zu führen?

„Trudi", seufzte ich. „Ich kann kein Geld von dir annehmen."

„In Ordnung, dann biete ich dir eine Gegenleistung an. Ich erhöhe deine Verkaufszahlen! Ich habe einige Ideen", sagte sie stolz. „Nicht erschlossene Zielgruppen, die es näher zu betrachten gilt."

Ich kratzte mich am Kopf und schob Trudi etwas weiter von der Rezeption weg. Das Empfangsmädchen musste das alles wirklich nicht mit anhören. „Ich verstehe, dass du Angst hast, Trudi, aber ich glaube nicht, dass ich die richtige Wahl dafür bin, einen Mörder zu fangen."

Obwohl ich das letzte Mal schon gut gewesen war, wenn ich so darüber nachdachte ... und es hatte wirklich Spaß gemacht! Das Adrenalin. Das Puzzeln. Rispo.

„Du bist genau die richtige Wahl", sagte sie überzeugt. „Einem Polizisten erzählt niemand etwas. Einer hübschen Blondine schon!"

Ich hielt mir eine meiner lockigen braunen Haarsträhnen vor die Augen. „Aber ich bin nicht blond."

„Oh, richtig. Vielleicht solltest du dir davor noch einmal die Haare färben. Ich hab mal gelesen, dass Blondinen als die vertrauenswürdigsten Frauen gelten, weil alle denken, sie seien dumm."

„Ich werde nicht meine Haare färben, Trudi!"

„Aber du wirst ihm helfen? Bitte. Ich mache mir Sorgen, Louisa. Kai würde keinen Tag im Gefängnis überleben. Er hat so schöne Haut, darauf werden sich die anderen Insassen sicher stürzen."

„Ich ..." Dem Himmel sei Dank kam ich nicht zu einer Antwort, denn Jannis war aus einem der Gänge gekommen. Er erblickte uns und steuerte direkt auf uns zu.

Er sah nicht glücklich aus.

„Dein Sohn ist wirklich kein Heiliger, was?", bemerkte er. „Hattest du daran gedacht, mich vielleicht vorher darüber zu informieren?"

Trudi legte ihren Kopf schief und sah so unschuldig zu ihm hinauf, dass sie auch ein Kindergartenkind hätte sein können. „Nun, ich weiß, dass er ein paar Vorstrafen hat ..."

„Fünf, Trudi! Fünf!"

Fünf Vorstrafen!? Und ich hatte bis eben geglaubt, Kai sei der netteste Typ der Weltgeschichte! Trudi hatte nie erzählt, dass er schon einmal mit dem Gesetz in Konflikt geraten war.

„Ach, er ist einfach nur ein Pechvogel. Immer zur falschen Zeit am falschen Ort." Trudi sagte das versucht gelassen, doch sie trat gleichzeitig nervös von einem Bein aufs andere. „Außerdem waren das doch nur Lappalien!"

Jannis runzelte die Stirn. „Als er einem Barkeeper den Stuhl über die Rübe gezogen hat, war er da auch zur falschen Zeit am falschen Ort? War das auch eine Lappalie?"

Trudi überlegte. „Nein, da hat der Barmann sich einfach falsch verhalten. Man nimmt einem Betrunkenen nicht das letzte Bier weg."

Jannis seufzte schwer, schloss die Augen und schüttelte – mit der Hand an seiner Stirn – den Kopf. Diese Geste benutzte er sonst nur, wenn er einer seiner Töchter zeigen wollte, dass er sehr, sehr enttäuscht von ihr war.

„Aber ein paar Vorstrafen machen einen doch nicht direkt zu einem Mörder", bemerkte Trudi weise. Ihre Stimme war eine Oktave tiefer gerutscht. „Mein Kai hat den toten Mann entdeckt, hatte Panik und wollte ihm helfen."

„Warum hat er dann keinen Krankenwagen gerufen?"

Trudi blinzelte. „Ich verstehe die Frage nicht. Er war in Panik, das habe ich doch gesagt."

„Nun, Lou war auch in Panik, hat aber dennoch einen Krankenwagen gerufen."

„Na ja, aber ich habe ja auch einen sehr kühlen Kopf", versuchte ich Kai zu verteidigen. „Nicht jeder denkt daran, direkt den Krankenwagen zu rufen."

Mein Bruder schnaubte laut. „Du hast einen kühlen Kopf? Vielleicht solltest du noch einmal das Wort kühlnachschlagen, Loubalou."

„Jannis, komm schon …"

Wieder seufzte er, die Hände jetzt in den Hosentaschen. „Hört mal: Ich sage ja nicht, dass er wirklich der Mörder ist. Wenn ich ehrlich bin, dann würde ich eher einem Teletubby einen Mord zutrauen als Kai, aber das ändert nichts daran, dass es wirklich nicht gut aussieht. Er kannte den Paketboten. Er ist jede Woche in der Zoohandlung vorbeigekommen. Er hätte wegen irgendetwas wütend sein können, wegen irgendetwas ausrasten können ... die Anklage wird sich etwas überlegen, das passt. Er wurde am Tatort mit der Mordwaffe in der Hand und über die Leiche gebeugt angetroffen ..."

„Aber er ist unschuldig!", sagten Trudi und ich gleichzeitig.

„Außerdem sagte er, dass er die Stricknadel herausgezogen hat", erklärte ich hastig. „Er wollte die Blutung stoppen."

„Lou, ein Gericht wird mehr brauchen, als deinen Glauben an das Gute im Menschen. Solange es keinen anderen Verdächtigen gibt ..."

„Oh, Lou wird schon einen anderen Verdächtigen finden", sagte Trudi überzeugt, und jetzt lächelte sie sogar, wenn auch etwas wackelig. „Dann wird sich schon herausstellen, dass sich das Ganze um ein Missverständnis handelt."

Jannis Mund öffnete sich erstaunt. „Lou wird was?"

„Ich werde gar nichts!", beeilte ich mich zu sagen und stieß Trudi unauffällig mit meinem Fuß gegen das Schienbein.

„Warum trittst du mich?", fragte sie verdutzt.

Meine Güte. Dafür, dass sie so viel Fernsehen guckte, hatte sie wirklich keine Ahnung.

„Lou", sagte Jannis warnend.

„Dein Handy klingelt, du solltest abheben."

Sein Handy klingelte tatsächlich, und mir noch einen letzten bösen Blick zuwerfend verschwand er zum Telefonieren aus der Tür.

„Trudi", flüsterte ich eindringlich, sobald die Glastür hinter ihm in den Rahmen gefallen war. „Du kannst nicht einfach allen erzählen, dass ich ermitteln werde. Falls ich tatsächlich etwas in diesem Fall tun sollte – und ich sage nicht, dass ich das werde –, dann sollte das möglichst keiner wissen."

„Oh, natürlich." Sie tippte sich mit dem Zeigefinger gegen die Schläfe. „Weil du undercover arbeiten willst?"

Nein, weil ich von Ripso nicht umgebracht werden wollte. „Ja, genau deswegen."

Sie schien neue Hoffnung zu schöpfen. „Okay. Dann muss ich mir ja keine Sorgen mehr machen. Das wird toll! Kai wird erleichtert sein, wenn er weiß, dass du dich darum kümmerst."

Würde er? Meine Qualifikationen waren nämlich eher dürftig – wie Rispo nicht müde wurde mir zu erzählen. Ich hatte früher eine Menge Räuber und Gendarm gespielt, war aber immer die Erste gewesen, die gestorben war. Ich war einfach zu ungeduldig, um vorsichtig um eine Ecke zu gucken. Außerdem hatte mein Mangel an Feingefühl und Vorsicht mir vor ein paar Monaten fast das Leben gekostet. Selbstverteidigung war auch keine meiner Stärken. Ich konnte Menschen zu Boden reden, aber das war leider mehr im übertragenen als im physischen Sinne zu verstehen.

Egal, daran konnte ich arbeiten.

„Sag mal, hattest du gerade erwähnt, dass der Mann mit einer Stricknadel getötet wurde?", fragte Trudi.

Ich nickte. „Ja. Zwei Stricknadeln in seinem Hals." Wenn ich nur an das Bild dachte, wurde mir wieder schwummerig.

„Mhm." Trudi öffnete ihre Handtasche. „Sah die Stricknadel etwa so aus?" Sie beförderte eine spitze rosametallicfarbene Stricknadel hervor.

Ungläubig sah ich sie an. „Genau so!"

„Oh." Die alte Dame zuckte die Schultern. „Dann schätze ich, dass ich meine Nadeln nicht mehr zurückbekomme?"

In meinem Kopf fing alles an, sich zu drehen.

Das war nicht gut! Das war überhaupt nicht gut. Um das zu wissen, musste ich kein Anwalt sein.

„Es sind deine Nadeln?"

Und ich hatte geglaubt, dass ich heute mein mögliches Pensum an Panik erreicht hatte. Der Postbote war mit den Stricknadeln von Kais Mutter getötet worden, das brachte die Stricknadeln mit ihm in Verbindung und ließ ihn nicht gerade unschuldiger wirken.

Oh Mann, Mann, Mann.

„Es könnten meine Nadeln sein, müssen es aber nicht", sagte Trudi langsam und völlig unbeeindruckt. „Von diesen Dingern gibt es eine Menge."

„Trudi, steck einfach die Nadel wieder weg", zischte ich und wedelte mit meinen Händen vor ihr herum. „Bevor du Kai in noch größere Schwierigkeiten bringst."

Sie folgte meiner Anweisung und genau in dem Moment, in dem ihre Handtasche wieder zuschnappte, trat Rispo in den Raum. Er schien überrascht darüber, dass ich immer noch da war. Seine Augenbrauen flogen nach oben, und ich hätte gerne gesagt, dass es glückliche Augenbrauen waren, aber ich hatte mir vorgenommen, weniger zu lügen.

„Trudi", murmelte ich. „Du gehst am besten kurz nach draußen. Ich will eben mit Josh reden."

„Aber ich könnte ihn sicherlich davon überzeugen, dass Kai unschuldig ist."

Ich befürchtete, dass Trudi Josh nur davon überzeugen würde, es sei eine gute Idee, seinen Kopf hart gegen die Rezeption zu schlagen. „Bitte, Trudi. Du hast selbst gesagt, dass ich die Expertin bin."

Auch wenn diese Worte nie exakt so Trudis Mund verlassen hatten, nickte sie und verschwand aus der Tür. Ich sah ihr nach und hätte mich jetzt gerne in Embryonalhaltung auf den Boden gelegt und vor- und zurück gewiegt. Dieser Tag war einfach nur furchtbar und er schien sich mit jeder Sekunde zu verschlimmern.

„Und?", fragte ich, bevor Josh auf die Idee kommen konnte, mich zu fragen, was ich hier noch tat. „Werdet ihr den Fall jetzt noch weiter untersuchen? Nach anderen Verdächtigen fahnden?"

Er kratzte sich am Rücken, sichtlich unzufrieden mit der ganzen Situation. Oder vielleicht war er auch einfach nur unzufrieden mit mir. „Natürlich werden wir das Ganze untersuchen."

„Aber ihr werdet nicht nach neuen Verdächtigen fahnden?"

Rispo wich meinem Blick aus.

„Josh, sieh mich an." Ich griff an sein Kinn und drehte sein Gesicht gewaltsam in meine Richtung. Das hier war wichtig. „Er. Ist. Unschuldig. Ihr müsst nach jemand anderem suchen."

Rispos Hand schloss sich wie ein Schraubstock um meinen Unterarm und zog meine Hand weg. „Hör mal, Louisa. Ich wünsche mir auch, dass er es nicht ist. Aber die Beweislast ist erdrückend."

„Na und? Dann musst du die Beweislast eben ... hochheben."

„Lou. Er stand neben der Leiche, mit einer blutigen Stricknadel in der Hand."

Warum mussten alle immer noch auf diesem kleinen, unbedeutenden Detail herumreiten?

„Schön, ich kann durchaus erkennen, wie das den falschen Eindruck entstehen lassen könnte, er sei irgendwie in das Geschehen involviert gewesen ..."

„Seine Fingerabdrücke sind auf beiden Nadeln und mich würde nicht wundern, wenn wir auch seine DNA noch darauf finden!"

Das war tatsächlich alles weniger gut, aber ... „Na ja, natürlich", fing ich mich schnell wieder. „Er hat ja auch zugegeben, sie aus der Wunde gezogen zu haben."

„Die eine. Die zweite nicht."

Wie war es möglich, dass er bei seinen Fällen so aufmerksam war, aber immer noch nicht wusste, warum ich sauer war?

Ich entwand ihm meine Hand und hielt sie abwehrend in die Luft. „Das heißt doch nichts. Er ist Trudis Sohn. Er kann unmöglich aus ihrem verwirrtem Uterus gekommen und trotzdem intelligent genug dafür gewesen sein, eine Stricknadel als tödliche Waffe einzusetzen!"

„Was zur Hölle ist ein verwirrter Uterus?"

„Sieh dir Trudi an, dann weißt du, was ich meine."

Rispo stöhnte auf und mir wurde bewusst, dass ich wohl schon genügte, um in ihm den Wunsch zu wecken, seinen Kopf gegen irgendeinen festen Gegenstand zu schlagen.

„Lou, deine Argumente sind furchtbar."

„Sind sie nicht!"

„Doch, sind sie!" Diesmal war er es, der mein Gesicht fixierte, indem er seine Hände darum legte. „Das Kind eines verwirrten Uterus' zu sein, ist keine ärztlich anerkannte Krankheit, die ausschließt, dass man ein Mörder sein kann."

Ich kaute auf meiner Unterlippe herum. Das wusste ich doch auch. Dennoch könnte er mich mal ein wenig unterstützen, fand ich. Wir hatten schließlich miteinander geschlafen! Nur einmal, aber ... immerhin einmal! Ein gutes Mal. Das sollte für eine Gefängnisfreikarte reichen. Und diese Karte würde ich jetzt gerne für Kai einsetzen.

Ich sah ihm vorwurfsvoll in die dunklen Augen.

„Hör auf, mich so anzusehen."

„Wie sehe ich dich denn an?"

„So, als sei es meine Schuld, dass Kai höchstwahrscheinlich in den Bau wandert."

Ich schniefte ein wenig. Nicht, weil ich wirklich weinen müsste. Des Effektes wegen. „Also wird er im Gefängnis landen, wenn nicht irgendjemand einen anderen Verdächtigen findet?"

In Rispos Gesicht gingen sofort alle Alarmglocken los und er ließ seine Hände sinken. „Oh nein. Nein, nein, nein. Nichtirgendjemand. Ich! Ich bin die Polizei und natürlich werde ich mir den Fall genau ansehen. Natürlich wird ermittelt, ob es noch andere Verdächtige geben könnte. Das Motiv ist noch unklar, das werde ich noch recherchieren – aber du: Du fährst nach Hause oder in deinen Laden und wirst keine Sekunde deiner Zeit mehr darauf verwenden, über diesen Fall nachzudenken."

Ich mochte es nicht, wenn Leute mir sagten, was ich tun sollte. Aber das laut auszusprechen, wäre äußerst dumm gewesen. Und ich mochte vielleicht unvorsichtig und inkonsequent sein – aber dumm war ich nicht.

Es gab ohnehin etwas, das ich noch nebenbei fallen lassen musste.

„Schön", sagte ich vage, absichtlich nichts versprechend. „Jetzt mal was anderes." Ich räusperte mich. „Also, rein hypothetisch: Wenn ich noch Informationen hätte, die den Mord betreffen ..."

Rispos Augen verengten sich schlagartig. „Wie bitte?"

„Rein hypothetisch!", erinnerte ich ihn. „Nehmen wir an, ich hätte eine Information zu der Mordwaffe, die Trudis Sohn möglicherweise noch mehr belasten könnte, – wie schlimm wäre es, wenn ich diese Information für mich behalte?"

„Louisa!"

Seinem Gesicht nach zu urteilen sehr schlimm. Ich winkte ab. „War ja nur rein hypothetisch."

Er glaubte mir kein Wort. Zu Recht. „Louisa, wenn du mir irgendetwas verschweigst ..."

Unschuldig legte ich eine Hand auf meine Brust. „Ich? Aber ich habe doch überhaupt nichts mit diesem Fall zu tun, Josh. Wie sollte ich dann Informationen haben, die du nicht hast? Ich mach mich auf den Weg." Ich wandte mich zum Gehen, doch Rispo zog mich – nicht ganz unerwartet – an meinem Handgelenk zurück.

„Sprich", sagte er düster.

Ich legte den Kopf schief. „Wenn ich sprechen würde, wäre das dann im Vertrauen?"

„Nein."

„Was ist mit deiner Schweigepflicht?"

„Ich bin Polizist, kein Priester."

Ja, das wusste ich, dass er kein Priester war. Ich sog Luft ein. „Also dann möchte ich dir das eigentlich nicht sagen. Nichts für ungut!"

„Nichts für ungut?" An seiner Schläfe pochte eine Ader und ich wusste, dass er kurz davor war, zu explodieren.

„Es war ja nur hypothetisch!", sagte ich, und bevor er mich noch einmal zurückhalten konnte, eilte ich aus dem Präsidium.

Kapitel 4

Ich konnte die ganze Nacht an nichts anderes denken als daran, dass Kai gerade in einer alten, vermoderten und kalten Zelle saß und nicht mehr als Brot und Wasser zu essen bekam.

Na gut, wenn ich ehrlich war, dann hatte ich wirklich keine Ahnung, wie so eine Gewahrsamszelle der deutschen Polizei heutzutage aussah. Wahrscheinlich etwas freundlicher, als ich sie mir gerade vorstellte. Außerdem war er ja im Moment nur in Untersuchungshaft.

Als ich am nächsten Morgen aufstand, konnte ich immer noch an nichts anderes denken, als an das, was passiert war. Immer und immer wieder ging ich den Moment durch, in dem ich um die Ecke des Lasters gekommen war. Immer wieder rief ich mir Kais Gesicht ins Gedächtnis, die Art und Weise, wie er über der Leiche gehockt hatte – und immer wieder kam ich zum gleichen Ergebnis: Der Mann war kurz davor gewesen, in Ohnmacht zu fallen. Mörder fielen nicht in Ohnmacht. Zumindest keine, die dazu in der Lage waren, nicht nur eine, sondern zwei Stricknadeln gewaltsam in den Hals eines Menschen zu rammen. Mir wurde ebenfalls klar, dass ich eigentlich sonst nichts über die ganze Situation wusste. Ich wusste weder, wie der Paketbote hieß, noch in welcher Beziehung er zu Kai oder der Zoohandlung stand. Und das war inakzeptabel! Das musste ich herausfinden – was nicht hieß, dass ich mich wieder einmischen wollte.

„Du willst dich also wieder einmischen?", fragte Ariane eine Stunde später und reichte mir die Marmelade. Wir hatten uns in letzter Zeit viel zu selten gesehen und ein Notstandsfrühstück einberufen. Ich hatte dafür zwar um sechs Uhr aufstehen müssen, weil wir beide um neun unsere Läden eröffnen mussten, aber das war es wert.

„Nein, du hörst mir nicht zu! Ich sagte: Ich habe nicht vor mich einzumischen."

„Ich habe zwischen den Zeilen gelesen und da stand eindeutig: Ich will den heißen Kommissar auf die Palme bringen, ihn dafür bestrafen, dass er sich so kacke benommen hat und meine Neugier stillen – ergo: Du wirst dich in den Mordfall stürzen."

Wenn sie das so sagte, dann machte das irgendwie Sinn. Ich legte den Kopf schief und öffnete die Marmelade.

Wir saßen an Arianes Küchentisch – Ariane hatte eine hübsche Erdgeschosswohnung mit angrenzendem Garten, für die ich jemanden mit einer Stricknadel erstochen hätte – und ich fegte nachdenklich ein paar Krümel auf den Boden. „Findest du, ich sollte helfen?"

„Ich finde, du solltest nachher meine Küche staubsaugen."

Ich lachte. „Sorry, aber jetzt ehrlich: Sollte ich mir den Fall genauer ansehen?"

Ari hob skeptisch eine Augenbraue. „Die Art und Weise, wie du die Frage stellst, legt mir nahe, dass es eine rhetorische ist."

Ich starrte auf meine immer noch nicht bestrichene Brötchenhälfte. „Na ja, Trudi hat mich um Hilfe gebeten und sie ist meine Freundin ... bin ich nicht verpflichtet, einer Freundin zur Seite zu stehen?"

„Natürlich", sagte sie und prustete in ihren Kaffee. „Und der Wunsch, deine Nase in polizeiliche Angelegenheiten zu stecken, hat natürlich überhaupt nichts mit einem gewissen Kommissar zu tun, über den du dich seit Monaten beschwerst. Du würdest ja nie allein aus diesem Grund in einem Mordfall mitmischen, weil du wüsstest, dass du dem guten Herrn Kommissar dann öfter über den Weg laufen würdest, nicht wahr?"

Ariane und ich kannten uns seit der ersten Klasse, und wir erzählten uns alles – dementsprechend war es nicht verwunderlich, dass Rispo mehr als nur einmal in unsere Gespräche miteingeflossen war.

Na gut, in jedes Gespräch. Wie gesagt: Er besetzte einen nicht unbedeutenden Teil meines Gehirns.

„Es hat nichts mit ihm zu tun. Kai ist unschuldig und irgendwer sollte das beweisen", sagte ich langsam. Doch offenbar machte mich meine übertrieben ernsthafte Stimme nicht glaubwürdiger.

„Lou, du kannst dich selbst belügen, mich aber nicht. Du fällst wieder in dein Muster zurück. Er ist dein Muster."

„Ich habe kein Muster!", wehrte ich mich sofort.

Sie schnaubte und stand auf, um sich Kaffee nachzuschenken. „Er ist heiß, du hast keine Ahnung, an was du bei ihm bist, er hatte eine tragische Kindheit, leidet an einem Heldenkomplex, durchlitt eine dramatische letzte Beziehung und hat seine Gefühle in irgendeinen Tresor gesperrt, von dem er höchstwahrscheinlich den Code vergessen hat. Er ist genau der Typ Mann, bei dem dein Helfersyndrom anschlägt, das dir vorgaukelt, du müsstest ihn retten." Ari sprach das letzte Wort aus, als wäre es das Furchtbarste, was ein Mensch je versuchen könnte. Sie seufzte schwer, setzte sich wieder und legte ihre Hand über meine. „Süße, ich hasse es, dir das sagen zu müssen, aber vielleicht wäre es besser, wenn du Rispo einfach ... vergisst."

„Vergisst?" Hatte sie ihn gesehen?

„Ja. Lou, du warst schon einmal in einen verheirateten Mann verliebt, und weißt du noch, wie das damals ausgegangen ist?"

Ja, das war schwer zu vergessen. Ich hatte Chris meine Liebe gestanden, er hatte mich ausgelacht und ich hatte mich sechs Monate von Schokolade, Eistee und Schlagsahne ernährt. Nicht zu vergessen, dass ich zwölf Stunden am Tag geweint hatte. „Aber ... Rispo ist nicht verheiratet."

„Doch, ist er: Mit seinem Job."

Ich starrte sie an und mein Herz sackte einige Zentimeter nach unten. Sie hatte recht. Natürlich hatte sie das. Josh lebte für seinen Job. Ich kannte ihn erst seit ein paar Monaten, von denen wir sechs Wochen nicht miteinander geredet hatten, und dennoch wusste ich eines sehr genau: Seine Arbeit stand an erster Stelle.

Dann kam seine Familie – er hatte vier jüngere Brüder – und dann ...? Was kam dann? Wo war da noch Platz für eine Frau? Geschweige denn für eine zugegebenermaßen etwas Durchgeknallte wie mich? Wir fauchten uns mehr an, als dass wir normal miteinander redeten.

Ich legte das Brötchen zurück auf den Teller. Ich hatte keinen Appetit mehr.

„Aber ... ich mag ihn", murmelte ich leise.

„Ich weiß", sagte Ari und es lag so viel Mitgefühl in ihren Augen, dass ich sie nicht ansehen konnte. „Aber er ist Herzschmerz auf zwei Beinen."

Das war er. Herzschmerz in einer unglaublich heißen Verpackung, die man bis zum letzten Krümel auslecken wollte. „Also sollte ich den Mord auf sich ruhen lassen", folgerte ich kleinlaut, „Rispo aus dem Weg gehen und mir vielleicht doch lieber wieder einen ... Zahnarzt suchen?"

Ari verzog verdrießlich das Gesicht. „Keine Zahnärzte mehr für dich. Das ist Zeitverschwendung. Aber das mit Rispo ... ja, vielleicht. Und der Mord ..." Sie wiegte ihren Kopf hin und her. „Du solltest dich zumindest davon fernhalten, wenn es nur aus dem Grund ist, dass du ihn wiedersehen willst. Erwarte nicht zu viel von ihm."

Seufzend ließ ich meinen Kopf auf die Tischplatte sinken. Nicht zu viel erwarten! Ich hatte mich in den letzten fünf Jahren darauf konzentriert, keine Erwartungen an Männer zu haben. Wenn man keine Erwartungen hatte, dann konnte man auch nicht enttäuscht werden. Tatsache war, dass ich und die Männer eine lange, wehleidige Geschichte hatten. Die Art von Geschichte, die keiner hören wollte, weil sie einen zu sehr deprimierte. Ich neigte dazu, mich in Männer zu verlieben, die entweder emotional, körperlich oder durch einen Ehering nicht erreichbar waren. Chris war nur die Kirsche auf der Torte von zum Scheitern verurteilten Beziehungen gewesen.

„Ich überlege mir das nochmal mit dem Mord", sagte ich dumpf in die Tischplatte hinein.

„Und mit Rispo?"

„Mit dem auch." Seufzend tauchte ich wieder aus der Versenkung auf. „Lass uns lieber über deinen heißen Gärtner reden und darüber, ob du ihn schon gefragt hast, ob er mit dir ausgeht."

Seit fast einem halben Jahr hechelte Ari ihrem Gärtner hinterher. Ari war mit ihren langen glatten blonden Haaren und ihren Zwei–Meter-Beinen nicht nur wunderschön, sondern leider auch verdammt schüchtern und unsicher, was Männer anging. Das lag größtenteils daran, dass sie von ihrem Verlobten betrogen und dann abserviert worden war.

„Nein."

„Nein, du hast ihn nicht gefragt oder nein, du willst nicht darüber reden?"

„Beides." Sie wandte ihren Blick ab, offenbar war auch sie mit ihrer Männersituation nicht zufrieden. „Ich habe eine bessere Idee, wie wir dieses Frühstück beenden können. Ich habe gestern neue Pralinenkreationen ausprobiert und brauche jemanden, der sie testet."

Ich seufzte sentimental, stand auf und drückte sie fest an mich. „Ich liebe dich, Ari. Und das liegt fast nicht nur daran, dass du unendlichen Zugang zu Schokolade hast."

Sie kicherte und drückte mich zurück. „Lass uns lesbisch und dann fett werden."

Das brachte mich zum Lächeln.

Dann dachte ich an Rispo.

Nein. Ich war definitiv hetero.

Als ich beim Laden ankam, waren weder Trudi noch Emily anwesend. Dabei hatten eigentlich beide heute Morgen Schicht, weil ich gleich zu der notleidenden Braut – dem von meiner Mutter vermittelten Auftrag – fahren musste.

Na ja, eine Stunde hatten sie noch. Und Emily hatte gestern alleine im Laden einen wirklich guten Job gemacht. Vielleicht hielt ich sie für verantwortungsloser, als es ihr zustand.

Ich schloss auf, drehte das Schild um, sodass es nun auf »Offen« stand, und stellte die langstieligen Rosen und die Blumentöpfe, die Emily über Nacht in den Kühler gestellt hatte – Blumentöpfe hatten da eigentlich wirklich nichts zu suchen – in den Verkaufsraum.

Ich hatte bereits zwei Kunden bedient – beides Frauen, konnte deswegen nicht ausprobieren, ob ich genauso schamlos flirten konnte wie meine Schwester –, als besagte Person durch die Tür hetzte.

„Tut mir leid, ich war beschäftigt." Sie schlüpfte aus ihrer Jacke, schob sie unter den Verkaufstresen, wo sich die inoffizielle Garderobe des Ladens befand, und zog dann zu meiner Überraschung auch ihre Stiefel aus, um in die High Heels vom Vortag zu steigen.

„Gibt es einen neuen Dresscode, von dem ich als Inhaberin nichts weiß?", fragte ich interessiert und lehnte mich mit der Hüfte gegen den Holztresen. „Oder gibst du dich dem Wunschdenken hin, dass wenn du hohe Schuhe trägst, mir nicht auffällt, dass du das T-Shirt schon wieder nicht trägst, das ich dir gegeben habe?"

Emily fummelte an den Riemchen ihrer Schuhe herum und kicherte. Warum kicherte sie?

„Diese Schuhe verkaufen mehr als es dein heiliges Uniform-T-Shirt tut", bemerkte sie fröhlich und wedelte aus ihrer gebückten Haltung zu meiner Brust hoch, auf der das Logo von Louisa's Flower Power prangte. „Du hättest BHs mit dem Logo bestellen und komplett auf das T-Shirt verzichten sollen."

Natürlich. Und dann hätte ich eine Striptease-Stange zwischen die Tulpen bauen und jeden Tag daran tanzen sollen.

„Wo ist eigentlich meine tatsächliche Angestellte?", fragte ich. „Hast du gestern noch ihre Medikamente geholt?" Ich wollte mir keine unnötigen Sorgen machen, aber Trudi war nun einmal ... alt.

„Aber klärchen, klärchen, klärchen habe ich das", flötete Emily und riss abrupt ihren Kopf hoch. „Sie meinte gestern aber auch, dass sie heute Morgen unterwegs sein wird. Kunden anwerben. Sie sagte, das schulde sie dir?"

„Kunden anwerben?" Sofort hatte ich ein Bild von Trudi im Kopf, wie sie Passanten in der Schildergasse Rosen ins Gesicht schlug und sie dazu zwang, an ihnen zu riechen.

„Ja, sie meinte irgendetwas von ‚neue Zielgruppe erschließen'. Frag mich nicht." Unbeschwert ließ sich Emily auf den Hocker hinter sich kippen. „Trudi ist liebenswert, aber wirklich voll verrückt." Sie schien kurz über ihre eigenen Worte nachzudenken, dann nickte sie. "So richtig und echt und voll verrückt. Mehr verrückt als liebenswert, wenn du mich fragst."

Tat ich aber nicht. Trudi war toll!

Okay. Der Part, dass sie ein wenig verrückt war, den würde ich unterschreiben. Trudis Ansichten auf das Leben waren ... unkonventionell. Aber das waren Emilys auch. Sie vertrat die Auffassung, dass es Menschen erlaubt sein sollte, mindestens mit drei Leuten gleichzeitig verheiratet zu sein, denn ein einzelner Mensch könne nie alle ihre Bedürfnisse stillen. Und Emily hatte offensichtlich eine Menge Bedürfnisse.

Aber Kunden anwerben? Jetzt, wo ich darüber nachdachte ... Trudi hatte gestern sowas in der Art erwähnt. Als Bezahlung dafür, dass ich Kai half. Aber welche Art von Kunden wollte sie anwerben?

Ich bekam ein mulmiges Gefühl, versuchte es aber zu ignorieren.

"Okay, wenn Trudi in einer halben Stunde nicht hier ist, musst du noch einmal alleine auf den Laden aufpassen. Schaffst du das, Emily?"

Meine Schwester rührte sich nicht, sondern starrte verträumt aus der Fensterfront. Ich wedelte mit meiner Hand vor ihrem Gesicht herum.

"Emily, hörst du mich?" Ich schob meinen Kopf in ihr Sichtfeld und sah ihr in die Augen.

In die geröteten Augen, die fast nur aus Pupillen zu bestehen schienen.

Mir klappte die Kinnlade herunter. "Bist du stoned, Emmi?"

Sie schreckte plötzlich hoch und lehnte sich mit schuldbewusster Miene auf dem Hocker nach hinten. „Was wäre, wenn ja?"

Mein Mund öffnete sich noch eine Spur weiter. „Du kannst doch nicht bekifft zur Arbeit kommen."

Sie blinzelte, als würde sie den Sinn hinter meinen Worten nicht ganz verstehen. „Ich bin nur ein bisschen breit. Ein ganz kleines bisschen." Sie ließ Zeigefinger und Daumen beinahe aufeinander treffen.

„Penis", sagte ich.

Sie fing an zu kichern und hielt sich die Hand vor den Mund.

Na super. Test nicht bestanden!

„Es ist zehn Uhr morgens!"

„Und? Ein Joint ist kein Alkohol. Da muss man nicht bis abends warten."

Pff, als ob sie mit dem Alkohol warten würde!

„Du kannst nicht stoned zur Arbeit kommen!", wiederholte ich etwas lauter. Es erschien mir wichtig, diesen Punkt noch einmal zu unterstreichen.

„Warum nicht? Ich dachte, du bist ein solcher Fan von Pflanzen. Ein bisschen diskriminierend, wenn du mich fragst, Marihuana da auszuschließen!"

Meine Güte! Man konnte schon im nüchternen Zustand nicht mit Emily diskutieren, aber wenn sie völlig zu war …

Emmi legte eine Hand auf ihre Brust. „Ist es merkwürdig, dass du gerade aussiehst, als wärst du voll wütend auf mich, aber alles, woran ich denken kann, ist, dass ich dich echt liebe."

Ich verdrehte die Augen. Na großartig. Das wurde ja immer besser. Das Einzige, was wir jetzt noch bräuchten, wäre die Polizei, die den Laden stürmte.

Die Tür öffnete sich und Rispo spazierte herein.

„Oh, shit", kicherte Emily, die Hand vor ihrem Mund. Nein. Den Shit hatte sie ja schon geraucht!

„Sorry, Sis', ich muss dich alleine lassen." Emily hechtete in mein Büro und schloss die Tür.

Rispo folgte ihr mit seinem Blick, schien sich aber nichts dabei zu denken. In seinen Augen waren die Manu-Frauen wohl einfach alle verrückt.

Ich schritt hinter die Theke, schlichtweg, weil ich mich mit einem Meter Holz zwischen uns sicherer fühlte, und legte den Kopf schief.

„Hey", sagte er und stützte die Hände auf das Stück Tresen neben der Kasse. „Wie geht's dir?"

Ich war überrascht, dass er seine kostbare Zeit mit einer Begrüßung verschwendete. Normalerweise kam er direkt zum Punkt. Und mein Wohlbefinden war wohl kaum der Grund für seinen Besuch.

Ich hob eine Schulter. „Ganz gut. So wie es Frauen, die eine Leiche finden, so geht."

Das Bild des blutigen Paketboten würde ich wohl trotzdem nicht so schnell aus meinem Kopf bekommen.

„Konntest du schlafen?" Er sah jetzt ernsthaft besorgt aus und das gefiel mir überhaupt nicht. Ich hatte doch gerade entschieden, dass ich ihn vergessen würde – da sollte er nicht so süß sein. Und in Jeans, Hemd und Parka sollte er auch nicht so gut aussehen. Ich versuchte mir vorzustellen, auf seiner Stirn würde ein riesiger Pickel sprießen. Aber das funktionierte nicht so gut, denn seine Schokoladen-Augen waren direkt darunter und mein Blick schweifte immer wieder zu ihnen ab.

„Hab ich was auf der Stirn?" Rispo betastete seinen Kopf und ich hätte mich jetzt gerne selbst getreten.

Andererseits bekam ich schnell blaue Flecke, und außerdem hatte Rispo mich bereits als durchgeknallt abgestempelt. Wenn ich jetzt auch noch anfangen würde, mich selbst zu schlagen …

„Nein, nein", sagte ich hastig. „Und danke, ich habe ganz gut geschlafen."

Zumindest war meine Schlaflosigkeit nicht auf blutige Bilder zurückzuführen, die mich verfolgten, sondern vielmehr auf meine unstillbare Neugier.

„Also ist alles in Ordnung?"

„Jap."

„Gut." Und schon wurde sein Gesicht zum Cop-Face. „Trudis Sohn hat durchsickern lassen, dass die Stricknadeln möglicherweise seiner Mutter gehörten. Du weißt da nicht zufällig etwas drüber?"

Ich kämpfte dagegen an, doch das Blut stieg mir trotzdem in die Wangen. „Äh … was? Welche Nadeln?"

Rispo schnaubte laut. „Okay, ich werde einfach nicht weiter nachfragen. Sonst müsste ich dir nachher tatsächlich noch Handschellen anlegen."

Handschellen?

War es auf einmal heiß hier geworden? Gott, ich sollte aufhören, mir Rispo, Handschellen und ein Bett vorzustellen. Mein Problem war nur, dass ich eine rege Fantasie und noch allzu gut in Erinnerung hatte, wie sich seine Hände auf meinem Körper anfühlten und sein Mund …

„Der eigentliche Grund, warum ich hier bin", redete Rispo weiter, völlig unwissend darüber, was er gerade in meinem Kopf mit mir anstellte. Es war vielleicht besser, dass ich nicht allzu viel Zeit hatte, Liebesromane zu lesen. Womöglich wäre meine Fantasie dann noch ausgeprägter.

„... werde mir die Zoohandlung und das Umfeld von Schnitzker noch einmal ..."

Gott, wenn ich in einem Erotikroman leben würde, dann würde ich ihn jetzt auf den Tresen werfen und wie den Mount Everest besteigen. Es wäre mir egal, dass er absolut nicht der Richtige für mich war. Dass er mit seinem Job verheiratet war ...

„... Gefühl hatte, ich sollte dir noch einmal einen Besuch abstatten, um sicher zu gehen, dass du keine Flausen im Kopf hast, wieder selbst zu ermitteln."

„Mhm?" Ich hatte nur mit halbem Ohr zugehört. War das eine Frage gewesen? Ich blinzelte. „Was?"

Er seufzte schwer und sah schon wieder äußerst genervt aus. „Lou!"

Ich riss mich zusammen und verlagerte meine Konzentration wieder auf sein Gesicht. „Entschuldige. Ich habe viel im Kopf." Sex und Handschellen und dich. „Ähm ... Schnitzker? War das der Paketbote?"

Seine Miene verdüsterte sich. „Das ist das Einzige, was du mitbekommen hast?"

Nun ... ja. Schon.

„Louisa." Seine Hand legte sich sanft um mein Kinn. „Hast du das gehört? Du wirst nicht ermitteln. Du wirst nichts tun, ist das klar? Ich werde mir den Fall ansehen, und wenn ich nichts finde, dann wird ein Gericht entscheiden, ob Kai schuldig ist, oder nicht.

Aber ich werde suchen, in Ordnung? Du musst mir da vertrauen. Ich bin gut in dem, was ich tue."

Oh Gott, ja. Das war er. So gut.

„Ich nehme meine Arbeit verdammt ernst, und ich bin niemand, der nur aus Bequemlichkeit den Falschen einbuchtet."

Oh. Er redete von seinem Job. Schade.

„Also, versprich mir einfach, dass du die Finger von dem Fall lässt."

Ich stieß seine Hand weg. „Ich weiß, Josh. Du bist gut in dem, was du tust", wiederholte ich seine Worte.

Er verengte die Augen. „Du hast immer noch nichts versprochen."

Ich lehnte mich etwas vom Tresen weg. „Ist dir aufgefallen, was?"

Er schlug mit der Faust gegen seine Stirn. „Du machst mich fertig, weißt du das? Wie kannst du so süß und unschuldig gucken, während du bereits planst, mich aufzuregen?"

„Ich würde nicht sagen, dass ich es plane ... es passiert einfach. Das ist kostenlos im Louisa-Manu-Abo mit inbegriffen."

„Kommt das Abo auch mit einer Wunsch-frei-Karte?"

„Mhm ... was würdest du dir denn wünschen?"

„Dass die Seite in dir, die so talentiert Ostereier sucht, auf der Stelle verkümmert."

Ich zog eine Grimasse. „Tut mir leid. Diese speziellen Karten sind nur für Langzeitkunden. Und du musst dir wirklich keine Sorgen machen. Ich werde nichts Dummes tun."

„Wirklich? Nur ist das, was du als dumm ansiehst, etwas ganz anderes als das, was ich als dumm ansehe."

Die Augen verdrehend trat ich hinter dem Tresen hervor und versuchte ihn am Ellenbogen aus dem Laden zu dirigieren. „Du machst dir zu viele Gedanken. Warum sollte ich scharf darauf sein, wieder einen Mörder zu jagen? Also wirklich. Wenn das alles war, dann ..."

Josh bewegte sich kein Stück. „Nein, das war nicht alles." Seine Hand streifte meine Taille, als er meine Finger langsam von seinem Ellenbogen schälte.

Gott, ich hätte hinter dem Tresen bleiben sollen. Warum war ich nicht hinter dem Tresen geblieben?

„Wenn ich schon einmal hier bin, was hältst du davon, mir zu erzählen, warum du nicht mehr mit mir redest?"

„Ganz wenig. Gar nichts, wenn ich genau bin."

„Louisa ..."

Seine Stimme war weich, sein Blick eindringlich und ... verdammt, ich war wieder kurz davor, mich einfach in seine Arme zu werfen und mein Gesicht an seiner Halsbeuge zu vergraben.

„Ist es wegen ... der einen Nacht? Ich kann mich nämlich nicht daran erinnern, dass es da irgendetwas gegeben hat, was dich hätte wütend machen können. Mir fallen da sogar drei Dinge ein, die dagegen sprechen ..." Ein arrogantes Lächeln erschien auf seinen Zügen, und sofort sprang mein kurzzeitig lustinfiltriertes Gehirn von schnurrender Katze auf wütende Bestie.

„Das ist fast drei Monate her, Josh", sagte ich langsam, die Arme verschränkend. „Drei Monate."

Er schien verwirrt. „Ich weiß. Ich war dabei."

Er hatte echt keine Ahnung? Wie konnte … was … „Josh!", presste ich zwischen den Zähnen hervor. Jetzt musste ich es ihm doch tatsächlich buchstabieren. „Du hast mit mir geschlafen, ein Notruf kam rein, du hast gesagt, du meldest dich, und dann bist du gegangen."

„Und?"

„Du sagtest, du meldest dich!"

„Das habe ich doch."

Ungläubig klappte meine Kinnlade herunter. „Nach vier Wochen!"

„Ich verstehe dein Problem nicht."

„Das ist ein Monat, Josh!"

„Ich weiß. Ich war in der Grundschule."

„Du … du bist unglaublich!", rief ich lauter als gewollt. „Du hast angerufen, gefragt, ob ich mit dir rumhängen will, und als ich bei deinem ersten Termin nicht konnte, hast du wieder gesagt, du meldest dich … was du natürlich für zwei Wochen nicht getan hast. Und dann bist du plötzlich verwirrt, dass ich sauer bin?"

Er kratzte sich am Kopf und sah so ahnungslos aus, dass ich ihn gerne geschüttelt hätte.

„Ich war beschäftigt", erklärte er langsam. „Und dann war Weihnachten. Die Zeit ist einfach vergangen."

Ich ließ die Hände sinken und schüttelte fassungslos den Kopf. „Nein! Nein, nein, nein. Weißt du was?" Ich wedelte mit meinen Händen vor seinem Gesicht herum. „Ari hatte recht."

Verwirrt blinzelte er mich an. „Wer ist Ari?"

Ich lachte. Natürlich. Er wusste nicht einmal, wer meine beste Freundin war. Was hatte ich mir gedacht? Wir kannten uns nicht. Wir hatten ein paar heiße Küsse und eine Nacht miteinander geteilt, mehr verband uns nicht. Was hatte ich erwartet? Es war schon naiv von mir gewesen, zu denken, dass er an mehr als an meinem Körper interessiert sein könnte.

„Ist egal, Josh", sagte ich, beide Hände in der Pose der Kapitulation erhoben. „Nicht wichtig. Wir sehen uns, wenn wir uns sehen."

Josh starrte mich an und runzelte die Stirn. „Warum macht dich das so sauer? Dass ich mich zu spät gemeldet habe? Was hast du denn geglaubt, was ... was passiert? Wir haben keine Beziehung, Lou, wir haben einmal miteinander ..."

„Herrgott, ich weiß! Und wenn wir zusammen wären, dann würde ich mich jetzt auf der Stelle von dir trennen!"

Er legte den Kopf schief. „Also willst du nicht mit mir ausgehen?"

Dieser Mann hatte vielleicht einen Nerv! „Was? Nein! Damit du mich versetzen kannst? Ganz sicher nicht."

Er sah aus, als empfände er meine Antwort als inakzeptabel. „Hab ich deine Gefühle verletzt? Wolltest du mehr?"

Gütiger Himmel, konnte er bitte aufhören zu reden? „Bitte geh einfach, okay?"

Stille.

Dann: „Kann ich wenigstens noch kurz Blumen kaufen?"

Blumen kaufen? Für eine andere Frau?

Ich musste mich beruhigen. Einen Beamten anzufallen, würde sich nicht gut in meinem Lebenslauf machen.

Ach was, wen interessierte schon mein Lebenslauf! Ich war selbstständig, es würde nie wieder jemand auf meinen Lebenslauf achten. Ich würde Rispo niederstrecken, mit seinen verdammten Handschellen in einen Keller sperren und ... nein.

Ich atmete ruhig und langsam aus. Ich war besser als das. Wenn ich ihm zeigte, dass er meine Gefühle verletzt hatte, dann gewann er.

Ich ließ die Hand sinken und setzte ein verkniffenes Lächeln auf. „Natürlich kannst du das. Weißt du was?" Ich lief durch den Verkaufsraum und fischte eine weiße Blume aus einem der mit Wasser gefüllten Töpfe. „Hier, ich schenke dir eine Lilie."

Rispo starrte auf die Blume, die ich ihm in die Hand gedrückt hatte. „Was soll ich mit einer Lilie?"

„Die steht für Keuschheit. Ich dachte, das könntest du ja mal ausprobieren."

Er runzelte die Stirn. „Warum willst du dir denn selbst schaden?"

Der Geist dieses Mannes war unzerstörbar. „Halt die Klappe, Rispo, und sag mir, welche Blumen du willst."

Er suchte welche aus – Tulpen in Rosa und Weiß – und bezahlte. Ich nahm sein Geld, integrierte die Lilie in den Strauß, wickelte die Blumen ein und reichte sie ihm über die Theke. „Hier."

Er bewegte sich nicht. Stattdessen starrte er mich an. Ungeduldig ließ ich meine Fingerkuppen auf den Tresen prasseln. „Was?"

Er sah mich unschlüssig an und runzelte die Stirn – dann beugte er sich vor, legte eine Hand um meinen Hals und küsste mich.

Es war kein spektakulärer Kuss. Seine Lippen berührten mich sanft und kurz – aber meine Nervenenden standen von meinem Körper ab, als hätte er mir gerade einen 200-Volt-Stromschlag verpasst.

Er lächelte. „Ja, so gefällt mir dein Gesicht besser."

Er nahm die Blumen, zeigte mit dem Zeigefinger auf mich, sagte: „Nicht vergessen, Finger weg vom Fall!", und war aus der Tür.

Ich starrte ihm hinterher. Seinen Geschmack auf meinen Lippen. Was war da gerade passiert?

In welcher Welt hatte Rispo mein Verhalten als Erlaubnis dazu deuten können, mich zu küssen?

Und warum hatte ich ihn gelassen? Und warum wollte ich jetzt, dass er sofort zurückkam?

Mist.

Ich musste wirklich an meiner Körpersprache arbeiten – nachdem ich meine Beine dazu gebracht hatte, sich wieder zu bewegen. Eines nach dem anderen.

Zumindest hatte ich eine Entscheidung gefällt. Ich würde Trudis Sohn helfen. Von Rispo würde ich mir ganz bestimmt nicht sagen lassen, was ich zu tun und zu lassen hatte.

Trudi traf eine Viertelstunde später im Laden ein. Sie wollte mir nicht sagen, wo sie gewesen war, fragte mich aber sofort, ob ich schon eine Fährte aufgenommen hätte. Ich versprach ihr, bei der Zoohandlung vorbeizufahren, um die sich Kais Mitarbeiter im Moment alleine kümmerten. Wiederum eine Viertelstunde später konnte ich mit relativ gutem Gewissen den Laden verlassen. Na ja, mit einem so guten Gewissen, wie es unter dem Umstand, dass man seine bekiffte Schwester und eine alte, verrückte Dame in der Verantwortung zurückließ, eben ging.

Die Braut stellte sich als dankbare Kundin heraus und das Gespräch, in dem nur die groben Gegebenheiten besprochen wurden, dauerte nicht lang. Ihr Motto war schlicht und elegant und sie war sehr entscheidungsfreudig – vor allem deswegen, weil die Hochzeit ja bereits in zwei Tagen sein würde. Ich versicherte ihr, dass die kurze Zeitspanne kein Problem sei und ich die Lieferung persönlich abholen würde, und fuhr gegen Mittag wieder in Richtung Laden zurück. Bevor ich jedoch meinen Kontrollzwang weiter ausleben konnte, machte ich den versprochenen Stopp bei Zoo&Kunz.

Als ich in den warmen Verkaufsraum trat und mir erneut der Geruch von Tierexkrementen, Chlor und süßlichem Parfüm entgegenschlug, wurde mir augenblicklich übel. Nicht etwa, weil der Geruch so schlimm gewesen wäre – was er war –, sondern weil ich ihn automatisch mit der Leiche verband, die sich keine zwanzig Meter Luftlinie von hier befunden hatte. Ich schauderte ein wenig, und als mein Blick auf die Vogelspinnen, Schlangen und Echsen im ersten Gang fiel, hätte ich mir am liebsten die Augen zugehalten.

Zoohandlungen waren eindeutig nicht der richtige Ort für mich. Eine Süßigkeiten-Fabrik wäre da schon eher mein Fall. Ich würde mich auch mit einer Bar zufriedengeben. Oder einem Bällebad.

Hinter der Kasse saß wieder das junge Mädchen, diesmal ohne Kaugummi, doch heute lehnte auch ein braungebrannter junger Mann, vielleicht Mitte zwanzig, neben den Hamsterkäfigen. Er lachte gerade über etwas, das das Mädchen gesagt hatte. Sein grünes Polohemd wies ihn als Mitarbeiter aus.

Meine Mitarbeiter waren anscheinend die einzigen, die ein Problem mit solchen Kleidungsstücken hatten.

Ich zwängte mich an den Käfigen vorbei und glitt zur Kasse. Schön, vielleicht war zwängen nicht das richtige Wort. Die Enge war wohl eher auf einen klaustrophobischen Anfall meinerseits zurückzuführen, den ich bekam, als die Schlangen anfingen, sich zu bewegen. Tiere ohne Beine waren noch viel schlimmer als Tiere mit acht Beinen. Und es war mir egal, ob ich das weibliche Klischee schlechthin war – Spinnen und Schlangen gehörten überall hin, nur nicht in zwanzig Kilometer Reichweite zu mir.

„Hallo", sagte ich etwas atemlos, als das ganze Getier endlich aus meiner Sichtweite war.

„Oh." Das Mädchen sah auf. „Sie schon wieder. Wollen Sie etwa noch eine Leiche finden?"

Diese Anschuldigung weckte sofort das Interesse des Mitarbeiters. „Sie haben Kai und den Paketboten gefunden?", fragte er mit gehobenen Augenbrauen. „Meine Güte, wenn Sie nur ein paar Minuten eher gekommen wären, hätten Sie ihn womöglich noch davon abhalten können!"

Ich verschränkte die Arme und wippte auf meinen Stiefelabsätzen vor und zurück. „Hätte ich nicht. Kai ist nämlich unschuldig."

Das schien den Jüngling zu überraschen. Er blies sich die blonden Surferhaare aus der Stirn. „Die Polizei war vorhin hier – die hat was anderes gesagt, oder Tanja?"

Tanja steckte sich ein Kaugummi zwischen die Zähne – es hatte dieselbe pinke Farbe wie das gestrige – und nickte. „Die waren voll überzeugt, dass sie ihren Täter schon haben."

War das Rispo gewesen? Hatte er gesagt, dass sie den Täter schon gefasst hatten?

„Nun, ich bin es nicht", sagte ich verkniffen lächelnd und lehnte mich an den Tresen. „Wart ihr beide gestern hier? Tanja und …" Ich sah auf das Namensschild des Mitarbeiters. „Lars?"

Lars nickte. „Jo! Tanja, ich und Daniel. Wir sind immer zusammen hier. Wir haben meistens die Schicht morgens. Außer, wenn wir sie eben nicht haben."

Na wunderbar. Präzise Erklärungen waren mir die liebsten.

Ich sah mich um. „Und wo ist Daniel?"

Lars nickte in eine vage Richtung. Offenbar waren die Mitarbeiter dieses Ladens zu keinen genauen Angaben fähig. „Der ist irgendwo im Lager. Also nicht das draußen – da ist noch überall Blut auf den Steinen. Ich meine im Lager von all dem Kram, der nicht frisch sein muss. Da drüben." Wieder nickte er irgendwo hin.

„Und ihr habt gestern nichts gehört? Obwohl ihr alle hier wart? Niemanden gesehen?"

Tanja verengte die Augen und ließ eine Blase vor meinem Gesicht platzen. „Sie kommen mir bekannt vor. Wer, haben Sie gesagt, sind Sie noch gleich? Die Polizei war schon hier. Die können Sie nicht sein! Warum stellen Sie also so viele Fragen?"

Ich hatte gar nichts gesagt. Aus gutem Grund. Unangenehm berührt räusperte ich mich. „Ich bin eine Freundin von Trudi, Kais Mutter, und sie hat mich gebeten, ein paar ... Informationen einzuholen."

Das Mädchen musterte mich und pulte sich etwas Kaugummi von den Lippen, dann erhellte sich ihre Miene schlagartig. „Ey, Lars! Das ist diese Frau mit dem Finger aus dem Sperrmüll. Sie haben letztes Jahr eine Mörderin gefangen! Es stand überall in der Zeitung. Das sind doch Sie, oder?"

Ich wurde noch röter, kam jedoch nicht dazu, zu antworten.

„Wer hat eine Mörderin gefangen?", fragte eine Stimme hinter mir, und ein weiterer junger Mann, Daniel tippte ich, gesellte sich zu uns.

„Sie hier. Sie ist die Fingerfrau! Die aus dem Fernsehen und der Zeitung. Erinnerst du dich? Kai hatte erzählt, dass er sie kennt."

Ihr Zeigefinger schwang immer noch in meinem Gesicht hin und her, und ich musste mich zusammenreißen, ihn nicht zu packen und Tanja daran über die Theke zu ziehen.

„Ja, das bin ich", sagte ich seufzend. „Und könntet ihr mir nun bitte ein paar weitere kleine Fragen beantworten?"

„Aber klar", sagte die Blondine sofort begeistert. „Sie sind voll die Berühmtheit!"

Ich befürchtete, mehrere Milliarden Menschen würden ihr da widersprechen, aber wer war ich, sie zu korrigieren? Außerdem: Wenn es sie dazu brachte, etwas Licht in den Mordfall zu bringen, konnte das Ganze ja nicht schaden.

„Was für Fragen wollen Sie denn beantwortet haben?", fragte Daniel verwirrt. Er war einen halben Kopf kürzer als Lars – der aussah wie dem Cover eines Surfmagazins entsprungen –, seine schwarzen Haare hingen ihm wirr in die Stirn und wurden nur von einer kantigen schwarzen Brille davon abgehalten, ihm in die Augen zu fallen. Außerdem war ein Hanfblatt auf seinen Unterarm tätowiert. Emmi würde sich bestimmt blendend mit ihm verstehen.

„Sie hat gerade gefragt, ob wir gestern irgendetwas gehört oder gesehen haben", bemerkte Lars und lächelte mich an. Seine Zähne waren im Vergleich zu seiner gebräunten Haut unnatürlich weiß. Es war Januar, Herrgott! Wo hatte er diese Bräune her? Sie sah so gleichmäßig aus. Das schafften Sonnenstudios doch sonst nie. Ich war nur einmal im Leben in einem menschlichen Toaster gewesen – vor meinem Abiball, als meine Mutter mir eingeredet hatte, dass ich keine Fotos haben wollte, bei denen alle in zwanzig Jahren fragen würden, wer denn der Käse auf dem Bild sei.

„Aber das hat die Polizei doch gerade schon gefragt", stellte Daniel immer noch irritiert fest. „Warum wollen Sie das denn auch nochmal wissen?"

„Weil sie voll die Detektivin ist, Daniel", erklärte Tanja neunmalklug. „Stimmt doch, oder?"

Nein. Stimmte nicht. Wenn Rispo jetzt hier wäre ... ich wüsste genau, auf welche Art und Weise er sein Gesicht verziehen würde.

„Ich bin nur eine Freundin der Familie und möchte sichergehen, dass der Polizei nichts durch die Lappen geht", sagte ich leichthin. „Also: Habt ihr jetzt was gesehen oder gehört?"

Simultan schüttelten alle den Kopf.

„Nee, ich war hier an der Kasse, wissen Sie doch. Da war niemand anderes außer Sie hier", erklärte Tanja.

„Ich war im Lager", sagte Daniel. „Allein."

„Ich war im Büro, Lieferscheine ordnen", meinte Lars und hob die Schultern.

Das waren alles wirklich keine zufriedenstellenden Antworten. „Was ist mit dem Paketboten? Kanntet ihr ihn?"

Sie nickten.

„Ja, klar. Der kam ja öfters hierher", sagte Tanja. „Auch wenn ich gar nicht wusste, dass er zu dem Zeitpunkt seines Todes überhaupt da war. Ich hab ihn zumindest nicht hier durchlaufen sehen. War auch gar nicht sein Tag."

„Habt ihr euch schon einmal mit ihm unterhalten? Hat Kai sich mit ihm unterhalten?"

Jetzt zuckten alle die Schultern.

„Keine Ahnung", meinte Daniel. „Wir arbeiten alle hier, also natürlich haben wir auch mit dem Paketboten geredet. Er kam mindestens einmal die Woche vorbei. Die Lieferungen und Pakete angenommen hat allerdings meistens Kai. Ich weiß nicht, ob sie sich besser kannten. Aber mussten sie ja wohl – sonst hätte er ihn ja nicht umgebracht."

„Er hat ihn nicht umgebracht", sagte ich verkniffen. Mir tat der Kiefer weh, weil ich den ganzen Tag lang immer wieder meine Zähne aufeinanderpresste.

Die drei wechselten einen Blick, der mich dezent aggressiv machte, weil er mich an Rispos Gesichtsausdruck erinnerte, immer wenn er dachte, dass ich mich mit dem, was ich tun wollte, übernahm.

„Alles klar, wenn Sie das sagen", sagte Lars betont nachsichtig.

Ich seufzte. „Ja, das sage ich. Fällt euch sonst noch etwas ein, was wichtig sein könnte?"

Alle schüttelten den Kopf.

„Alles klar. Trotzdem danke. Wenn ihr euch doch noch an etwas erinnert", ich kramte eine meiner Visitenkarten aus meiner Handtasche und drückte sie Tanja in die Hand, „dann könnt ihr mich ja anrufen."

Das war ja mal ein Schuss in den Ofen gewesen.

Ich wandte mich zum Gehen, erinnerte mich aber daran, dass ich noch eine Frage vergessen hatte. Hastig drehte ich mich noch einmal um und erwischte Lars, der in einem Gang hatte verschwinden wollen, am Ellenbogen.

„Wo hast du die Bräune her? Und wie komme ich da hin?"

Verdutzt sah er mich an. „Äh ... Australien. Ich würde ein Flugzeug vorschlagen?"

Mist. Australien war nicht in meinem Budget. Ich seufzte. „Danke."

Das war anders verlaufen, als ich es mir erhofft hatte. Irgendwie hatte ich fest damit gerechnet, dass einer der Mitarbeiter im Gebüsch gesessen und mit seinem Handy rein zufällig ein Foto von der Mordtat geschossen hatte.

Ach, das war doch alles blöd. Ich hatte einfach zu wenige Informationen. Ich wusste nicht, in welcher Verbindung der Paketbote mit der Zoohandlung oder mit Kai oder irgendwem stand.

Ich trat aus dem Laden und ging im Kopf noch einmal die Mitarbeiter durch.

Lars, Daniel und Tanja.

Rein logisch betrachtet, standen sie auf der Liste der Verdächtigen. Sie waren alle in Reichweite gewesen und hatten leichten Zugang zum Hinterhof. Andererseits war die Tür nicht verschlossen gewesen und Tanja konnte man nicht gerade als konzentrierte Kassiererin bezeichnen. Sie hatte die Aufmerksamkeitsspanne eines Goldfisches. Es hätte sich leicht jemand in den Laden stehlen, zum Hinterhof vorschleichen und dann wieder abhauen können.

Wo ich gerade darüber nachdachte ... was hatte der Paketbote dahinten eigentlich verloren? Das Tor zum Hinterhof war verschlossen gewesen. Er musste durch den Laden gekommen sein, oder? Aber Tanja hatte gemeint, ihn nicht gesehen zu haben. Das hieß entweder, dass sie gerade mit ihrem Handy beschäftigt gewesen war, oder dass jemand ihm das Tor aufgemacht und es dann wieder verschlossen hatte. Was wieder auf einen Mitarbeiter als Verdächtigen schließen ließ.

Das half mir jedoch alles nicht, solange ich keine weiteren Informationen hatte. Was ich brauchte, war ein Überblick über die gesamte Lebenssituation des Opfers. Bankdaten, Namen und Lebenslauf wären ganz nett. Am besten auf einem Silbertablett serviert, damit das Zusammensuchen der Informationen nicht so anstrengend war. So wie letztes Mal eben ...

Doch die Polizei ein zweites Mal in einem Leben dazu zu bestechen, Einblick in ihre Akten zu erhalten, würde meine Chance darauf, in den Himmel zu kommen, wohl beträchtlich schmälern. Nicht zu vergessen, dass es schon beim ersten Mal ein Wunder gewesen war, dass der Polizeichef mir nicht den Vogel gezeigt hatte.

Nein.

Ich musste anders vorgehen. Und ich wusste auch schon wie. Nur, um eine Bestechung würde ich trotzdem nicht herumkommen.

Kapitel 5

Ich rief beim Laden durch, um zu checken, ob alle noch lebten. Ich bekam eine kleine Panikattacke, als Emily berichtete, Trudi sei noch einmal Kunden anwerben gegangen. Allerdings wurde ich von ihr beruhigt: Sie sei schon wieder nüchtern und wolle deshalb noch heute Abend das Geld von ihrem Dealer zurückverlangen. „Wer weiß, mit was der das Zeug gestreckt hat! So schnell war ich noch nie wieder klar im Kopf."

Mir fiel es schwer, das richtige Maß an Mitgefühl für sie aufzubringen. Am liebsten hätte ich ihr eine fleischfressende Pflanze vor die Nase gehalten, damit diese einmal ordentlich zubiss.

Ich hatte gerade aufgelegt und wollte die nächste Nummer wählen, als meine Mutter anrief.

Mein Blick blieb auf dem Display hängen und augenblicklich traten mir Schweißperlen auf die Stirn. Ich wollte da wirklich nicht drangehen. Mit meiner Mutter zu diskutieren war, wie gegen eine Wand zu rennen. Schmerzhaft und irgendwie ... dumm.

Vor allem, weil ich ahnte, über was sie mit mir reden wollte. Mittlerweile musste auch zu ihr durchgesickert sein, dass ich über eine Leiche gestolpert war. Ich wusste noch nicht wie, aber sie würde mir die Schuld für diesen blöden Zufall geben.

Nun – irgendwann würde ich mit ihr reden müssen. Spätestens Sonntag beim Brunch. Und war es da nicht besser, über das Telefon, statt persönlich angeschrien zu werden?

Ich hob ab und hielt das Handy vorsorglich etwas von meinem Ohr weg. „Ein herzliches Hallo, Euer Hochwohlgeboren."

„Zwei Tote innerhalb von zwei Monaten! Zwei Tote, Louisa, innerhalb von zwei Monaten!" Das zweite Mal sprach sie die Worte ganz langsam aus, so als fürchte sie, dass mir die vielen Toten auf die Ohren oder aufs Gehirn geschlagen waren.

„Innerhalb von drei Monaten, und das erste Mal habe ich nur den Finger gefunden", verteidigte ich mich automatisch. Merkwürdigerweise hatte ich mich beim Finger zu Tode erbrochen, während die Leiche mich nicht so stark berührt hatte. Natürlich, mir war schlecht gewesen, und auch die Ohnmacht war für einen Moment eine recht starke Option gewesen, aber dennoch: Die Leiche hatte einfach so ... unecht ausgesehen. Wie eine Statue im Wachsmuseum. Ich meine, der Körper des Mannes war komplett unversehrt gewesen – also, bis auf die Stricknadel, die aus seinem Hals geragt hatte. Und das Blut.

Wenn ich so genau drüber nachdachte, dann war der Mann alles andere als unversehrt gewesen.

„Und schon wieder warst du in der Zeitung. Wir sind heute beim Meeting nicht dazu gekommen, über die

Benefizveranstaltung zu sprechen, weil mich alle mit Fragen und mitleidigen Blicken gelöchert haben."

„Ich stand nicht in der Zeitung! Also ... zumindest wurde ich nicht namentlich erwähnt."

„Aber trotzdem wussten alle, dass du es warst! ‚Eine vom Pech verfolgte Blumenladenverkäuferin'."

„Blumenladeninhaberin", korrigierte ich und stützte mich mit einem Arm auf meinem Auto ab. „Und deine Freundinnen sollen sich ihre eigenen Leichen zum Drüberreden besorgen. Du kannst ihnen ja sagen, dass sie mir meine lassen sollen."

„Louisa Josephine Manu! Wann hörst du endlich auf, über so schreckliche Sachen Witze zu machen?"

„Das weiß ich noch nicht so genau. Mit fünfzig vielleicht?" Wenn ich mir meine Mutter ansah, dann war das offenbar das Alter, in dem man seinen Humor verlor.

„Du brauchst unbedingt einen Mann."

Überrascht starrte ich den Hörer an. Das war selbst für meine Mutter ein ziemlich weit gespannter Bogen.

„Was hat denn ein Mann mit dem Ganzen zu tun? Selbst mit Freund hätte ich die Leiche gefunden."

Meine Mutter hüstelte pikiert. „Nein, mit Freund hättest du Besseres zu tun, als in fremden Hinterhöfen herumzuschnüffeln."

Ich verdrehte die Augen. Nur meine Mutter konnte alle Tatsachen so drehen, dass sie meinem Singledasein die Schuld für ihre soziale Schmach in die Schuhe schieben konnte. „Weißt du, Mama, ich hatte überlegt, einfach ewig allein zu bleiben. Ich bin eine tolle Tante – wer braucht schon mehr! Also, so wie es aussiehst, wirst du wohl noch von einigen Leichen hören. Wo ich die doch als Single magnetisch anziehe."

„Lou, hör auf, dich lustig zu machen."

Ich versuchte es ja, aber meine Zunge war mir wie immer mehrere Schritte voraus!

Ich konnte meine Mutter schnauben und irgendetwas Unverständliches murmeln hören. Wahrscheinlich war dieses Gespräch nicht gut für ihren Blutdruck – ich sollte besser auflegen. Um ihrer Gesundheit willen.

„Mama, ich muss los. Ich versichere dir, dass ich den Leichen in nächster Zeit aus dem Weg gehen werde – und wenn ich doch noch eine finde, komm ich bei deinem Club vorbei und beantworte die Fragen höchstpersönlich, in Ordnung?"

An ihrem Nach-Luft-Schnappen konnte ich deutlich hören, dass nichts in Ordnung war, doch bevor sie anfangen konnte, weiterzureden, verabschiedete ich mich eilig. Sobald ich aufgelegt hatte, wählte ich schnell die nächste Nummer. So würde meine Mutter mich nicht erreichen, sollte sie es sofort noch einmal versuchen.

Ich lehnte mich gegen den Wagen, lauschte dem Freizeichen und musste breit lächeln, als jemand abhob.

„Huhuuu, ich bin hier und wer ist da?"

„Hey, Lara, hier ist Tante Lou … warum hast du das Handy von deinem Papa?"

„Ich durfte heute Morgen kein Schokomüsli essen", erklärte sie langsam, als würde das alles erklären. „Da war ich sehr traurig. Weil, Isa durfte Müsli essen und ich nicht, und Papa meinte, das wäre so, weil ich gestern wegen dem Zähneputzen gelogen hätte. Dabei hab ich gar nicht gelogen. Ich hab nur auch nicht die Wahrheit gesagt. Aber in der Schule habe ich dann eine Schokomilch bekommen. Das war auch in Ordnung. Und wir haben noch einen Buchstaben gelernt. Wir haben jetzt fast alle ..."

Ich musste breit lächeln und mir tat es wirklich leid, sie unterbrechen zu müssen, aber wenn ich sie jetzt nicht stoppte, würde ich drei Stunden am Telefon festhängen. Lara hatte die Fähigkeit, einen dreckigen Esel zu einem schillernden Einhorn zu machen, und dann alle hunderttausend bunten Facetten seines Schweifes zu beschreiben. Ohne Punkt und Komma.

„Schätzchen, behalt das mit dem Buchstaben im Kopf, ich möchte Sonntag alles darüber erfahren, aber kannst du mir vielleicht deinen Papa geben?"

Klickgeräusche drangen durch den Hörer, so als würde Lara mit ihren Fingernägeln gegen das Mundstück des Telefons klopfen. „Der ist gar nicht hier. Der ist auf der Arbeit. Das Handy hat er liegen lassen. Mama hat es gesehen, ihm aber nichts gesagt, weil, er muss selbst aus seinen Fehlern lernen."

Ach, ich liebte Steffi. Die Frau meines Bruders war eine der besten Personen, die ich kannte. Nicht weil sie Jannis ab und zu quälte ... auch wenn das ein ausschlaggebender Faktor war. Nein. Sie war einfach eine Frau, die nach Prinzipien lebte.

Selbst geschriebenen, sich täglich verändernden Prinzipien.

„Das ist sehr weise von deiner Mama, Lara. Dein Papa hat eine Menge Fehler, er kann also noch eine Menge lernen. Ist Mama denn da?"

„Jaaa ...", flötete sie, bevor ihre Stimme im nächsten Moment zu einem Brüllen heranreifte. „Mama! Tante Lou findet dich weise und möchte dich sprechen!"

Ich konnte einiges Stimmengewirr hören, dann ein Geräusch, so als sei Lara das Telefon kurz aus der Hand gefallen, und schließlich war Steffi am Apparat.

„Hey, Lou. Alles in Ordnung? Hab das mit der Leiche gehört. Geht es dir gut?"

Ich seufzte. Alle hatten von der Leiche gehört.

„Ja, alles in Ordnung. Menschen sterben. Passiert." Nur meistens ohne Stricknadel und das viele Blut. Und meistens nicht in meiner Gegenwart. „Aber danke der Nachfrage."

„Du hast aber auch wirklich Pech. Deine Mutter wird sich freuen!"

„Das tut sie bereits, und ich fürchte, dass ihre Freude noch anhalten wird. Aber ich werde Sonntag einfach Lara dazu auffordern, ihr von dem heutigen tragischen Morgen zu berichten, an dem sie kein Schokomüsli haben durfte. Dann sind zwei Stunden rum und ich kann gehen."

Steffi lachte. „Hat sie dir auch schon von dem neuen Buchstaben berichtet, den sie heute gelernt hat?"

„Das wird sie Sonntag nachholen, aber eigentlich wollte ich nur mit Jannis sprechen. Hast du eine Ahnung, wo er ist?"

„Oh ja. Er ist auf dem Präsidium. Wollte sich den Papierkram für irgendeinen neuen Fall abholen. Wieso?"

Warum interessierten sich alle Leute nur immer für meine Handlungshintergründe? Sie sollten das bisschen Mystik, das ich ihnen bot, willkommen heißen.

„Nur so", meinte ich vage. „Ich will ein kleines Pläuschchen mit ihm führen."

Steffi lachte wieder. „Er hat mein Mitgefühl. Er wird auf der Hauptwache sein. Sei lieb zu ihm. Ich muss nämlich mit ihm wohnen!"

„Wann war ich nicht lieb zu Jannis?"

„Als du Tee auf seinem Bett verschüttet hast und ihm weismachen wolltest, er hätte in sein Bett gepinkelt?"

Das war lustig gewesen.

„Damals war ich sieben."

„Als du den Ausfluss deiner Mutter verstopft hast, als du Blumen umtopfen wolltest, und ihr erzählt hast, Jannis hätte Indisch gegessen und es nicht mehr rechtzeitig zum Klo geschafft?"

„Hey. Damals war ich ... fünfundzwanzig!"

Steffi schnaubte. „Deine Mutter hat dir geglaubt."

Ja, das hatte sie. Ach, die guten alten Zeiten.

„Oder weißt du noch damals, als du ihm die Pille ins Essen gemischt hast, um zu sehen, ob er dann auch seine Menstruation bekommt?"

Okay, ich sollte wahrscheinlich besser auflegen.

Ich fuhr zur Wache und fragte mich, ob Rispo gerade dort war. Nicht dass mir das etwas ausgemacht hätte, es war nur immer besser, so etwas vorher zu wissen. Damit ich mich mental darauf vorbereiten konnte. Mental und körperlich – denn bei ihm war eher mein Körper das Problem.

An der Rezeption der Polizeiwache saß wieder das Mädchen von gestern, das mich bereits kennen müsste. In letzter Zeit hatte ich sehr viel Zeit hier verbracht.

„Hallo", sagte ich freundlich. „Ist Jannis Manu hier? Anwalt für Strafrecht im Schnitzker-Fall? Ich bin seine Schwester und müsste ihn dringend sprechen."

Sie verengte die Augen. Ihre glatten braunen Haare fielen ihr bis zur Taille und ... wie schafften Frauen es nur, dass ihre Haare so glänzten? Mit wem musste ich schlafen, damit meine Haare auch so aussahen?

„Ja, er ist hier ...", sagte sie langsam. „Aber ich weiß wirklich nicht, ob Sie ihn stören sollten."

Ich legte mir eine Hand auf die Brust. „Ich bin seine Schwester – genetisch dazu veranlagt, ihn zu stören."

Das brachte sie zum Lächeln. „Okay, er ist im Büro bei unserem Recherchisten. Ich denke, das sollte in Ordnung sein."

„Danke. Den Raum finde ich."

Der Recherchist des Hauses war Marvin. Er hatte keinen offiziellen Titel, nannte sich jedoch ‚Recherchist', weil er nicht als ‚Mädchen für alles' bezeichnet werden wollte. Marvin war ein lieber Kerl und wirklich nett zu mir gewesen, als ich mich das letzte Mal in einen Fall eingemischt hatte. Er war der Typ Mann, den man sofort in die Kumpel-Kategorie einordnete und der sicherlich wusste, wie man sich Zöpfe flocht und die Füße massierte.

Ich lief nach rechts in einen Gang und nahm die dritte Tür links. Ich merkte erst, dass ich vergessen hatte, anzuklopfen, als ich bereits im Raum stand.

Gott sei Dank war er bis auf einen Schreibtisch, einem traurigen Ficus und Jannis, der über einer Akte hockte, leer. Mein Bruder schreckte auf, und als er mich erblickte, runzelte er überrascht die Stirn. Es war nicht die gute Art von Stirnrunzeln.

„Lou, was tust du hier?"

Ich hielt es für besser, erst einmal etwas Smalltalk zu führen. „Wie geht's dir?"

Skeptisch hob er eine Augenbraue. „Gut. Bis auf einen traumatischen Schokomüsli-Vorfall heute Morgen."

„Ja, davon habe ich schon gehört", sagte ich amüsiert und schloss die Tür hinter mir. Dann nickte ich zum Schreibtisch. „Bekommst du keine Kopie?"

„Doch, bekomme ich. Der Recherchist fertigt mir gerade eine an. Ich dachte, ich nutze die Zeit und diese Kopie", er hob die Akte hoch, „um mich bereits etwas einzulesen."

„Fleißig."

„Mhm ... also, was tust du hier?"

Gut. Smalltalk vorbei.

Ich faltete die Hände zusammen. „Na ja, eigentlich wollte ich dich um einen Gefallen bitten."

Alarmiert richtete er sich im Stuhl auf. „Oh Gott, nein."

„Du weißt doch noch gar nicht, um was ich dich bitten will."

Er deutete mit dem Zeigefinger auf mich. „Das letzte Mal, als ich dir einen Gefallen tun sollte, musste ich den Polizeipräsidenten erpressen, damit du deinen Willen bekamst und dein tiefer Wunsch, einem Mörder hinterherzujagen, erfüllt werden konnte!"

Ich verdrehte die Augen. Was für eine Drama-Queen! Ich hätte ihm ein Snickers mitbringen sollen.

„Du musstest ihn nicht erpressen. Du hast ihm nur einen kleinen Anreiz gegeben, deine Bitte noch einmal genauer zu überdenken."

Er schnaubte. „Bitte sag mir einfach, dass dein Gefallen nichts mit diesem Fall zu tun hat."

Ich schwieg.

„Lou, das kann unmöglich dein Ernst sein!"

„Ich will nur ein paar klitzekleine Informationen. Keine große Sache!"

Er glaubte mir kein Wort, das konnte ich in jeder seiner Falten erkennen, die sich um seine verengten Augen gebildet hatten. „Bei dir ist immer alles eine große Sache. Du machst keine kleinen, halben Sachen. Das war der Grund, warum Mama dich nie aufs Klettergerüst gelassen hat. Weil sie wusste, du würdest versuchen, bis auf die oberste Spitze zu kommen, um darauf auf einem Bein zu balancieren."

„Das ist Schwachsinn! Mama hat mir verboten, aufs Klettergerüst zu gehen, weil sie nicht wollte, dass ich mich dreckig mache."

Er schüttelte den Kopf. „Das habe ich anders in Erinnerung."

Ich löste meine Hände und seufzte. „Ist auch egal, darum geht es jetzt gar nicht. Ich verlange überhaupt nichts Außergewöhnliches von dir – nur ein paar allgemeine Kleinigkeiten." Am besten jedoch die ganze Akte.

Schnaubend schlug er besagte Akte zu. „Ja, das Ding ist nur, dass dich weder eine Kleinigkeit noch etwas Großes auch nur das Geringste angeht."

Das sah ich auch wieder anders. Und ich hatte mir schon früh beigebracht, meine Sichtweise als die richtige zu erachten. „Komm schon, Jannis!" Ich schob meine Unterlippe vor. „Nur ein paar Dinge, die ich Trudi erzählen kann, damit sie sich beruhigt. Keine

Einzelheiten. Ein Name wäre ganz cool, und dann hätte ich noch einige Fragen ..."

Er blieb hart.

„Nein. Ich werde dir wirklich nicht dabei helfen, deine Nase wieder in Rispos Angelegenheiten zu stecken. Der Typ weiß, wie man Menschen tötet, Lou."

„Jeder weiß, wie man Menschen tötet, denn jeder guckt Fernsehen."

„Aber er weiß, wie er damit durchkommen würde", meinte er ernst.

Es wurde Zeit, schärfere Geschütze aufzufahren.

„Komm schon. Ich spiele Babysitter für ein ganzes Wochenende."

Das gab mir seine Aufmerksamkeit. Langsam lehnte er sich im Stuhl zurück. „Ein Wochenende? Nein. Ich glaube nicht. Das kannst du besser."

„Ein langes Wochenende. Pfingsten oder so", erhöhte ich.

Mit schmalen Augen betrachtete er mich. „Pfingsten und Karneval."

„Karneval?", fragte ich verdrießlich. „Aber das würde bedeuten, dass ich acht Stunden mit den Mädchen in der Kälte stehen und Süßigkeiten vom Boden aufsammeln muss."

„Ich weiß. Deswegen will ich es ja nicht tun."

Ich seufzte und warf die Hände in die Luft. „Schön. Ich mach es! Dafür beantwortest du mir meine Fragen."

Er hielt drei Finger hoch. „Drei. Ich beantworte dir drei Fragen."

„Fünf."

„Vier."

„Deal."

Wir schlugen ein und ich überlegte fieberhaft, was ich wissen musste.

Schließlich fragte ich: „Wie heißt das Opfer?"

„Manuel Schnitzker." Mehr sagte er nicht.

Ich seufzte.

„Was ist mit den Stricknadeln? Gibt es dazu irgendetwas Neues? Wer hatte darauf Zugriff?"

„Das sind drei Fragen."

„Schön. Wer hätte die Stricknadeln klauen können?"

„Kai meint, jeder, der auch Zutritt zum Laden hatte. Er hat ausgesagt, dass Trudi sie vergessen hatte, weswegen er sie auf den Kassentresen legte, um sie dir zusammen mit den Medikamenten mitzugeben."

Etwas frustriert ließ ich die Schultern sinken. „Also könnte wirklich jeder sie genommen und ... benutzt haben?"

„Könnte – nur hat keiner der Mitarbeiter diese Stricknadeln auf dem Tresen gesehen. Kai könnte lügen."

„Könnte er, würde er aber nicht."

„Du kennst ihn doch gar nicht! Jeder Mensch lügt."

Ich wollte mich nicht in diese Debatte vertiefen, deswegen stellte ich einfach die nächste Frage. „Was ist mit den Mitarbeitern der Zoohandlung? Gibt es bei ihnen irgendwelche Auffälligkeiten?"

„Nein. Sie behaupten alle, sie kannten den Paketboten nicht wirklich, ihre Konten sind sauber, niemand hat eine Vorstrafe. Sie sind völlig harmlos."

Ich hätte andere Fragen stellen sollen. Keine dieser Antworten gefiel oder half mir sonderlich.

„Schön. Letzte Frage: Haben sie seine Schuhe gefunden?"

„Nein."

„Socken?"

„Das ist deine fünfte Frage."

„Die war impliziert."

„Nein. Nichts."

„Mist."

„Du sagst es." Jannis sah mit einem Mal erschöpft aus und er rollte mit dem Schreibtischstuhl einige Zentimeter zurück. „Weißt du, ich glaube auch nicht, dass Kai ein Mörder ist. Er hat kein Motiv ..."

„Nicht zu vergessen, dass er dafür nicht die Eier in der Hose hätte."

Irgendwie schien jeder über diese offensichtliche Tatsache hinwegzusehen. Dabei hatte ich immer geglaubt, den Männern seien ihre Eier so wichtig.

Jannis zog eine Grimasse. „Ja, das auch. Fakt ist jedoch, dass er im Moment auf dem Papier wie ein Mörder aussieht. Und das Gericht interessiert das Papier und nicht irgendjemandes Gefühl."

Blödes Gericht. Immer diese Institutionen, die sich nach Tatsachen sehnten und von Vermutungen oder der weiblichen Intuition nichts hören wollten. „Gibt es nicht noch irgendetwas, das ihm helfen könnte?"

Jannis Miene verschloss sich. „Keine weiteren Fragen."

„Aber deine Antworten haben mir überhaupt nichts gebracht!", beschwerte ich mich.

„Das tut mir wahnsinnig leid. Ich würde ja in Tränen ausbrechen, aber meine Mascara ist heute nicht wasserfest."

Seine Stimme triefte vor Sarkasmus und ich streckte ihm die Zunge raus – genau in dem Moment, als Marvin ins Büro trat.

„Louisa." Sein Gesicht erhellte sich. „Lange nicht mehr gesehen."

„Hey, Marvin", grüßte ich zurück. „Immer noch am Recherchieren?"

Er nickte und warf die Akten, die er in seinen Armen gehalten hatte, auf den Schreibtisch. „Ja, aber ich darf bald vielleicht mal ins Feld." Seine Augen schienen auf die dreifache Größe anzuwachsen. „Na ja, möglicherweise."

Für ein ‚vielleicht' und ‚möglicherweise' klang er ziemlich aufgeregt und ekstatisch.

„Toll. Das freut mich", sagte ich ehrlich.

Marvin war Anfang zwanzig, sah aus wie ein abgemagertes Hähnchen und hatte einen Haufen blonder Haare. Außerdem war er einfach unglaublich sympathisch.

„Mich freut es auch!", meinte er freundlich lächelnd. „Herr Manu, Sie müssten noch einmal mitkommen und ein paar Formulare unterschreiben." Er hielt die Tür für meinen Bruder auf.

Jannis warf mir einen letzten warnenden Blick zu und im nächsten Moment war ich alleine im Raum.

Wie unvorsichtig von ihnen, eine Fremde einfach so alleine zurückzulassen.

Okay, ich war alles andere als eine Fremde. Trotzdem. Es gab Personen, die so etwas ausnutzen würden.

Andere Personen natürlich.

Ich starrte auf den Schreibtisch.

Jetzt lag da nicht nur eine Akte, sondern gleich drei. Dreimal dieselbe Akte. Mhm.

Wieso juckten mir jetzt auf einmal die Fingerspitzen? Ich machte einen Schritt nach vorne, hob meine Hand und fuhr mit den Fingern über die Pappe.

Wer würde schon eine Akte vermissen?

Ich hob sie in meine Hand und blätterte sie auf. Zu viele Papiere, als dass ich sie mir alle hätte durchlesen oder abfotografieren können.

Ob es wohl jemandem etwas ausmachen würde, wenn ich eine mitnahm?

Das war eine dumme Frage und deswegen beantwortete ich sie mir nicht. Es wäre ja kein Diebstahl, wenn ich sie wieder zurückbringen würde! Und ich hatte Trudi versprochen, ich würde helfen. Was ich nicht konnte, wenn ich keine Informationen hatte.

Mist. Ich könnte ordentlich Ärger bekommen ... aber um ehrlich zu sein, hatte mich das noch nie von irgendetwas abgehalten.

Die Akte verschwand unter meiner Jacke, ich öffnete eine Schublade, holte wahllos eine andere Mappe hervor und schob sie unter die zwei noch vorhandenen. So würde niemandem auffallen, dass eine fehlte. Zumindest nicht, bis jemand hineinsah.

Verdammt. Mein Herz schlug mir bis zum Hals. Ich hatte noch nie etwas gestohlen! Weder einen Lutscher noch einen Apfel. Geschweige denn polizeiliches Eigentum.

Aber es ging darum, einen unschuldigen Mann vor dem Gefängnis zu retten. Das war eine ehrenhafte Aufgabe, die ich mir da auferlegt hatte. Gott müsste mir vor dem Hintergrund doch einen kleinen Diebstahl verzeihen? Und wenn nicht, war es auch egal. So gläubig war ich dann auch wieder nicht.

Ich zog die dicke Winterjacke bis zum Kinn zu, schnürte ihren Gürtel enger, sodass die Akte nicht herunterfallen konnte, und stahl mich aus dem Büro.

Als ich die Tür hinter mir schloss, wehte eine laute Stimme aus dem Rezeptionsbereich zu mir herüber.

„Ich weiß, dass er hier ist!", blaffte jemand. „Er lebt hier. Und ich möchte ihn verdammt nochmal sprechen!"

Ich lief weiter den Gang hinunter und entdeckte einen Jugendlichen, der sich über die Rezeption beugte, der ganze Körper angespannt. Sein Profil war zu mir gerichtet und ich brauchte keine zwei Sekunden, um zu erkennen, dass ich die Ehre mit einem von Rispos Brüdern hatte. Beziehungsweise: Die Rezeptionistin hatte sie.

„Er ist in einer Besprechung, aber er ist sicherlich gleich fertig", sagte sie gelassen, so als sei sie es gewöhnt, angeschrien zu werden.

Na ja, Rispo hatte vier Brüder und von dem, was ich wusste, lag Schreien wohl in der Familie.

„Es ist mir egal, ob er in einer Besprechung ist. Und würde er mit Angela Merkel telefonieren – ich will, dass Sie ihn sofort holen!"

Doch das war gar nicht nötig, denn in diesem Moment spazierte besagte Person aus dem gegenüberliegenden Gang.

„Dachte ich doch, dass es dein zartes Stimmchen war, das zu mir herübergeschwebt ist", meinte Josh trocken und baute sich vor seiner jüngeren Version auf.

Die Ähnlichkeit war unverkennbar, auch wenn die Haare des Jugendlichen hellbraun und seine Augen blau waren. Sie hatten dieselbe Haltung und die gleichen scharfen Wangenknochen.

„Was tust du hier, Jonas?"

Ach, war es schön, mal nicht auf der anderen Seite dieser Frage zu stehen.

Jonas schlug beide Fäuste gleichzeitig auf den Tresen. „Du hast mich vergessen? Ernsthaft?"

Rispo schien zu überlegen und erinnerte sich offensichtlich an das, was er vergessen hatte – denn auf einmal sah er sehr schuldig aus. „Ah, verdammt. Die Fahrstunden."

„Ja, die Fahrstunden!", brüllte sein Bruder zurück. „Alter, ich bin neunzehn! Ich brauche einen Führerschein und du hast versprochen, dass du mit mir zum Platz fährst! Die Prüfung ist nächste Woche und ich will nochmal üben!"

„Ich weiß. Tut mir leid." Rispo kratzte sich mit dem Zeigefinger an der Nase. „Ich habe es versprochen und ich werde das Versprechen auch halten, aber nicht heute und wahrscheinlich auch nicht morgen. Oder übermorgen. Vielleicht den Tag darauf." Er seufzte schwer. „Tut mir wirklich leid, aber die Arbeit muss diesmal vorgehen."

„Diesmal?", spuckte Jonas aus. „Willst du mich verarschen? Du versprichst mir das seit über einem Monat!"

Josh verzog das Gesicht. „Ich weiß", wiederholte er. „Aber ich kann auch nichts dafür, dass da draußen irgendwer rumläuft und mit Stricknadeln auf Menschen einsticht."

Jonas presste die Lippen aufeinander und schenkte seinem Bruder einen Blick, der ihn, wäre Jonas ein Jedi-Ritter gewesen, sicher getötet hätte.

„Du bist ein scheiß Bruder, Josh. Weißt du das?" Jonas schüttelte abfällig den Kopf. „Ist egal, dann frage ich einfach Finn."

Schlagartig verdüsterte sich Rispos Blick. „Ganz sicher nicht. Finn hat innerhalb der letzten drei Monate zwei Unfälle gebaut."

„Beim Einparken. Dann kann er mir dort wenigstens zeigen, was man nicht tun sollte."

„Du wirst nicht mit Finn auf den Übungsplatz fahren! Ende vom Gespräch."

„Du kannst mir überhaupt nichts sagen! Anfang vom Gespräch."

Rispo kniff sich mit Zeigefinger und Daumen in den Nasenrücken, so als hätte er mit einer Migräne zu kämpfen. „Wieso fragst du nicht Papa?"

Jonas schnaubte verächtlich. „Genau. Weil Papa um diese Zeit im Jahr ja so ein unglaublich fröhlicher und verlässlicher Genosse ist."

Auf einmal sah Rispo nicht mehr wütend aus. Von einen auf den nächsten Moment war jegliche Spannung aus seinem Gesicht gefallen. Anstatt zu schreien, seufzte er schwer. „Richtig. Okay, ich sag dir was: Sobald ich mit dem Fall fertig bin, sag ich dir Bescheid und ..."

„Nein! Nach dem Fall gibt es noch einen Fall und dann noch einen ... und am Ende bist du immer noch der Kerl, dessen Versprechen einen Dreck wert sind! Du sagtest heute und ich will heute fahren!"

Rispo rang offensichtlich mit seiner Geduld. Eine Hand steckte mittlerweile in seinen Haaren, und ich wusste aus Erfahrung, dass das kein gutes Zeichen war, wenn er einem nicht gerade vor zwanzig Sekunden einen Zungenkuss gegeben hatte. Was bei seinem Bruder, schätzte ich, nicht der Fall war.

„Jonas, was erwartest du von mir? Es ist nun einmal mein Job. Du tust geradezu so, als hätte ich dich andauernd vergessen – heute ist das erste Mal!"

Irrte ich mich oder stob Rauch aus Jonas' Ohren?

„Das erste Mal, dass du mich vergisst, aber das zehntausendste Mal, dass du absagst!"

„Es tut mir leid. Das sagte ich doch schon."

Und Rispo sah wirklich aus, als würde es ihm leidtun. Sah sein Bruder das nicht?

„Ich kann eben unter der Woche oft nicht. Und manchmal muss ich auch samstags arbeiten."

„Fahrübungsplätze haben auch sonntags auf."

Rispo blickte ruckartig auf und starrte mich ungläubig an.

Oh. Hatte ich das gesagt? Ich hatte gehofft, es wäre vielleicht doch Jonas gewesen. Oder die Rezeptionistin.

„Was zum Teufel tust du hier?"

Ich hob beide Hände und hoffte inständig, dass die Akte blieb, wo sie war. „Gar nichts."

Ich sollte schleunigst gehen. Ich machte einige Schritte auf die Tür zu, doch Jonas' Stimme rief mich zurück. „Ey, sind Sie die Frau, von der Finn erzählt hat? Die, die mein Bruder gerade knallt?"

Du meine Güte. Wie höflich von ihm, mich bei dieser Frage zu siezen, aber ... hätte er sie vielleicht einfach komplett weglassen können?

„Jonas", knurrte Rispo warnend.

Langsam wandte ich mich um. Mein Gesicht ein Glühlämpchen. „Ähm. Nein."

Das war nicht einmal gelogen. Denn er hatte im Präsens gesprochen und alles, was ich und Rispo getan hatten, lag im Präteritum.

Eine Ader pochte an Rispos Hals. „Jonas, solltest du deine Pubertät nicht so langsam hinter dir haben und wissen, was man am besten nicht zu einer Frau sagt?"

„Keine Ahnung, hab von dir gelernt, und deine rhetorischen Künste beim weiblichen Geschlecht sind ja doch eher erbärmlich."

„Jonas, halt die Klappe und entschuldige dich bei ihr für deine Wortwahl!"

Sein Bruder ignorierte ihn vollkommen und betrachtete mich stattdessen von oben bis unten. „Aber Sie würden gerne, oder?"

„Äh ..." Mein Gesicht würde sicherlich gleich platzen.

„Das reicht, Jonas."

Wieder ignorierte er das Knurren seines Bruders. „Ich sag Ihnen was: Laufen Sie. Für Sie wird er nämlich auch keine Zeit haben. Er mag die Toten lieber als die Lebendigen. Ein Wunder, dass er kein Nekrophiler ist."

„Ein Wunder, dass du dieses Wort kennst – und jetzt halt die Klappe." Rispo sah immer wütender aus.

Definitiv Zeit zu gehen. „Gott sei Dank habe ich nicht vor, mit deinem Bruder zu schlafen." Zumindest nicht noch einmal. „Man sieht sich." Ich hob die Hand und hechtete aus der Tür. Eindeutig zu viele Rispos für heute.

Kapitel 6

Als ich den Laden abgeschlossen hatte, zuhause angekommen war und endlich die Chance bekam, mir die Akte näher anzusehen, war es bereits nach acht.

Ich öffnete mir eine Flasche Wein, ignorierte für diesen Abend, dass es irgendwie traurig war, alleine am Küchentisch zu sitzen und Alkohol zu trinken, und arbeitete die Seiten durch.

Vier Gläser später war ich angetrunken und glücklich – aber keineswegs wegen der Fakten, die ich in den letzten zwei Stunden gelernt hatte.

Ich war kein Stück weiter. Nichts von dem, was ich gelesen hatte, gab irgendeinen Hinweis darauf, wer den Paketboten hatte umbringen wollen. Er schien weder Geld noch Feinde gehabt zu haben.

Kais Mitarbeiter waren, wie von Jannis bereits vorausgesagt, harmlos. Tanja machte ihr Abitur nach und wohnte noch bei ihrer Mutter. Lars studierte Geografie und verdiente sich mit der Arbeit im Zooladen etwas dazu und Daniel war ebenfalls Student. Sein Fach war Chemie.

Keiner hatte eine Vorstrafe, keiner hatte etwas gesehen und keiner sah aus wie ein Mörder.

Der einzige Lichtblick war, dass auch nirgendwo in der Akte ein mögliches Motiv Kais vermerkt worden war. Das Gericht würde ein Motiv verlangen. Aber so eins konnte ja schnell zusammengeschustert werden.

Verdammt. Kai saß wirklich in der Patsche. Wenigstens hatte ich die Adresse der Freundin des Paketboten und seines offiziellen Arbeitsplatzes. Es konnte nicht schaden, beiden einmal einen Besuch abzustatten.

Erschöpft kraulte ich Twinky, meinem Kater, noch eine Weile die Ohren, dann schlüpfte ich in meinen Schlafanzug und legte mich ins Bett. Ich war so müde, dass ich mich noch nicht einmal offensiv davon abhalten musste, nicht an Rispo zu denken. Ich döste ein, nur um gefühlte Sekunden später von meinem klingelnden Handy geweckt zu werden.

Gähnend öffnete ich die Augen und sah auf meinen Wecker. Ein Uhr.

Wer rief um ein Uhr nachts an?

Ich tastete nach meinem Telefon und sah auf das Display. Unterdrückte Nummer.

Merkwürdig. Aber vielleicht war es ja Emily, die vom Telefon eines Freundes anrief und betrunken von irgendwo abgeholt werden wollte. Sie vergaß öfter einmal, dass ich eine Blumenladeninhaberin und nicht ihre Chauffeurin war.

„Hallo?", meldete ich mich verschlafen.

Stille.

„Hallo?"

Wieder antwortete niemand. Alles, was ich hörte, war ein leises Knistern am anderen Ende der Leitung.

„Hallo?", fragte ich ein drittes Mal und richtete mich etwas höher im Bett auf. „Ist da jemand?"

Als wieder niemand antwortete, legte ich auf. Vielleicht hatte sich jemand auf sein Handy gesetzt und mich dabei aus Versehen angerufen. Keine Ahnung.

Ich legte mich wieder schlafen, doch eine Stunde später klingelte mein Handy erneut. Wieder hob ich ab.

„Hallo?"

Nichts.

„Haaallooo."

Jetzt hörte ich plötzlich etwas. Jemand atmete. Erst leise, dann immer lauter. Ich konnte eindeutig hören, wie am anderen Ende der Leitung jemand rasselnd Luft einsaugte.

Erschrocken legte ich auf.

Was zum Teufel?

Mein Herz klopfte und ich versuchte mir einzureden, dass das nur ein Telefonstreich gewesen war. Ein blöder Zufall. Irgendjemand, der bei Wahrheit oder Pflicht, Pflicht gewählt und einer beliebigen Nummer einen Streich hatte spielen müssen.

Ich hatte mich gerade halbwegs davon überzeugt, als mein Handy erneut anfing zu klingeln. Ich starrte auf das Display. Unterdrückte Nummer.

Scheiße.

Mein Herz klopfte heftig in meiner Brust und ich zögerte ranzugehen, aber ... wer war ich, mir von jemanden, der in mein Ohr atmete, Angst machen zu lassen?

Was sollte mir übers Telefon schon groß passieren?

Ich nahm ab.

„Hallo?"

Nichts.

„Wenn Sie etwas zu sagen haben, dann sagen Sie es", zischte ich.

Etwas knackte und dann ... dann wurde erneut Luft eingesogen. In einem rasselnden, hallenden Atemzug, der mir durch Mark und Bein ging.

„Neugierige Menschen sterben zuerst, Louisa ... hat Ihnen das nie jemand gesagt?"

Mein Herz sprang mir in den Hals und erschrocken ließ ich das Handy fallen. Es fiel auf meine Matratze, sprang wieder nach oben und glitt die Bettkante hinunter in einen meiner Puschen. Fahrig griff ich danach und legte auf.

Mit trockener Kehle starrte ich es an ... bis es nach einer Sekunde wieder anfing zu klingeln.

Diesmal ging ich nicht dran. Ich schaltete die Lichter in meinem Zimmer an, schloss die Tür ab und versuchte mich daran zu erinnern, dass mir über das Telefon nichts passieren konnte.

Das Display blinkte immer wieder auf, bis das Handy endlich, nach einer gefühlten Ewigkeit, verstummte.

Für eine halbe Stunde herrschte Ruhe, dann ging es von vorne los.

Um vier Uhr morgens schaltete ich mein Telefon schließlich aus. Schlafen konnte ich trotzdem nicht.

„Du siehst kacke aus, Lou. Vielleicht solltest du dir mal einen Spa-Day gönnen."

Vielleicht sollte ich mir mal eine neue Schwester gönnen.

„Mir geht's gut. Ich habe nur nicht schlafen können."

„Okay. Warum hast du heute Morgen nicht abgehoben, als ich dich angerufen habe?"

Mein Kopf fuhr in die Höhe. „Heute Morgen? Du meinst heute Nacht?"

Emily schüttelte den Kopf. „Nee, heute Morgen um acht. Ich wollte wissen, ob ich heute kommen soll."

„Oh."

Mist.

Ein kleiner Teil meines Gehirns hatte immer noch gehofft, dass Emily hinter den Anrufen gesteckt hatte. Nur, warum sollte meine Schwester mir mit dem Tod drohen? Außerdem war es eine männliche Stimme gewesen. „Sorry, mein Handy ist aus." Ich hatte mich nicht getraut, es seit gestern Nacht wieder anzuschalten.

Der Anrufer war so ... gruselig gewesen.

Mir war schon oft damit gedroht worden, umgebracht zu werden. Aber bis jetzt war das immer humoristisch gemeint gewesen. Oder Rispo hatte es gesagt – und er würde mich nicht umbringen, denn dann würde er seinen Job verlieren.

Nein. Gestern Nacht – das war anders gewesen. Der Anrufer hatte sich nicht lustig angehört, und ich war wirklich niemand, dem man leicht Angst einjagen konnte, aber wenn jemand meinen Namen kannte und mir wie Darth Vader ins Ohr röchelte, dann fand ich das doch beunruhigend.

„Warum hast du dein Handy aus?", wollte Emmi wissen.

„Energie sparen."

„Aber was ist, wenn dich jemand anruft?"

Gute Frage. Was war, wenn mich jemand anrief? Jemand anderes als derjenige von gestern Nacht.

Ich seufzte, kramte mein Telefon hervor und schaltete es an. Zwei verpasste Anrufe. Eine unbekannte Nummer und ein Anruf von Emily.

„So, ist wieder an. Und nein, du warst heute Morgen eigentlich nicht eingetragen. Trudi und ich schaffen das auch alleine. Du könntest ja zur Uni gehen", schlug ich unschuldig vor und wechselte das Papier der Kasse, auf das die Quittungen gedruckt wurden. Es war kurz nach neun, also kurz nach Ladenöffnung, und ich starrte sehnsüchtig auf die Tür. Ich brauchte einen Keks. Ganz dringend. Wo war Trudi?

„Ich habe heute keine Uni", erklärte Emily und kratzte an einem Fleck auf dem Verkaufstresen.

„Du hast keine?", fragte ich langsam. Mir drängte sich da eine weitere Frage auf: „Musst du eigentlich nie zur Uni?"

„Hab Semesterferien."

„Semesterferien fangen erst im Februar an."

„Hab mit meinen Semesterferien eben früher angefangen."

„Emily ..."

Sie hörte auf, auf dem Tresen herumzupulen.

„Bla, bla, bla. ‚Nimm dein Leben ernster, Emily. Fang an, deine Zukunft zu planen, Emily. Hör auf, mit allem zu schlafen, was Bart trägt, Emily!'", imitierte sie meine Stimme. „Alles schon gehört, Lou. Danke für die Mühen. Und ja, ich benutze Kondome! Auch wenn das wirklich teuer ist. Früher war alles einfacher, ohne diese blöden Geschlechtskrankheiten."

Wo waren die Kekse? Ich brauchte den ganzen Teller. „Emily ... Du kannst nicht ewig von BAföG und dem Geld von Mama und Papa leben. Nicht zu vergessen von meinem Geld."

Sie zuckte die Schultern. „Ich weiß eben noch nicht, was ich genau machen will. Ist doch keine große Sache. Ich habe einen Job."

„Meinst du diesen Job hier?"

„Jap."

„Ich bezahle dich nicht", erinnerte ich sie.

„Ich fahre Trudi herum ... und ich verkaufe auch selbstgemachte Armbänder."

Ach ja. Armbänder, die sie aus meinem Draht flocht und die schmerzhaft in die Handgelenke schnitten. Sie hatte wahrscheinlich ihre eigene Webseite – Dornenkronen.de.

„Hast du davon schon welche verkauft? Von den Armbändern?"

Meine Schwester nickte stolz. „Ja, habe ich."

„Für Geld? Oder für einen Gefallen?"

Emilys Augen waren unschuldig weit geöffnet, aber sie sagte nichts.

„Emmi ..."

Die Tür flog auf und Trudi spazierte herein. Die große Louis Vuitton Handtasche prallte ihr gegen die Hüfte, die heute in einen rosa-grünen Zebramuster-Rock verpackt war. Unser T-Shirt trug sie natürlich nicht.

„Ich bin so kurz davor, einen Fuß in die Tür unseres neuen Kundenstammes zu bekommen", sagte sie fröhlich und gesellte sich neben Emily vor den Tresen, auf den sie ihre Handtasche warf.

Das alles lenkte mich jedoch nicht von ihren Worten ab.

Ein neuer Kundenstamm?

Das würde zu einem Problem werden. Ich wusste nicht, was genau Trudi tat, aber es würde zu einem Problem werden. Das hatte ich im Gefühl. Und der stechende Schmerz, der neben meiner Schläfe einsetzte, war ein weiteres Indiz dafür.

„Von welchem neuen Kundenstamm sprichst du, Trudi?", wollte ich wissen. „Und was genau tust du, um ihn zu bekommen?"

Sie winkte ab. „Das wird eine Überraschung."

Nein. Ich wollte keine Überraschung. Ich wollte Klarheit und eine Mitarbeiterin, die wusste, was angemessen und was unangemessen war. Am besten eine Mitarbeiterin, die wusste, dass Tulpen nicht zu Rosen wurden, sobald sie die Pubertät hinter sich gelassen hatten.

Aber darauf würde ich mich später konzentrieren müssen. Das Wichtige zuerst.

„Hast du Kekse dabei?", fragte ich, die Kasse einmal öffnend, um zu sehen, ob das neu eingelegte Quittungspapier reagierte.

Trudi schlug sich die Hand vor den Mund. „Ups. Hab ich total vergessen. Seitdem Kai in diesem Schlamassel steckt, schlafe ich schlecht und bin müde und schusselig. Abgesehen davon hatte ich auch gar keine Zeit bei der ganzen Arbeit, die ich zurzeit erledige."

Sie hatte keine Keks dabei?

Um Gottes willen. Dieser Tag lief ganz gehörig schief! Wenn Trudis Kundenrekrutierung ihr die Zeit zum

Backen nahm, dann wollte ich, dass sie schleunigst damit aufhörte! Was waren denn das für Prioritäten?

„Morgen bringe ich wieder welche mit", versprach sie zufrieden, offenbar völlig ahnungslos, dass ich gerade eine kleine Panikattacke zu bewältigen hatte.

Die Anrufe, der Fall, keine Kekse und der blöde Rispo ... das war alles etwas viel auf einmal!

„Bist du eigentlich schon weiter damit, die Unschuld meines Kais zu beweisen?", wollte Trudi wissen, eine Fluse von Emilys Schulter pustend. „Ich habe nämlich mit deinem Bruder gesprochen, und er scheint mir etwas überfordert mit der Situation."

Ich glaubte für keine Sekunde, dass Jannis mit dem Fall überfordert war. Viel eher glaubte ich, dass er mit Trudi überfordert war.

„Ich werde heute noch einige Leute befragen", erklärte ich. „Nachdem ich den Brautstrauß für die Hochzeit morgen fertig gebunden habe." Für den Strauß hatte ich die Blumen vorrätig. Den Rest, den ich beim Großmarkt vorbestellt hatte, würde ich heute Nachmittag abholen.

„Okay, ich vertraue dir." Trudis großmütterliches Lächeln ließ mich ihr beinahe verzeihen, dass sie keine Kekse dabei hatte.

Die nächste Stunde arbeitete ich am Brautstrauß, während Trudi und Emily, die aus einem mir unerfindlichen Grund geblieben war, obwohl ich ihr gesagt hatte, dass sie heute nicht gebraucht wurde, die Kunden betreuten.

Ich beobachtete Emily bei der Arbeit und musste mir eingestehen, dass sie eine ausgesprochen gute Verkäuferin war. Sie hatte mir schon eine Menge Geld eingebracht, und sobald sie ihre Schulden abbezahlt hatte, sollte ich sie wirklich bezahlen. Vorausgesetzt sie wollte weiter hier arbeiten.

Um kurz vor halb zwölf zog ich mir meine Jacke über.

„Trudi, Emily, kann ich euch hier alleine lassen?"

Ich stellte die Frage jedes Mal und erwartete immer noch, dass sie irgendwann zugeben würden, sie seien vollkommen überfordert.

„Klar, kannst du", versicherte mir Trudi. „Ich bin seit fast einem halben Jahr deine Angestellte, habe ich mich nicht als vertrauenswürdig erwiesen?"

Na ja, vertrauenswürdig und fähig waren zwei komplett unterschiedliche Dinge. Ich würde ihr jederzeit meinen Backofen anvertrauen. Mein Geld nicht so sehr. Emily traute ich bei keinem von beiden. Emily würde ich höchstens Seifenblasen anvertrauen. Nein, die platzen zu schnell. Einen Betonklotz. Einen kleinen, feinen, unzerstörbaren Betonklotz. Den würde ich ihr anvertrauen.

„Wohin genau fährst du jetzt?", wollte meine Schwester prompt wissen.

„Zur Freundin des Paketboten und dann zu seiner Arbeit."

Emily legte den Kopf schief. „Kann ich mitkommen?"

Verblüfft blinzelte ich sie an. „Mitkommen?"

Wer passte dann auf Trudi auf?

„Ja, dir scheint das Herumschnüffeln Spaß zu machen, ich möchte sehen, was genau du da tust. Vielleicht ziehe ich ja eine Karriere als Polizistin in Betracht."

Und ich zog in Betracht, mir ein Haus auf dem Mond zu kaufen.

„Außerdem haben Detektive immer Partner", fuhr sie fort. „Sherlock Holmes hat Watson, Monk hat seine Assistentin, beim Tatort sind sie auch immer zu zweit unterwegs ... Selbst der Weihnachtsmann hat seine Sidekicks. Obwohl er ja nicht wirklich ein Detektiv ist. Na ja, andererseits muss er ja herausfinden, was die Kinder sich wünschen, oder?"

Wieso glaubte eigentlich jeder, dass Dinge, die im Fernsehen passierten, irgendetwas mit dem echten Leben zu tun hatten? Die Sache mit dem Weihnachtsmann ließ ich jetzt mal unkommentiert.

„Ich weiß nicht, Emily ... ich fühle mich nicht wohl dabei, die ganze Verantwortung auf Trudi abzuladen."

„Ach, mir macht das nichts. Ich bin sehr gut darin geworden, Kunden zu beraten."

Ungläubig hob ich eine Augenbraue. In welchem Laden hatte Trudi innerhalb des letzten Jahres noch gearbeitet? Bei mir konnte es dieser Aussage nach nicht gewesen sein.

„Bitte, Loubalou! Ich brauche etwas Aufregendes in meinem Leben!"

„Eine vernünftige Ausbildung ist etwas Aufregendes ..."

Emily verdrehte die Augen. „Komm schon. Was, wenn du den Mörder findest und er dich in seinen Keller sperrt? Wer soll dich dann retten?"

Gute Frage. Aber wenn es danach ging, wäre ich mit einem anderen Partner besser bedient gewesen. Emily wog nicht mehr als fünfundfünfzig Kilo und ihre Muskeln bezog sie aus ihrem sporadischen Yoga- und nicht etwa Kampftraining. Aber besser sie als niemand.

„Schön", gab ich nach. Ich wollte mich ja schließlich nur mit ein paar Leuten unterhalten. Eigentlich sprach nichts dagegen, sie mitzunehmen.

„Trudi, sei vorsichtig mit ... mit allem, was du tust. Und ruf an, wenn du Fragen hast."

„Ich werde schon nicht anrufen."

„Nein. Falsche Antwort. Ich will hören: ‚Ich werde anrufen, sobald ich mir bei irgendetwas unsicher bin'."

„Jaja. Geht nur."

Ich würde unterwegs anhalten und mir Kekse kaufen müssen. Und ich würde Trudi jede halbe Stunde anrufen.

„Mach dich locker, Sis'", meinte Emily leichthin. „Ist doch bis jetzt noch alles gut gegangen."

Ja. Nur war ‚bis jetzt' keine Garantie für die nächsten paar Stunden.

Die Freundin von Manuel Schnitzker wohnte auf der rechten Rheinseite zwischen Köln-Kalk und Deutz in einer Wohnung eines Mehrfamilienhauses, die sie laut Akte bis zum Tod von Manuel zusammen mit ihm bewohnt hatte. Sie hieß Hanna Neuger, studierte Biologie und war fünfundzwanzig. Wenn sie die gleiche Art von Studentin wie Emily war, dann standen die Chancen, dass sie mittags zuhause war, relativ gut.

Ich suchte eine halbe Stunde nach einem Parkplatz und als ich endlich einen fand, mussten wir noch eine Viertelstunde laufen, bis wir das Haus erreichten.

„Also, ich habe dir erlaubt mitzukommen, aber lass mich die Fragen stellen", bat ich Emily – und konnte nicht umhin festzustellen, dass ich mich ein wenig wie Rispo anhörte. Er hatte mir auch andauernd gesagt, ich solle ihn reden lassen.

„Jaja, natürlich. Außer mir fällt eine Frage ein, die du nicht gestellt hast. Oder es passt gerade gut. Oder du formulierst zu schwammig."

Ich blieb vor dem Klingelbrett stehen und seufzte schwer. Emily würde ja doch tun und lassen, was sie wollte. So wie ich auch getan und gelassen hatte, was ich wollte. Ich konnte so langsam verstehen, wieso Rispo das wahnsinnig gemacht hatte. Trotz meiner äußerst charmanten Art und meines kriminalistischen Feingefühls.

Ich suchte nach den Namen Schnitzker und Neuger und drückte die Klingel. Wir hatten Glück, denn nach wenigen Momenten meldete sich eine Stimme.

„Ja, hallo? Wer ist da?"

Ich öffnete den Mund ... und schloss ihn wieder.

Oh.

Da hatte ich überhaupt nicht drüber nachgedacht. Wenn ich ihr erzählte, wer ich tatsächlich war, würde sie mir sicherlich nicht aufmachen. Obwohl ... vielleicht wollte sie ja mithelfen, den Mörder ihres Freundes zu finden? Ich würde das wollen. Aber nicht jeder Mensch war wie ich. Ehrlich gesagt waren nur äußerst wenige Menschen so offen und aufgeschlossen wie ich. Oder auch verrückt, wie es der Normalmensch nennen würde. Bevor ich mich entscheiden konnte, zu lügen oder die Wahrheit zu sagen, nahm mir Emily die Entscheidung ab.

„Hallo, wir sind Louisa und Emily, zwei Journalisten für das Kölner-Blatt. Wir würden die Ermordung Ihres

Freundes gerne aus der Sicht der Hinterbliebenen beschreiben. Hätten Sie Zeit für ein kurzes Interview?"

„Oh." Hanna schwieg kurz. Dann sagte sie: „Na gut. Kommen Sie hoch."

Der Summer wurde betätigt.

Ich drückte gegen die Tür und betrachtete kopfschüttelnd meine Schwester. „Wer hat dir beigebracht, so zu lügen?"

Sie lachte. „Du. Du bist die Meisterin im Ausreden erfinden. Ich habe mir das alles von dir abgeguckt, Lügenbalou."

Ich konnte ihr da wirklich nicht widersprechen. Wenn man bedachte, wie ich mich das letzte Mal in ein fremdes Haus eingeschlichen hatte ...

Wir stiegen die Treppen hoch, bis in den vierten Stock, wo eine Tür offen stand.

Eine junge, hübsche Frau mit eisblauen Augen und dunklen Haaren lehnte im Rahmen.

„Hanna Neuger?", fragte ich und streckte meine Hand aus. „Louisa ... Schneider. Es dauert auch nicht lang. Nur ein paar Fragen. Danke, dass Sie uns etwas von Ihrer Zeit erübrigen."

Hannas Blick wanderte von mir, immer noch im Louisa's-Flower-Power-T-Shirt unter meinem Mantel, zu Emily, die auf einem Kaugummi kaute und sich eine ihrer orangenen Strähnen hinters Ohr strich.

Wir sahen nicht auch nur ansatzweise wie Reporter aus, aber Hanna schien sich nicht darum zu kümmern.

„Hallo", sie ergriff meine Hand. „Kein Problem. Ich lese immer das Kölner-Blatt. Und Manuel hätte sich sicher gefreut, wenn er in der Zeitung stünde."

Sie trat beiseite, um uns einzulassen, und ich fragte mich, ob alle Menschen so unvorsichtig waren und einfach fremde Leute zu sich einluden. Vielleicht hätte das ja anders ausgesehen, wären Emily und ich Männer gewesen. Oder bedrohlich.

Hannas Wohnung bestand aus einer kleinen, mit schicken hellen Marmorfliesen ausgelegten Küche und zwei Zimmern, inklusive eines unordentlichen Schlafzimmers, in das ich nur im Vorbeigehen einen Blick warf. Sie führte uns in das vollgestopfte Wohnzimmer, das mit einem dicken roten Teppich ausgelegt war, und deutete auf das Ledersofa.

„Setzen Sie sich doch."

Echtes Leder. Keine Frage. Ganz weich und ... teuer, wenn ich darüber nachdachte. Hier war einiges, was ziemlich teuer aussah.

„Schicker Flatscreen", sagte ich langsam und deutete auf den riesigen Fernseher direkt vor mir. „Und nette ... Schlange."

Du meine Güte!

Die Schlange bemerkte ich erst jetzt. Sie war schwarz, mit einem leuchtend orangenen Bauch, und lag still auf einem Baumstumpf im Terrarium, das viel zu klein für sie schien. Sie sah verdammt giftig aus, und ich betete, dass der Deckel des Terrariums fest verschlossen war. Ich mochte Schlangen nicht. Weder die im Dschungel, noch die im Supermarkt.

Hanna nickte und ihre Hand spielte mit ihren Ohrsteckern. „Sie gehörte Manuel. Er hat das Teil geliebt. Ich steh nicht so auf Schlangen."

Ihre Hand ließ von ihrem Ohr ab und die Stecker schienen mich zu blenden. Wow. Ganz schön ... glitzerig.

„Sind das echte Diamanten, die Sie da tragen?", fragte ich, mein Ton bewundernd.

Hanna errötete. „Oh, ähm ... ja." Sie ließ die Haare darüber fallen, als wäre es ihr peinlich. „Manni hat sie mir zum Geburtstag geschenkt. Ich will gar nicht wissen, wie viele Überstunden er dafür einlegen musste."

„Er hat Sie wohl sehr geliebt", bemerkte ich lächelnd, während ich dachte, dass keine Überstunden der Welt – außer vielleicht die von Justin Bieber – echte Diamanten finanzieren konnten. Hier stank etwas zum Himmel, und zum ersten Mal, seitdem ich den Fall angenommen hatte, spürte ich eine prickelnde Aufregung in meinem Magen.

„Erzählen Sie doch einfach mal etwas über ihn. Was war er so für ein Mensch? Hatte er Freunde? Feinde? Hat er seinen Job wertgeschätzt?"

Sie schien verwirrt anhand der vielen Fragen. „Wollten Sie nicht aus meiner Sicht schreiben? Wieso müssen Sie dann so viel über ihn wissen?"

„Hintergrundrecherche", sprang Emily ein, das freundlichste Lächeln auf ihrem Gesicht – mir hatte sie noch nie so ein Lächeln geschenkt. „Macht es Ihnen etwas aus, wenn wir das Gespräch aufzeichnen?"

Sie zückte ihr Telefon und ich hätte mir gerne mit der flachen Hand gegen die Stirn geschlagen. Warum hatte ich nicht daran gedacht?

„Oh, okay ..." Hanna runzelte die Stirn, starrte auf das Handy, fing dann aber an, zu erzählen.

„Er war einfach ein guter Kerl", erklärte sie. „Ein guter Kerl, der seine Mutter regelmäßig angerufen, hart gearbeitet und gerne gelebt hat." Sie schluckte. „Er hatte eine Menge Freunde und niemand hätte ihm etwas Böses gewollt. Wozu auch? Ich verstehe nicht, wie dieser Zoohändler ihn einfach umbringen konnte. Er hat Pakete ausgeteilt. Was hätte er sagen können, um jemanden so wütend zu machen?"

Ich nickte nur und versuchte nicht, ihr zu erklären, dass wir den Zoohändler für unschuldig hielten. Nicht die richtige Person, nicht der richtige Zeitpunkt.

„Hatte er irgendwelche gefährlichen Hobbys? Irgendetwas, das ihn in Schwierigkeiten hätte bringen können?"

Sie lachte trocken. „Sie hören sich an wie die Polizei. Die war gestern auch schon hier und hat dasselbe gefragt. Aber da gibt es nichts. Er war süß und hat mir dabei geholfen, mein Studium zu finanzieren. Ohne ihn hätte ich mir die Wohnung und all das gar nicht leisten können. Und ich ... ich weiß ehrlich nicht, was ich jetzt ohne ihn machen soll." Sie weinte nicht, aber sie sah sehr niedergeschlagen aus. Armes Mädchen.

Ich stellte noch ein paar weitere Fragen, sie erzählte mir etwas über ihr Biologiestudium, und dass sie wahrscheinlich nach ihrem Master nach Australien auswandern würde, sie hätte gehört, dort sei es schön, und die Tiervielfalt sei genau das, was sie schon immer hatte näher betrachten wollen.

Ich nickte, Emily trug eine Maske des Mitgefühls und als wir fertig waren, standen wir auf und schüttelten noch einmal ihre Hand.

„Vielen Dank. Das wird ein toller Artikel. Eine junge Frau, die ihr eigenes neues Leben findet, nachdem ihr Freund auf brutale Weise ermordet wurde", fasste Emily besonders taktvoll noch einmal zusammen. „Das wird ein Knüller!"

„Danke für Ihr Interesse ...", bedankte sich auch Hanna. „Aber ... möchten Sie gar kein Foto machen?"

„Ein Foto?", fragte ich verblüfft.

Sie nickte, warf sich die Haare über die Schulter und lächelte augenzwinkernd. „Na ja, also ich hätte schon gerne ein Foto von mir in der Zeitung. Damit die Leute sich besser vorstellen können, wer ich bin."

„Oh, wir ..."

„Natürlich machen wir ein Foto!", sprang Emily ein. „Lou, gibst du mir dein Handy? Das macht bessere Bilder." Meine Schwester nahm mir das Telefon aus der Hand und wies Hanna an, sich direkt vors Schlangenterrarium zu stellen. „Das wird unserem Redakteur gefallen. Lächeln!"

Sie schoss das Foto.

Hanna lächelte hölzern, blickte dann jedoch skeptisch auf mein Pseudo-iPhone. „Ist die Qualität denn gut genug? Vom Handy?", fragte sie.

„Natürlich", versicherte ihr Emmi sofort. „Das Kölner-Blatt hat einfach kein allzu großes Kontingent an Spiegelreflexkameras. Wir machen die Fotos immer mit dem Handy. Louisas Handykamera ist wirklich ausgezeichnet. In der Nachbearbeitung kann man die Pixelanzahl dann auch noch erhöhen. Vielen Dank."

Wir verabschiedeten uns erneut und standen schließlich vor der Tür.

„Meine Handykamera ist besser als deine?", fragte ich schnaubend.

„Ich möchte keinen Speicherplatz verschwenden und außerdem ist es dein Fall, oder?"

Darüber konnte man streiten. Ich vermutete, vor allem Rispo hätte dazu einiges zu sagen.

Wir liefen in Richtung Straße, ich legte den Kopf schief und dachte über all das nach, was Schnitzkers Freundin gesagt hatte. Dann fragte ich an meine Schwester gewandt: „Wie viel verdient so ein Paketbote, Emmi? Was meinst du?"

Sie hob eine Schulter. „Keine Ahnung. Weniger als ein Anwalt, aber mehr als eine Putzfrau?"

„Meinst du, genug, um seiner Freundin das Studium, echte Diamanten und einen Flatscreen zu finanzieren?"

„Nein. Sicherlich nicht."

Ich nickte. „Ja, das denke ich auch."

„Ist das jetzt eine Spur? Dass er Geld hatte, was er nicht hätte haben dürfen?", fragte Emily aufgeregt.

Ich musste lächeln. „Ja, das ist eine Spur. Wir können seinen Arbeitgeber ja mal fragen, wie viel er so verdient hat."

„Uhh, ich freu mich." Emily klatschte enthusiastisch in die Hände. „Das ist so viel spannender als Ethnologie!"

Wer hätte das ahnen sollen?

Kapitel 7

Wir liefen zurück zu meinem Wagen, während Emily nachsah, welche Adresse die Hauptpoststelle hatte, von der aus alle Paketboten losfuhren.

„Wir müssen nach Lindenthal."

Also wieder auf die andere Rheinseite. Der Rhein war wirklich schön, aber manchmal nervte der Fluss. Vor allem, wenn man deswegen eine halbe Stunde auf einer überfüllten Brücke im Stau stand.

Ich fuhr gerne Auto, aber in Köln war ein Auto gleichbedeutend mit einer Menge Stress und cholerischen Anfällen hinterm Steuer.

Wir fuhren über die Deutzer Brücke und am Neumarkt vorbei, Richtung Frechen, wo der Stadtteil Lindenthal lag.

Emily war verdächtig still, und als ich sie darauf ansprach, räusperte sie sich. „Also, ich möchte jetzt nicht paranoid klingen oder so, aber ... ich glaube wir werden verfolgt."

Überrascht blickte ich in den Rückspiegel.

„Verfolgt?"

Emmi nickte und wandte sich desaströs auffällig um. „Ja, der rote VW zwei Autos hinter uns folgt uns schon seit Deutz."

Ich bekam ein enges Gefühl in der Brust und musste direkt an den Anrufer von gestern Nacht denken. Hatte ich irgendwem eine solche Angst mit meinen Fragen gemacht, dass ich jetzt schon verfolgt wurde?

Dann konnte der Täter nur jemand aus dem Zooladen sein. Ich hatte doch mit niemand anderem gesprochen!

Aber auch das machte keinen Sinn. Ich hatte überhaupt nichts herausgefunden, was jemandem einen Schrecken hätte einjagen können! Ich wusste genauso viel über den Fall, wie ich über Quantenphysik wusste. Na ja, vielleicht ein bisschen mehr.

Ich bog spontan scharf links ab – doch der rote Wagen blieb uns auf den Fersen.

Verdammt.

„Ich wurde noch nie verfolgt", rief ich panisch, während mein Fuß plötzlich um einiges schwerer auf dem Gas lastete. „Wie lautet das Vorgehensprotokoll für den Fall, dass man verfolgt wird?"

„Keine Ahnung!", schnaubte Emily. „Aber ich meine ... es ist nicht verboten, oder? Die Straßen entlang zu fahren, die auch ein anderer fährt?"

Wahrscheinlich nicht. Aber siebzig in einer Fünfzigerzone zu fahren, so wie ich es gerade tat, das war verboten. Wiederstrebend bremste ich etwas ab, den roten Wagen weiter im Blick haltend. Jetzt bog das Auto, das zwischen meinem Passat und dem VW fuhr, ab und ein Mann war am Steuer zu erkennen.

„Schreib mal das Kennzeichen auf", wies ich Emily an, während ich noch langsamer wurde. „Und ich beschreibe dir den Fahrer."

Meine Schwester öffnete die Notiz-App auf ihrem Handy, während ich nur noch vierzig fuhr und mein Blick immer wieder von der Straße zum Rückspiegel wanderte. Ich verengte die Augen und jetzt fiel ein Lichtstrahl auf das Gesicht des Fahrers.

Mir klappte die Kinnlade herunter.

„Das kann nicht wahr sein!", fluchte ich laut und trat hart auf die Bremse, als die Ampel vor mir auf Rot schaltete. „Das kann verdammt noch mal nicht wahr sein!"

Wir standen mitten auf der Straße – trotzdem machte ich den Motor aus und sprang aus dem Wagen. Emily rief mir etwas nach, vielleicht „Bist du verrückt?", doch ich ignorierte sie und schritt, die Hände in die Hüften gestemmt, die paar Meter bis zum VW. Dann hämmerte ich mit meiner Faust an die Scheibe der Fahrertür.

Zwar saß nicht der Rispo im Wagen, den ich jetzt gerne angebrüllt hätte, aber Finn, Joshs 24-jähriger Bruder, würde fürs Erste genügen.

Er ließ sein Fenster hinunter.

„Ja?", fragte er charmant lächelnd. „Stimmt etwas nicht?"

„Was genau denkst du, dass du tust?", fauchte ich.

„Ähm ... dich beschatten?"

„Beschatten?"

„Es bedeutet so viel wie ‚verfolgen'."

„Ich weiß, was es bedeutet! Warum verfolgst du mich? Hat Josh dich geschickt?"

Autos fingen an zu hupen.

„Die Ampel ist Grün", informierte mich Finn und nickte nach vorne.

„Wir fahren jetzt sofort seitwärts ran!", befahl ich ihm mit erhobenem Zeigefinger, meine Stimme lauter als das Hupen. Ich lief zurück zu meinem Wagen und stieg wieder ein.

„Wer ist das?", wollte Emily sofort wissen.

„Ein toter Mann", presste ich zwischen den Zähnen hindurch und fuhr bei der nächstbesten Möglichkeit auf einen Rewe-Parkplatz. Finn fuhr mir folgsam hinterher.

Wir stiegen aus und Emily betrachtete Finn, der unbeschwert aus dem Auto sprang, so als würde ich ihm nicht gerade meinen Todesblick zuwerfen.

„Er kommt mir bekannt vor", überlegte sie mit schiefgelegtem Kopf.

„Es ist Joshs Bruder. Er sieht aus wie er." Nur ein paar Zentimeter kleiner, schmaler und weicher. Nicht zu vergessen: entspannter.

Emilys Miene erhellte sich. „Richtig! Das ist es."

Finn streckte sich, gähnte und kam auf uns zu.

„Guter Genpool. Er ist süß ...", murmelte Emily.

„Nein!", unterbrach ich sie laut. „Du fängst nichts mit einem von Rispos Brüdern an. Nur über meine Leiche."

„Reg dich ab! Ich habe gesagt, dass er süß ist, nicht, dass ich ihn gleich besteigen werde."

„Bei dir ist das ein und dasselbe."

Sie zuckte mit den Schultern. „Er ist nur wirklich, wirklich süß." Natürlich war er das. Er war ein Rispo.

„Er erinnert mich an den Guru, mit dem ich was in Indien hatte."

„Was?"

Sie verdrehte die Augen. „Na ja, nicht vom Aussehen her! Offensichtlich. Der Guru war Inder. Aber die Ausstrahlung ist sehr ähnlich – so viel Energie."

„Vielen Dank." Finn grinste meine Schwester an und ich konnte in seinem Blick erkennen, dass ihm gefiel, was er sah. Das hatte mir gerade noch gefehlt.

„Ihr werdet nichts miteinander anfangen!", fuhr ich nun auch ihn an. „Ist das klar? Du lässt die Finger von meiner Schwester!"

Finns Blick wanderte zu mir, und er war das Abbild purer Unschuld. „Also, ich hatte damit gerechnet, von dir angeschrien zu werden – aber nicht dafür. Du und Josh passt echt gut zusammen. Ihr habt beide kein Vertrauen in eure Geschwister. Ist sie immer so?", fragte er jetzt an Emily gewandt. „Dass sie dir jeden Spaß verderben will?"

Emily nickte dramatisch. „Schlimmer noch. Sie erlaubt mir nicht einmal, auf der Arbeit Gras zu rauchen."

Kopfschüttelnd betrachtete mich Finn. „Also, das ist einfach nur herzlos."

Oh. Mein. Gott.

„Finn! Konzentrier dich!", forderte ich ihn auf und schnippte mit meinen Fingern vor seinem Gesicht herum. „Warum verfolgst du mich? Und würdest du bitte sofort damit aufhören!? Du hast mir Angst eingejagt."

Er zog eine Grimasse und kratzte sich am Rücken. Zumindest hatte er den Anstand, nun doch etwas schuldbewusst auszusehen. „Ja, das tut mir leid. Wirklich, sorry, Louisa. Es ist nur, dass ... Josh echt gut bezahlt."

„Er bezahlt dich dafür, dass du mir folgst?"

Finn hob eine Schulter. „Ja, er hatte das Gefühl, dass du dich wieder – ich zitiere – ‚kopfüber in deine absurden Detektiv-Tagträume' stürzen würdest. Was du ja auch tust, oder nicht?"

„Es ist egal, was ich tue!", rief ich aufgebracht. „Das geht ihn nichts an! Und es gibt ihm nicht das Recht, so in meine Privatsphäre einzudringen."

Der junge Rispo schien verwirrt. „Ich dachte, du kennst meinen Bruder. Er denkt, er hat das Recht zu allem. Er hat einen Gott-Helden-Komplex. Mehr Held als Gott würde ich sagen. Er geht nicht so gerne in die Kirche. Kriegt Ausschlag davon, meint er immer."

Knurrend riss ich mein Portemonnaie aus der Handtasche. „Wie viel gibt er dir? Ich bezahl das Doppelte dafür, dass du mich in Ruhe lässt."

Er nannte mir die Summe.

Ich steckte das Portemonnaie wieder zurück. Finn verdiente besser als ich!

„Woher hat dein Bruder so viel Geld und was kann ich tun, damit du ihm nichts von dem erzählst, was ich tue?"

Er grinste breit. „Ah, das wäre sehr unehrenhaft, meinen Bruder einfach so anzulügen."

Soweit ich wusste, log Finn Josh mehr an, als dass er die Wahrheit erzählte.

Ich presste die Lippen aufeinander. „Was, Finn?"

„Ein Date mit deiner Schwester?"

„Nein!"

„Ich hätte nichts dagegen", kam es von meiner Rechten.

Ich wirbelte zu Emily herum. „Du würdest nur mit ihm ausgehen, um mich verrückt zu machen!"

„Gar nicht. Ich habe doch gesagt, dass er süß ist."

„Und ich stehe auf orange Haare", warf Finn ein. „Es ist ein Fluch. Sie machen mich wild."

Die Gartenschere. Ich hatte vergessen meine Gartenschere einzupacken.

Ich warf die Arme in die Luft. „Weißt du was? Ist mir egal, was du Rispo erzählst. Erzähl ihm von mir aus, ich hätte mir eine Waffe gekauft und damit auf sein Auto geschossen." Das war heute durchaus im Bereich des Möglichen. „Und ihr beide könnt ausgehen, beim ersten Date miteinander schlafen und mich erneut zur Tante machen. Ist mir egal. Ich habe da wirklich keine Zeit für."

Ich wandte mich wieder zum Auto, öffnete die Fahrertür und atmete tief durch.

Dann stöhnte ich und drehte mich wieder zu Finn um. „Wenn du mich schon verfolgen musst, dann fahr doch am besten direkt bei uns mit. Spart Sprit und schützt die Umwelt."

Ohne zu zögern stieg Finn in mein Auto ein.

„Hast du deinen Wagen abgeschlossen?", fragte ich.

„Oh."

Er stieg wieder aus, lief zum roten VW, schloss ab und ließ sich erneut auf meine Rückbank sinken.

Er war wie Emily. Die Welt war sein Spielplatz und Sorgen etwas für armselige Menschen, die nichts Besseres zu tun hatten. Und wahrscheinlich funktionierte das auch noch für ihn.

„Das sieht schmerzhaft aus, wie deine Schwester die Brauen zusammenzieht", murmelte er, nachdem er sich angeschnallt und im Rückspiegel einen Blick auf mein Gesicht erhascht hatte.

„Mach dir darüber keine Sorgen", wehrte Emily leichthin ab. „Sie ist es gewohnt, gestresst zu sein. Unsere Mutter sitzt ihr im Nacken, endlich zu heiraten und Kinder zu bekommen."

„Warum? Sie kann doch kaum zweiunddreißig sein."

„Ich bin siebenundzwanzig!", fauchte ich. „Und würdet ihr mir bitte den Gefallen tun und einfach die Klappe halten?"

Ich schaltete in den Rückwärtsgang. „Ihr bleibt gleich beide im Auto ... und wenn ich zurückkomme, hat niemand hier Sex im Wagen!"

Emily kicherte. Versprechen tat sie jedoch nichts.

Die Pakethauptstelle war ein riesiges graues Lagergebäude, das ein hoher Stahlzaun umgab. Hinter dem Zaun konnte man unendlich viele gelbe Postwagen sehen. Ich hielt auf dem Besucherparkplatz, der aus zwei Stellplätzen bestand. Die Paketstelle empfing wohl nicht gern Gäste.

Ich stieg aus und schloss Finn und Emily ein, bevor sie auf die Idee kamen, mir zu folgen. Natürlich hätten sie die Türen von innen öffnen können, doch keiner machte Anstalten, das zu tun. Stattdessen beugte sich Finn über die Mittelkonsole nach vorne und sagte irgendetwas, das Emmi zum Lachen brachte.

Na klasse. Die zwei als Paar wären ein Hurrikan des Chaos'.

Ich lief über den grauen Beton zur Eingangstür, während ich mir im Kopf die Geschichte zurechtlegte, die ich gleich erzählen würde. Die Reportersache würde hier nicht funktionieren.

Der Rezeptionsbereich war mit dunklem Holz vertäfelt und ein Kronleuchter zierte die Decke. Alles in allem nicht das, was ich erwartet hatte. Ich stützte mich mit den Unterarmen auf der Rezeption ab und ein kleiner Mann mit Brille und Glatze sah zu mir auf.

„Ja?"

Ich musste mir nicht einmal Mühe geben, wütend auszusehen. „Wo kann ich Beschwerde einreichen?", wollte ich wissen.

„Im Internet?"

Klugscheißer.

„Ich möchte mit dem Manager sprechen. Mit demjenigen, der für die Fahrer zuständig ist."

Der Rezeptionist seufzte. „Für Kleinkram wie Beschwerden ist der Manager nicht zuständig."

„Wer ist dann für Kleinkram wie Beschwerden zuständig?", fauchte ich. „Seit zwei Monaten bekomme ich in dem Café, das ich führe, Pakete, in denen der Inhalt beschädigt ist! Ich habe angerufen, auf Ihrer Website Beschwerde eingereicht und alles versucht – aber niemand kümmert sich darum! Ich will, dass der Paketbote, der dafür zuständig ist, gefeuert wird. Ich habe mir seinen Namen aufgeschrieben ..." Ich kramte einen imaginären Zettel aus meiner Hosentasche und tat so, als würde ich ihn hinter der Rezeption lesen. „Manuel Schnitzker. Das ist der Übeltäter!"

Der Rezeptionist sah jetzt sehr genervt aus, tippte aber irgendetwas in seinen Computer, während er fragte: „Welche Adresse hat Ihr Café?"

Ich nannte ihm die Adresse des Café L'Amour, das direkt neben der Zoohandlung lag, und wieder tippte er etwas auf seine Tastatur.

Schließlich seufzte er. „Lady, ich muss Sie enttäuschen. Schnitzker kann nicht gefeuert werden, er ist leider verstorben … aber wenn es Ihnen hilft: Er kann unmöglich derjenige gewesen sein, der Ihre Pakete beschädigt hat."

Überrascht lehnte ich mich weiter über den Tresen. „Was? Warum?"

Der Mann hob seinen Blick. „Ihr Café liegt nicht auf seiner Route. Er liefert Ihnen nicht Ihre Pakete – kann also für den Schaden auch nicht die Verantwortung tragen."

Verwirrt blinzelte ich ihn an.

Was? Schnitzkers Route hatte nicht an dem Café vorbeigeführt? „Sind Sie sicher, dass ich nicht auf seiner Route liege? Ich habe mir seinen Namen doch aufgeschrieben."

„Ganz sicher." Der Mann schob augenverdrehend seine Brille höher auf die Nase. „Ich habe sie direkt hier vor mir auf dem Computer. Seine Route endet auf der Prinzstraße. Das ist eine ganze Ecke weiter."

Das wusste ich. Mein Laden lag auf der Prinzstraße.

„Oh, okay … danke", sagte ich.

Der Mitarbeiter nickte nur. „Wir können aber gerne ein ernstes Wort mit dem für Sie zuständigen Paketboten wechseln. Qualität ist uns wichtig und … Na ja, lesen Sie unseren Slogan. Wir werden ihn natürlich darum bitten, vorsichtiger zu sein."

„Sicher", nickte ich und entschuldigte mich in Gedanken bei dem armen Paketboten, der nun völlig grundlos angemotzt werden würde. „Danke."

Ich trat wieder an die kühle Luft und blieb einige Momente lang stehen.

Das machte keinen Sinn. Warum war Schnitzker dann in der Zoohandlung gewesen? Laut Mitarbeiter war er sogar in regelmäßigen Abständen da gewesen. Was hatte er dort getan, wenn nicht Pakete ausgehändigt? Den Geruch der Tierexkremente genossen?

Nein. So konnte ich nicht nach Hause fahren.

Ich machte auf dem Absatz kehrt und stürmte zurück in den Empfangsraum.

„Wissen Sie was? So lass ich mich nicht abspeisen!", sagte ich mit erhobenem Kinn, im Versuch wie meine Mutter zu klingen. Die bekam schließlich immer, was sie wollte. Von mir im Brautkleid mal abgesehen. „Ich möchte selbst mit dem zuständigen Paketboten reden."

Der Typ hinter der Theke schüttelte verdrießlich den Kopf. „Das ist eine interne Sache, Lady. Wir werden ..."

„Nein", schnitt ich ihm das Wort ab. „Ich bin nicht den ganzen Weg hierher gefahren, um direkt wieder vor die Tür gesetzt zu werden. Ich habe den ganzen Tag Zeit", hatte ich nicht, „und kann gerne jeden einzelnen Paketboten, der hier ein- und ausläuft nach seiner Route fragen. Sie würden es mir aber erleichtern, wenn Sie mir einfach die Telefonnummer oder Adresse des zuständigen Fahrers geben könnten." Mit den Wimpern klimpernd stützte ich meine Unterarme auf dem Tresen ab.

Der Glatzkopf stöhnte laut auf. Warum taten Leute in meiner Gegenwart das immer?

„Ich kann Ihnen nicht einfach persönliche Daten weitergeben."

„Natürlich können Sie das! Wenn sich eins in den letzten Jahren gezeigt hat, dann doch, dass Leute sehr wohl dazu in der Lage sind, persönliche Daten weiterzugeben."

„Lady …"

„Den ganzen Tag", summte ich fröhlich und machte es mir auf dem Tresen gemütlich.

Mit einem Knurren, das meinen Kater stolz gemacht hätte, stieß der Rezeptionist sich vom Tresen ab. „Ich werde nachsehen, ob sie Glück haben und er von seiner Route schon zurückgekehrt ist!"

„Das ist wirklich sehr zuvorkommend von Ihnen."

„Wenn er nicht da ist, haben Sie Pech, denn eine Adresse oder Telefonnummer kann ich Ihnen wirklich nicht geben!"

„Darüber können wir dann gleich diskutieren."

„Sie sind eine Landplage!", rief er und verschwand nach hinten ins Gebäude.

Mir waren schon schlimmere Namen gegeben worden.

Ich wartete geduldig und nach fünf Minuten tauchte der Glatzkopf wieder auf, einen jungen Mann mit strohblonden Haaren und geweiteten Augen im Schlepptau.

Ich beugte mich nach vorne und besah mir das Namensschild des Paketboten. Kevin Luvrat.

„Hier", knurrte der Rezeptionist. „Sie hatten Glück. Er war da. Er beliefert den Vichnow-Weg. Und jetzt sagen Sie, was Sie sagen wollen und dann verschwinden Sie."

Ich betrachtete den Paketboten vor mir, der ... ängstlich aussah, unglaublich ängstlich.

Aus einem Bauchgefühl heraus, streckte ich meinen Arm aus und deutete mit meinem Finger auf ihn.

„Das ist nicht derjenige, der mir meine Pakete bringt", sagte ich vorwurfsvoll.

Das Augenlid des Boten begann zu zucken. „Äh, doch. Ich ... doch", stotterte er.

Der Glatzkopf neben ihm verengte die Augen und sah zwischen uns hin und her.

Hier drin hätte ich wohl keine große Chance auf eine ehrliche Antwort.

„Warum gehen wir nicht kurz vor die Tür?", schlug ich vor und drückte ihn sanft, aber bestimmt an seiner Schulter nach draußen. Kaum schlug mir die frische Luft entgegen, fing der Paketbote schon an zu sprechen.

„Bitte machen Sie mir keinen Ärger", flehte er. „Ja, ich weiß, ich bin nicht Ihr Bote, aber es ist nicht erlaubt, straßenweise und ohne Befugnis zu tauschen und ... ich konnte das Geld gut gebrauchen! Bitte verraten Sie mich nicht."

Mit gehobenen Augenbrauen sah ich mein Gegenüber an. „Wovon reden Sie?", erschien es mir wichtig, zu fragen. „Warum sind nicht Sie es, der mich beliefert?"

Kevin rang die Hände ineinander und einzelne Schweißperlen sammelten sich auf seiner Stirn. „Ein Kumpel von mir wollte den Vichnow-Weg tauschen.

Er meinte, er hätte dort Freunde und es würde so mehr Spaß machen ..."

„... und er hat Ihnen dafür Geld gegeben?", fragte ich verblüfft.

Schnitzker hatte ihn dafür bestochen, die Zoohandlung beliefern zu dürfen? Oder ging es vielleicht um ein anderes Geschäft?

„Äh, was?", der Bote kratzte sich am Kinn. „Nein. Natürlich nicht, woher haben Sie das denn?"

„Das haben Sie doch gerade gesagt. Dass Sie das Geld gut gebrauchen konnten."

„Oh." Dümmlich sah er mich an. „Nun gut. Ja. Aber nur ein wenig."

Meine Güte, wie hatte Schnitzker es sich nach der Investition eines Flatscreen Fernseher, der Diamantstecker seiner Freundin und einer exotischen Schlange leisten können, auch noch seinen Kollegen zu bestechen?

„Hören Sie", seufzte Kevin Luvrat jetzt schwer. „Ab jetzt werde ich ohnehin wieder Ihre Pakete liefern. Mein Freund ist leider", er schluckte, „verstorben. Und ich werde aufpassen, dass nichts kaputtgeht. Wirklich. Es wäre nur sehr nett, wenn Sie einfach reingehen und sagen könnten, dass Sie sich wieder an mich erinnern. Wenn rauskommt, dass ich einfach so getauscht habe, verliere ich meinen Job."

Er sah mich so bittend an, dass ich einfach nickte. Mein Gehirn war ohnehin mit anderen Dingen beschäftigt.

Das war das beste Verhör, das ich je geführt hatte! Kevin hatte mir einfach alles erzählt. Warum konnten nicht alle Menschen solche Angsthasen sein? Das würde der Polizei ihre Arbeit deutlich erleichtern.

Ich fuhr mit Finn und Emily – die ich überraschenderweise nicht knutschend im Auto vorgefunden hatte – noch zum Großmarkt, der nicht weit entfernt lag, und brachte Finn dann zu seinem Auto zurück.

„Ich fahr jetzt zum Laden, binde hundert Sträuße und gehe dann nach Hause", erklärte ich ihm. „Du kannst deine Zeit also besser nutzen, als mir hinterherzufahren."

Er nickte. „Okay. Danke. Und wenn es dir hilft, kann ich zumindest noch einen Tag lang Joshs Anrufe ignorieren. Ich würde ihn ja auch für dich anlügen, aber er checkt es jedes Mal, wenn ich nicht die Wahrheit sage. Er ist eben Bulle."

„Schon in Ordnung", seufzte ich. Er hätte es so oder so irgendwann herausgefunden. Jetzt musste ich nur die Akte irgendwie wieder zur Wache bringen, bevor jemand etwas von ihrem Urlaub in meiner Wohnung mitbekam. Das konnte ich morgen früh machen, bevor ich zur Hochzeit fuhr.

„Für wie lange hat Josh dich bezahlt?"

„Nur für diesen Tag."

Na, wenigstens das. Wir verabschiedeten uns, ich ließ Emily bei einer Freundin raus und fuhr dann wieder zum Laden. Er sah gut aus. Kein Loch in der Fensterfront. Kein Rauch, der aus der Tür drang ... keine Trudi im Verkaufsraum. Stattdessen das »Geschlossen«-Schild im Fenster der Tür.

Es war kurz nach drei. Wir hatten noch nicht geschlossen. Ich stöhnte und sperrte auf.

„Trudi? Trudi, bist du hier?"

Niemand antwortete mir.

Ich drehte mich im Kreis, lugte hinter den Tresen – nicht dass Trudi ohnmächtig dahinter lag – und stieß schließlich die Tür zu meinem Büro auf.

Ich fand meine Angestellte schlafend in meinem Chefsessel vor.

„Trudi!"

Sie zuckte zusammen und richtete sich auf. „Huch, hallo Louisa. Bist du schon wieder zurück?"

Ein kleines Männchen schlug mir schmerzhaft gegen die Schläfe. „Es ist drei Uhr, Trudi."

„Ups." Unbekümmert richtete sie sich etwas weiter auf. „Ich muss wohl in meiner Mittagspause eingeschlafen sein. Na ja, jetzt bist du ja hier und das Geschäft kann weitergehen." Sie lächelte.

„Trudi ... du musst ..." Doch ich brach ab. Ich wusste nicht, was sie musste.

Ich wusste nur, was ich eigentlich tun müsste. Und das war, sie zu feuern. Nur wusste ich auch, dass ich das nie tun würde. Sie war Trudi. Sie war wie ein Katzenbaby. Ein altes Katzenbaby mit einer Menge Falten.

Was für eine knallharte Geschäftsfrau ich doch war ... wo waren meine Kekse?

Als ich endlich den letzten Strauß für die morgige Hochzeit gebunden, den Laden geschlossen und den Weg nach Hause zurückgelegt hatte, war ich so erschöpft, dass ich beim Treppensteigen zweimal fast über die Stufen gestolpert wäre.

Ich war übermüdet, gestresst und mein Kopf wieder einmal mit einer Unmenge an Informationen gefüllt, die zwischen meinen Synapsen schwebten und gegen meine Schläfen drückten. Was ich brauchte, war eine Flasche Wein, Schokolade und ein Bad. Außerdem wollte ich noch einmal die Akte studieren, bevor ich sie morgen zurückbrachte.

Ich ließ mir die Wanne volllaufen, gab einen Mandelblüten-Badezusatz hinzu, der der Packung nach eine beruhigende Wirkung haben sollte, und seufzte wohlig auf, als ich mich hineinlegte. Die Schokolade und das Glas Wein hatte ich auf dem Badewannenrand positioniert. Die Akte lag auf einem kleinen Hocker daneben.

Erst Schokolade, dann Wein, dann die Akte.

Man musste Prioritäten setzen.

Ich schloss für ein paar Momente die Augen und genoss die Ruhe.

Und die Schokolade.

Schokolade und Ruhe konnte man gleichzeitig genießen.

Ich konzentrierte mich auf meinen stetigen Atem, sog den Duft der Mandelblüten ein und ließ die Gedanken schweifen. Ich hatte das Gefühl, heute einen Fortschritt gemacht zu haben. Schnitzker hatte für einen Paketboten unnatürlich viel Geld besessen. Außerdem hatte er einen Mitarbeiter bestochen, ihm die Straße zu überlassen, in der die Zoohandlung lag. Weil er Freunde dort hätte. Aber wen? Und warum deswegen tauschen?

Hatte er wirklich Pakete ausgeliefert?

Und wenn ja, was für welche und für wen?

Lauter Fragen.

Na ja, das würde ich schon noch herausfinden. Für mich bedeutete das zumindest, dass ich noch einmal in die Zoohandlung zurückmusste. Ich musste nach den Paketen fragen, die er gebracht hatte. Falls er welche gebracht hatte. Aber aus welchem Grund hätte er sonst die Route mit Kevin tauschen sollen?

Vielleicht sollte ich mir auch mal das Lager anschauen. Das, in dem die Leiche gelegen hatte. Die Leiche mit dem Blut und der Stricknadel, die aus ihrem Hals geragt hatte.

Und schon bekam ich wieder Kopfschmerzen!

Vielleicht sollte ich noch etwas Wein trinken, um dagegen anzukämpfen. Nur – mit Wein bekämpfte man keine Kopfschmerzen, man verschob sie.

Ich entschied mich gegen den Wein und ging stattdessen im Kopf noch einmal die Mitarbeiter durch.

Lars, der Surfer; Daniel, der ein wenig griesgrämig gewirkt hatte, und Tanja, das leicht billige Kaugummi-Mädchen.

Ich hatte mir ihre Adressen angesehen und zumindest an Tanjas Wohnung hätte die Route des Paketboten entlangführen können. Sie wohnte gar nicht weit von der Prinzstraße entfernt, und theoretisch hätte sie Schnitzker kennenlernen und ... was tun können?

Seufzend tauchte ich mit dem Kopf unter und genoss das gleichmäßige Rauschen, das das Wasser in meinem Ohr hinterließ.

Lars, Daniel und Tanja.

Nacheinander versuchte ich sie mir dabei vorzustellen, wie sie mit einer Stricknadel auf Manuel Schnitzker einstachen.

Hustend tauchte ich wieder auf. Das war der richtige Weg, mir Albträume zu bereiten! Ich nahm mir noch ein Stück Schokolade und verdrängte das Bild wieder.

Was für ein Motiv sollten die Mitarbeiter schon haben? Irgendwie konnte ich mir keinen von ihnen als Mörder vorstellen. Ich nahm mir die Mappe und blätterte zu der Seite, auf der die Informationen zu den Angestellten standen. Alle Konten waren unauffällig – so wie Jannis gesagt hatte. Aber auch Manuel Schnitzkers Konto war unauffällig gewesen, und trotzdem hatte er seiner Freundin Diamantohrringe kaufen können.

Hanna Neuger hätte doch sicherlich gewusst, wenn ihr Freund in kriminelle Machenschaften hineingezogen worden war, oder? Die Biologiestudentin hatte wie ein intelligentes Mädchen gewirkt. Vielleicht insgesamt sogar etwas zu intelligent und hübsch für einen Mann wie Schnitzker.

Als er in meinem Laden gestanden hatte, hatte ich ihm keinen zweiten Blick geschenkt. Und schöne Mädchen wie Hanna waren normalerweise mit Männern zusammen, die man nicht so schnell vergaß, sie ...

Jemand hämmerte an die Tür, nicht meine Badezimmertür, dafür war der Ton zu dumpf, dennoch zuckte ich zusammen – und die Akte segelte ins Wasser.

„Verdammt!", fluchte ich und versuchte fahrig die Mappe wieder aus der Wanne zu klauben, was angesichts des dichten Schaums gar nicht so einfach war. Als ich sie endlich gefunden hatte und aus dem Wasser zog, triefte sie, und ein Blick zwischen die Pappdeckel reichte, um zu erkennen, dass die Druckerschwärze in einem einzigen Tintenklecks zusammengeflossen war – während immer noch jemand meine Wohnungstür misshandelte.

„Lou! Mach die Tür auf!"

Klasse. Es war Rispo. Und entweder war meine Wohnung verdammt hellhörig oder er schrie sehr laut. Vielleicht ja beides. Auf jeden Fall konnte ich seine Worte deutlicher verstehen, als mir lieb war.

Mensch! Da hatte ich gerade angefangen, mich zu entspannen und jetzt war die gesamte Mühe dahin. Ich ließ die klitschnasse Mappe auf den Hocker sinken, unschlüssig darüber, was ich tun sollte.

Das hier hatte ein ruhiger, entspannter Abend werden sollen. Von denen hatte ich in letzter Zeit nicht viele gehabt – und ich beschloss, dass ich Rispo ihn nicht würde kaputtmachen lassen.

Ich ließ den Kopf wieder in das warme Wasser gleiten und seufzte wohlig auf. Rispo musste später nochmal vorbeischauen.

Dann, wenn ich Lust hatte, mit ihm zu reden. Dann, wenn er sich dafür entschuldigte, dass er mich von seinem Bruder hatte beschatten lassen. Zusammengefasst: Rispo sollte einfach nie wiederkommen.

Das Hämmern wurde lauter.

„Lou! Ich weiß, dass du da bist. Ich habe dein Auto gesehen. Mach verdammt noch mal die Tür auf!"

Stöhnend tauchte ich mit dem Kopf unter Wasser – aber selbst dort konnte ich ihn noch klopfen hören.

Och menno. Ich hatte wirklich keine Lust, mich mit Rispo auseinanderzusetzen. Er hörte sich wütend an und mit wütenden Männern konnte man nicht vernünftig reden.

Mir ging die Luft aus und ich tauchte wieder auf.

„Louisa! Ich bin durchaus dazu in der Lage, eine Tür einzutreten."

Als ob. Er war Polizist, er würde hier nicht gewaltsam einbrechen.

Das Klopfen hörte auf und wurde durch ein leises Kratzen ersetzt. Ein metallisches Kratzen an ... an meinem Schloss?

Ungläubig riss ich die Augen auf und stieg aus der Wanne. „Wage es nicht!", rief ich.

„Dann mach die verdammte Tür auf!"

„Das ist Belästigung!", schrie ich zurück.

„Du bist hier die Belästigung!"

Das hatte er gerade nicht wirklich gesagt!

Wütend wickelte ich mich in ein Handtuch ein, strich mir die nassen Haare in den Nacken, stapfte ungehalten zur Wohnungstür und riss sie auf. „Was zum Teufel machst du hier für einen Terror?"

Rispo sah mich nicht an, schob mich einfach zur Seite und fegte in den Raum hinein. „Wo ist sie?"

Unschuldig verschränkte ich die Arme unter der Brust, bevor ich die Tür mit der Hüfte ins Schloss warf. Er würde ja doch nicht sofort wieder gehen.

„Was meinst du?", fragte ich unschuldig.

Sein Blick flog im Raum umher, als erwarte er, dass ich Drogen offen herumliegen ließ, bevor seine Augen sich düster auf mich richteten.

„Die Akte", knurrte er.

Ach, die.

„Keine Ahnung, wovon du sprichst."

Leugnen. Ich spürte, dass das der Weg war, den ich hier wählen sollte.

„Tu nicht so dumm!", fuhr er mich an und seine mittlerweile schwarzen Augen sprühten Funken. „Du hast polizeiliches Eigentum entwendet. Ist dir eigentlich klar, dass ich dich sofort verhaften könnte?"

Ach, bitte! Er sprach andauernd davon, dass er mich verhaften könnte.

Die Tür knarrte und mein Kater kam blinzelnd ins Wohnzimmer.

„Fass Twinky, fass!", sagte ich laut und deutete mit meinem ausgestreckten Arm auf Josh.

Rispo schnaubte und lief in die Küche, wo er anfing, die Privatsphäre jeder einzelner meiner Schubladen zu stören. „Ich sagte dir, du sollst dich raushalten ... und das Nächste, was du tust, ist eine Akte zu stehlen?"

Seine Stimme wurde mit jedem Schrank, den er öffnete, lauter. Ich folgte ihm und versuchte seine Arme wegzuschlagen, doch ich hatte keine Chance.

„Gott, Lou, das ist nicht mehr lustig. Das ist einfach nur dumm. Zu denken, dass du die Arbeit eines Polizisten machen kannst und ... was hast du da überhaupt an?"

Plötzlich ernüchtert, als würde ihm erst jetzt klar, in welchem Aufzug ich ihm die Tür aufgemacht hatte, sah er auf mich herab.

„Ein Hochzeitskleid", meinte ich trocken. „Siehst du das nicht? Es ist weiß."

„Ein Hochzeitskleid für wen? Deinen Goldfisch?"

„Josh, das ist ein Handtuch!"

„Warum trägst du ein Handtuch?"

„Weil ich aus der Badewanne komme, du Blödkopf."

Interessiert ließ er seinen Blick von meinen Schultern bis zu meinen Beinen wandern. Ich konnte ihn schlucken sehen, als sein Blick zu dem Knoten zwischen meinen Brüsten zurückkehrte, der das Handtuch fixierte.

„Heißt das, du hast nichts anderes als dieses Badetuch an?"

Ich verdrehte die Augen und ignorierte die Gänsehaut auf meinen Armen. Männer waren viel zu leicht abzulenken. „Bist du fertig damit, meine Küche zu verwüsten?"

„Weißt du, du solltest wirklich nicht nur im Handtuch bekleidet die Tür aufmachen."

„Was hatte ich denn bitte für eine Wahl? Du hättest sonst mit deiner Faust das Holz durchschlagen."

„Was, wenn ich ein Vergewaltiger gewesen wäre?"

„Dann hätte ich dir in die Eier getreten und du wärst zu Boden gegangen." Außerdem besaß ich neuerdings einen Baseballschläger. Er lag neben meinem Bett. Bei mir war vor ein paar Monaten eingebrochen worden und so hilflos wie damals wollte ich mich nie wieder fühlen. „Soll ich dir zeigen, wie genau ich getreten hätte?"

Das brachte doch tatsächlich einen von Rispos Mundwinkel zum Zucken, doch dann erinnerte er sich wieder daran, dass er nicht hier war, um mir auf die Brüste zu starren.

„Hör auf süß zu sein! Wo ist die Akte, Lou?"

Seufzend ließ ich die Schultern sinken. „Im Bad." Die Zeit des Leugnens war vorbei. „Ich würde dir ja anbieten, sie wieder mitzunehmen, aber ... sie ist mir irgendwie ins Wasser gefallen."

Rispo fuhr sich mit der flachen Hand über Nase und Mund, als suche er nach Geduld. Diese Geste kannte ich mittlerweile von ihm. Ich war in den letzten Monaten sehr oft Ursprung dieser Geste gewesen. Bis heute schien er seine Geduld nicht gefunden zu haben.

„Weißt du", sagte ich vorsichtig, „ich finde, jetzt sind wir quitt. Du hast mich wegen der Akte angeschrien und ich verzichte ausnahmsweise mal darauf, dich wegen deines Bruders, den du auf mich gehetzt hast, anzubrüllen. Okay? Wenn du mich fragst, ist das ein fairer Deal."

„Ich frag dich aber nicht."

„Das solltest du aber. Weibliche Einsichten helfen in jeder Lebenslage."

„Nur scheint die Einsicht bei dir doch genau das Problem zu sein – und hör auf an dem Knoten deines Handtuchs herumzuspielen!"

Ich ließ meine Hände sinken. „Was würdest du zu dem Vorschlag sagen, dass du dich einfach mal beruhigst und vielleicht ein Stück Schokolade isst ...?"

„Beruhigen?" Rispos Kieferpartie hatte sich so verhärtet, dass ich fürchtete, sie würde gleich aus seinem Gesicht springen.

„Du bist eine Diebin, Louisa ..."

„Nein! Eine ... Borgerin. Ich habe die Akte nur geborgt", sagte ich hastig und legte eine Hand auf seinen Arm. „Wirklich. Bevor sie mir ins Wasser gefallen ist, hatte ich vor, sie morgen zurückzubringen."

„Es ist trotzdem eine Straftat. Und eine verdammt dumme noch dazu."

„Dumm oder genial? Das liegt beides ziemlich eng beieinander."

„Dumm, Lou."

Ich biss mir auf die Unterlippe. Ich fühlte mich deswegen ja auch schlecht. Mir war klar gewesen, dass es eine blöde Idee sein würde, aber ...

„Trudi ist mir wirklich wichtig", sagte ich leise. „Und deswegen ist Kai es auch. Er ist unschuldig, Josh. Und wenn du das nicht beweisen kannst, dann muss ich das eben tun."

Rispos Miene wurde immer unglücklicher, wenn auch zeitgleich etwas sanfter. „Ich verstehe ja, dass du Trudi beschützen willst. Dass du Mitgefühl hast und helfen willst, aber du kannst nicht jedes Mal, wenn es dir gerade passt, Detektivin spielen. Es ist ein Wunder, dass du das letzte Mal nicht draufgegangen bist."

„Es geht ein bisschen weit, es als Wunder zu bezeichnen, wenn du mich fragst."

„Und wieder: Ich frage dich aber nicht!"

„Ich würde vielmehr sagen, dass mein ausgeprägtes Feingefühl ..."

„Großer Gott, du redest dich wirklich um Kopf und Kragen! Aber deine Fähigkeit, Schwachsinn zu produzieren, bemächtigt dich nicht dazu, wieder auf Mördersuche zu gehen – du forderst deinen Tod heraus, Lou!"

„Ich mache nichts, was gefährlich ist", erklärte ich langsam, mit den Fingern den Handtuchknoten enger ziehend, der drohte, sich zu lösen. „Ich sammle nur Informationen, und sobald irgendetwas wäre, das meine Fähigkeiten übersteigt, würde ich dich sofort anrufen."

„Bitte, hör auf zu reden", stöhnte Rispo und ließ sich gegen die Küchenanrichte sinken. „Und bitte zieh dir etwas an, ich kann mich nicht konzentrieren."

Mein Kopf lief rot an, und als Rispos Blick wieder über meinen Körper huschte, wurde mir … heiß.

„Hör du auf, mich so anzusehen", flüsterte ich. „Sonst komme ich noch auf die Idee, dir anzubieten, dass du mir beim Anziehen helfen darfst."

Joshs Augen wurden noch eine Spur dunkler, und jetzt sah er überhaupt nicht mehr wütend aus. „Ich bin eher Experte im Ausziehen."

Oh, oh. Jetzt war ich es, die schluckte und sich daran erinnern musste, dass sie eigentlich nicht mehr mit ihm hatte reden wollen. Dass er schlecht für mich war. Dass er einer dieser emotional unerreichbaren Männer war, die mir das Herz brechen konnten. Dass er hergekommen war, um mich anzuschreien.

Rispo machte einen Schritt auf mich zu. Ich quietschte und stolperte zurück.

„Sicherheitsabstand!", sagte ich etwas zittrig. „Und du darfst jetzt auch gehen."

„Ich bin aber noch nicht fertig", sagte er leise.

„Womit? Mich anzubrüllen?"

Seine Hand griff nach meiner, als ich noch einen Schritt weiter nach hinten machen wollte. „Das mit dem Anbrüllen tut mir leid. Ich bin mit dem Gedanken hergekommen, rational und ruhig darüber zu reden."

„Hat nicht geklappt."

Er lächelte. Ein langsames, selbstgefälliges Lächeln, das meine Zehen kribbeln ließ. „Ich weiß. Das liegt daran, dass du mich wahnsinnig machst … und du allergisch gegen Regeln zu sein scheinst."

„Das bin ich auch. Von ihnen bekomme ich Furunkel im Gehirn", murmelte ich.

Ich sollte meine Hand losreißen. Ich sollte ihn nicht ansehen und aufhören, meine Lippen zu lecken ... „Du hast deinen Bruder angeheuert, um mich zu beschatten. Das ist auch gegen die Regeln."

Er schüttelte den Kopf und seine Finger strichen sanft meine nackten Arme hinauf, bis sich seine Hand warm in meinen feuchten Nacken legte. „Es gibt kein Gesetz, das das verbietet."

„Doch. Das Gesetz der Freundschaft."

Meine Stimme hätte stärker sein sollen. Doch alles, was ich herausbrachte, war ein leises Flüstern. Denn seine Finger strichen über meinen Nacken, während die andere Hand auf meiner Taille lag, nur durch das dünne Handtuch von meiner Haut getrennt.

„Sind wir Freunde, Lou?", fragte Rispo langsam, während seine Energie mich zu seinem Körper zog und alles, was ich noch einatmete, sein Geruch war.

„Sind wir nicht?"

Rispos Lächeln wurde breiter und seine Hand zog mich kaum merklich näher zu sich heran. „Das, was ich gerade denke, ist wirklich nicht freundschaftlich."

„Oh." Ich starrte seine Lippen an.

„Weißt du noch das letzte Mal?", murmelte er. „Als ich immer im Dienst war und dagegen angekämpft habe, dich zu küssen?"

„Vage ..." Meine Stimme schweifte zusammen mit meinen Gedanken ab.

„Nun, ich habe aufgehört."

„Im Dienst zu sein?"

„Dagegen anzukämpfen."

Und dann küsste er mich.

Er zog mich mit der einen Hand an seinen Körper, während seine Finger der anderen in meine nassen Haare fuhren und mich auf meine Zehenspitzen gehen ließen. Meine Hände krallten sich in sein Hemd, und im nächsten Moment stolperte Rispo gegen die Küchenanrichte zurück, weil ich mich mit so viel Enthusiasmus gegen ihn presste.

Gott, ich war verloren!

Rispos kompletter Körper war angespannt, seine Hände sanft und seine Lippen wechselten zwischen grob und zärtlich hin und her. Ich umschlang mit den Armen seinen Hals, und obwohl kein Blatt mehr zwischen uns gepasst hätte und ich nur das Handtuch trug, waren wir immer noch zu weit voneinander entfernt. Rispos Lippen wanderten meinen Hals hinab, seine Bartstoppeln kratzten über mein Schlüsselbein und ich wollte einfach nur noch vergessen ... Vergessen, was passiert war, warum er der absolut falsche Mann für mich war, dass wir eigentlich nie redeten, sondern nur diskutierten ...

Okay, nein. Mist. Ich konnte nicht vergessen.

Ich ließ meine Hände von seinem Hals sinken und drückte sie gegen seine Brust.

Ich wusste, dass wir das hier konnten. Wir waren sehr gut bei all dem körperlichen Kram. Der seelische, sprachliche, gefühlstechnische Part drumherum war der, der kompliziert wurde. Aber es war auch der, der wichtig war. Der mir wichtig war.

„Warte. Stopp." Ich wollte mich von ihm wegdrücken, spürte aber, wie mein Handtuch drohte, zu Boden zu fallen, und pflasterte mich deswegen wieder an seine Brust.

Rispo seufzte und sah auf. „Dein Körper sagt nicht Stopp."

Das wusste ich auch. „Mein Handtuch rutscht."

Ich zog es wieder enger um meinen Körper und machte einen Schritt zurück.

Rispo atmete schwer, seine Iris eins mit seinen Pupillen ... und einen griesgrämigen Ausdruck auf seinem Gesicht. „Du wirst jetzt irgendeinen Mädchenkram von dir geben, oder?"

Er war ein sehr kluger Mensch.

„Das hier", ich wedelte mit meiner Hand zwischen uns hin und her, „ist eine dumme Idee."

„Sehe ich anders."

Mein Körper sah das auch anders. Aber mein Kopf erinnerte sich noch sehr gut daran, dass er mit mir geschlafen und sich dann einen Monat lang nicht gemeldet hatte. Es war eindeutig, dass Rispo nichts Ernstes wollte ... ich schon. Ich war es leid, mir ständig selbst das Herz zu brechen, weil ich mich in egomanische, emotional komplizierte Männer verliebte.

Ich wollte eine ganz normale Beziehung. Eine einfache Beziehung. Eine Beziehung, in der ich mit meinem Partner redete und nicht mit ihm schrie. Eine Beziehung, in der ich an erster Stelle stand und nicht hinter seiner Arbeit und seinen familiären Problemen eingereiht wurde.

Ich seufzte. „Weißt du, in der Zeit, in der ich nicht mit dir geredet habe, war alles irgendwie ... einfacher."

Rispo lehnte immer noch an der Anrichte und verschränkte jetzt die Arme. „Wie steht es mit Essen?"

Ich runzelte die Stirn. „Was?"

„Du meinst, du redest nicht mit mir. Isst du dann mit mir?"

Ich verengte die Augen.

Dieser Mann war gefährlich. Ich hatte doch gerade entschieden, dass er der Falsche war. Gemeinsam zu essen hörte sich für mich nach einem Date an.

„Lou" Er lächelte, anscheinend amüsiert. „Es ist nur ein Essen. Wir müssen auch nicht ausgehen. Ich koche von mir aus was. Interpretiere da nicht mehr hinein, als da ist. Ich habe Hunger und ... Lust, mit dir etwas zu essen."

Lust hatte ich auch. „Du willst kochen? Kannst du das denn überhaupt?"

„Natürlich kann ich kochen."

Mit dem, was ich im Kühlschrank hatte? Das wollte ich sehen. „Versprichst du, mich nicht mehr anzufassen?"

Er lachte. „Ganz sicher nicht. Es wäre eine Schande, damit aufzuhören ..." Wieder glitt sein Blick über meinen Körper. „Warum sind wir nochmal eine schlechte Idee?"

„Weil wir uns überall außer im Bett nur anschreien?"

Er grinste. „Ich habe auch im Bett nichts gegen Schreien."

Gott, das wusste ich.

Ich machte noch einen Schritt zurück. „Ich zieh mir jetzt erst einmal etwas an", sagte ich versucht gelassen.

„Ist das ein Ja?"

Ich legte den Kopf schief und zuckte schließlich mit den Schultern. „Ich bin ja doch zu schwach, dich aus meiner Wohnung herauszuschieben."

Und irgendwie gefiel mir der Gedanke, außerhalb eines Mordfalls Zeit mit ihm zu verbringen. Mehr als er sollte.

Kapitel 8

Ich schlüpfte in eine Jogginghose und ein schlichtes Top. Ich wollte nicht so wirken, als würde ich mich für ihn schick machen.

Meine Haare kämmen und glattföhnen tat ich trotzdem. Ich betrachtete mich im Spiegel und wandte den Kopf nach rechts und links. Meine Haare glänzten hellbraun und strichen über meine Schultern, voluminös genug, um meine leicht abstehenden Ohren zu überdecken. Der desaströse Pony, den ich mir vor einem Jahr zugelegt hatte, war längst rausgewachsen und die Spitzen kitzelten mein Kinn. Und ich fand, meine Lippen wirkten heute Abend besonders voll. Was möglicherweise daran lag, dass ich die letzten zehn Minuten darauf herumgekaut hatte. Ich kratzte an dem kleinen runden Muttermal an meiner Schläfe und entschied mich dann dazu, dass ein wenig Mascara nicht schaden konnte. Ich persönlich fand, meine grünen Katzenaugen – Jannis sagte immer Glubschaugen, aber auf ihn hörte ich nicht – waren mein bestes Merkmal.

Als ich zurück in die Küche kam, hatte Rispo den Kopf in meinen Kühlschrank gesteckt.

„Wenn man deinen Kühlschrank so von innen betrachtet, könnte man auf die Idee kommen, dass du dich ausschließlich von Wein und Schokolade ernährst", stellte er fest und tauchte wieder auf.

„Hey, da ist auch ein Salatkopf drin!"

„Ein verschimmelter Salatkopf."

Na ja, es war trotzdem ein Salatkopf.

„Was auch immer. Was kochst du?"

Rispo zog wahllos Schubladen auf, und meine Küche wirkte mit ihm in ihr auf einmal furchtbar klein. Seine Schultern schienen vom Kühlschrank bis zur Anrichte zu reichen.

„Spaghetti", sagte er und zog eine Packung hervor. „Mit ... Tomaten und Pesto. Ich würde ja ein Fünf-Sterne-Menü anrichten, aber deine Küche bietet nicht einmal genügend Ressourcen für ein Halbes-Sterne-Menü."

Ich lachte, denn er hatte recht. Das Haushaltsgen war bei mir zu kurz gekommen. Ganz zum Missfallen meiner Mutter, der es ein Rätsel war, wie ich vorhatte, mir einen Mann zu fangen, ohne vernünftig kochen zu können.

Ganz einfach: Ich fing einen Mann, der kochen konnte.

„Ich hatte keine Zeit einzukaufen", erklärte ich. „Einen Laden führen und gleichzeitig in einem Mordfall zu ermitteln ist wirklich zeitaufwändig."

Rispo stöhnte und kramte Pfanne und Topf unter meiner Anrichte hervor. „Können wir bitte nicht über die Arbeit reden? Sonst werde ich nämlich wieder wütend und erinnere mich daran, dass ich dich eigentlich verhaften müsste."

Ich setzte Wasser zum Kochen auf und nickte. „Okay. Keine Arbeitsgespräche."

Rispo warf die Nudeln ins Wasser und schmorte Zwiebeln an, während ich die Tomaten schnitt. Schneiden konnte ich. Das Würzen und Nichtanbrennen-Lassen waren eher meine Problemzonen.

Wir hielten die Konversation absichtlich leicht, redeten über die Schulzeit, mein Studium, seine Zeit im Ausland und in Berlin, wo er seine Ausbildung zum Polizisten gemacht hatte.

Als ich ihn fragte, warum er nach Köln zurückgekommen war, zuckte er nur die Schultern und murmelte: „Familie und Verpflichtungen."

Ich fragte mich, ob das in seinem Fall nicht ein und dasselbe war.

Es war leicht, mit Josh zu reden. Er war lustig und verdammt noch mal ein guter Zuhörer. Und mit jeder Sekunde, die verstrich, und mit jedem Mal, das er mich absichtlich anrempelte, aus Versehen berührte oder sich über mich beugte, um einen Wein kalt zu stellen oder Gläser aus meinem Schrank zu holen, wurde mir wärmer ums Herz.

Als das Essen schließlich fertig war und ich meinen flachen Wohnzimmertisch gedeckt hatte, der quasi direkt neben der Einbauküche zwischen Fernseher und Sofa stand, war ich furchtbar hungrig. Leider nicht nur auf Spaghetti.

Ich wies Rispo an, sich aufs Sofa zu setzen, während ich mich vorsorglich auf einen Hocker ihm gegenüber niederließ.

Rispo betrachtete amüsiert, wie ich versuchte, es mir gemütlich zu machen.

„Vertraust du mir nicht? Oder warum sitzt du fünf Meter weit weg?"

Mein Vertrauen in ihn war nicht das Problem. Ich vertraute mir nicht.

„So können wir uns beim Essen ansehen", sagte ich und räusperte mich.

„Sehr weitsichtig von dir."

Ich ignorierte seinen Sarkasmus und schenkte uns beiden Wein ein. Ich trank zwei Schlucke und drehte mir dann Nudeln auf die Gabel, um sie in den Mund zu schieben.

Oh Gott.

Das war so unfair.

Kochen konnte er auch noch! Was stimmte nur nicht mit dieser Welt? Warum wurden Fähigkeiten und gutes Aussehen so ungerecht verteilt?

„Das ist wirklich lecker", meinte ich und rollte mir weitere Spaghetti auf die Gabel.

Rispo beobachtete mich, immer noch lächelnd.

„Was ist?", wollte ich verwirrt wissen, als er keine Anstalten machte, zu essen.

Er zuckte die Schultern. „Nichts. Ich mag Frauen, die nicht so tun, als hätten sie keinen Hunger."

Gut, da waren wir schon zu zweit. Aber darüber, was er an Frauen mochte, wollte ich gerade eigentlich nicht nachdenken.

„Erzähl mir etwas über deine Familie", bat ich ihn. Erstens, um ein neues Thema zu finden, zweitens, weil es mich interessierte.

„Meine Familie?"

Ich nickte. „Ja. Deine Familie. Hat dein Bruder dir wieder verziehen?"

Er lachte und fing auch endlich an zu essen. „Welcher? Du musst schon etwas spezifischer werden. Ich glaube, im Moment sind gleich zwei meiner Brüder extrem genervt von mir und werden es nicht müde, ihrer Wut auf mich Ausdruck zu verleihen. Und das ist eigentlich ein guter Schnitt. Wobei Finn nur aus dem Grund nicht wütend auf mich ist, weil ich ihm eine Stange Geld dafür gegeben habe, dich zu verfolgen, und Moritz nicht, weil er gerade in Brasilien ist. Ist schwer, jemanden über eine so weite Entfernung hin wütend zu machen. Das kann sogar ich nicht."

„Moritz ist ...?"

„Nach mir der Zweitälteste. Er ist Reisejournalist."

Ich nickte. Bei Rispos Brüdern konnte man leicht einmal die Übersicht verlieren. „Warum sind die anderen zwei wütend auf dich?"

„Weil ich ein arbeitswütiger Spielverderber bin", sagte er leichthin.

Es fiel mir schwer, mein Lachen zurückzuhalten. „Okay ... geht das genauer?"

„Jonas wegen des Fahrübungsplatzes – was ich ihm zugegebenermaßen schon wirklich lange versprochen habe, und Flo, weil ich ihm gesagt habe, dass ich seinen Semesterbeitrag nicht mehr zahle, wenn er durch eine weitere Prüfung fällt."

„Du bezahlst den Semesterbeitrag deines Bruders?", fragte ich überrascht.

„Irgendwer muss es ja tun. BAföG ist wirklich nicht das Gelbe vom Ei. Und als ob du deiner Schwester nicht mit Geld aushelfen würdest."

Aushelfen war vielleicht das falsche Wort. Hilfe bot man an. Emily nahm sich mein Geld einfach und sah mich dann später mit großen, unschuldigen Augen an.

„Was ist denn mit deinem Vater?"

Rispo sah mich nicht an, sondern blickte stattdessen konzentriert auf seine Nudeln. „Mein Vater hat genug um die Ohren. Er gibt Geld, wo er kann, aber fünf Kinder sind eine Menge. Und nur Mo und ich verdienen."

Ich nickte. Ich wusste, dass Rispos Mutter nicht mehr lebte. Er hatte mir nie erzählt, wie sie gestorben war, und ich sollte ihn nicht danach fragen. Das wäre unhöflich.

„Wie ist deine Mutter gestorben?"

Ups.

Jetzt blickte Rispo wieder auf und für ein paar Sekunden fürchtete ich, dass ich eine unsichtbare Linie übertreten hatte. Dass die Frage zu persönlich war. Rispo sprach kaum über sich selbst und ich war überrascht, als er mir tatsächlich nach nicht allzu langem Zögern antwortete. „Ermordet. Sie war Enthüllungsjournalistin und ist wohl jemandem zu dicht auf die Pelle gerückt. Man hat den Täter nie geschnappt."

Ich starrte ihn an und wusste nicht, was ich dazu sagen sollte. Josh hatte sein Cop-Face aufgesetzt, sodass ich nicht erkennen konnte, welche Emotionen das Gesagte lostrat. Ob es Emotionen lostrat.

„Das ist ... schrecklich", sagte ich schließlich mit trockener Kehle.

Er hob eine Schulter und steckte sich noch eine Gabel in den Mund. „Ist lange her."

„Wie lange?"

„Gestern 15 Jahre."

Ich ließ meine Gabel sinken und musste an die Blumen denken, die er gekauft hatte. Etwas in meinem Magen zog sich schmerzhaft zusammen, und ich musste mich zusammenreißen, nicht meine Hand nach ihm auszustrecken – denn Rispo war kein Mann, der gerne getröstet werden wollte. Er würde Mitleid wahrscheinlich genauso willkommen heißen wie eine Grippe.

Er blickte auf und seufzte. „Krieg den Ausdruck von deinem Gesicht. Es ist keine große Sache. Natürlich ist es schrecklich. Aber Dinge passieren und wir leben weiter. Uns geht es allen gut. Mein Vater wird um diese Zeit im Jahr nur etwas ... ruhiger. Jonas wiederum macht es wütend – ich glaube, ansonsten wäre er gestern nicht so sauer gewesen. Tut mir übrigens leid, dass du meine Brüder immer von ihrer schreienden Seite kennenlernst."

„Na ja, daran erkenne ich zumindest, dass ihr verwandt seid, oder?"

Josh lachte leise und trank etwas von dem Wein, den ich ihm nachgeschenkt hatte.

„Das muss hart gewesen sein", sagte ich sanft. „Der älteste Sohn und dann vier kleine Brüder, um die du dich kümmern musstest."

Rispo schüttelte den Kopf. „Es war nicht so schlimm. Mein Vater ist ein guter Kerl. Hat es echt gut hinbekommen. Ich musste nur manchmal einspringen, wenn er arbeiten war."

Ich sah ihm in die Augen und wusste, dass er log. Dass er seine verlorene Jugend absichtlich herunterspielte, um ... um was? Nicht bemitleidet zu werden?

Seinen Vater zu schützen? Mich nicht damit zu belasten?

„Du bist ein guter Bruder", sagte ich langsam und fürchtete mein Herz würde vor Mitgefühl gleich platzen. „Glaub mir, ich weiß, wie die aussehen. Ich habe selbst einen", fuhr ich fort. „Manchmal muss man der Spielverderber sein, damit die anderen sich zusammenreißen. Du fühlst dich verantwortlich. Ich glaube trotzdem, auch wenn sie dich oft anschreien, dass sie dich sehr lieben."

Denn ich glaubte auch, dass es sehr leicht sein konnte, ihn zu lieben.

Gott, ich steckte wirklich in Schwierigkeiten.

Rispo zog eine Grimasse. „Danke, aber Männer lieben sich nicht untereinander. Sie respektieren einander."

Ich verdrehte die Augen und kratzte die letzten Nudeln von meinem Teller. „Finn hat heute gesagt, dass er dich liebt."

Josh schnaubte. „Hat er nicht."

„Na schön, er hat es nicht genau so formuliert, aber er hat gesagt, dass er dich nicht belügen würde."

„Ja. Weil er es verdammt noch mal nicht kann! Ich sehe sofort, wenn jemand lügt."

Anscheinend war ich eine Ausnahme. Ich hatte Rispo schon des Öfteren erfolgreich angelogen. Nicht dass ich ihm das auf die Nase binden würde.

Ich wollte zur Weinflasche greifen, doch Josh war schneller.

„Hey!", beschwerte ich mich sofort.

Er stellte sie unter den Tisch. „Wenn wir heute noch miteinander schlafen, möchte ich, dass es an mir liegt und nicht am Wein."

Diese Aussage machte mich für einige Momente sprachlos. Und wenn es nicht der Wein war, dann stieg mir zumindest etwas anderes zu Kopf.

„Wir ... wir werden heute keinen Sex haben", sagte ich wenig überzeugend.

„Vielleicht lehne ich mich jetzt zu weit aus dem Fenster, aber ich habe die Vermutung, dass dieser Tisch zwischen uns zurzeit das Einzige ist, was uns davon abhält, übereinander herzufallen."

„Du gibst dem Tisch zu viel Verantwortung", hüstelte ich. Wer hatte hier die Heizung angestellt?

„Schön. Dann hast du ja nichts dagegen, wenn ich ihn wegschiebe."

Ehe ich mich beschweren konnte, hatte er den gesamten Tisch mit der Bewegung einer Hand zur Seite gewischt. Trotzdem blieb er sitzen, während mir mit jeder verstreichenden Sekunde heißer wurde.

„Es ist ganz simpel", sagte er leichthin. „Ich will dich, du willst mich. Also ... was ist das Problem?"

„Ich mache dich verrückt – schon vergessen?"

„Ich sagte ‚wahnsinnig' und das tust du auch nur, wenn du dich in meine Arbeit einmischst. Ich versuche Arbeit und Privates voneinander zu trennen. Im privaten Bereich machst du mich auf die gute Art und Weise wahnsinnig."

„Versuchst du mich gerade dazu zu überreden, noch einmal mit dir zu schlafen?"

Er grinste. „Wenn ich dich überreden wollen würde, würde ich das anders machen."

Ich wusste, ich bewegte mich auf dünnem Eis, doch ich konnte die Frage nicht zurückbeißen.

„Wie?"

Bevor ich blinzeln konnte, hatte Rispo mich an der Hand zu sich herangezogen und im nächsten Moment fand ich mich mit dem Rücken auf die Couch gepresst wieder, seine Unterarme neben meinem Kopf, sein Mund hart auf meinem. Jeglicher Sauerstoff schien aus meinen Lungen gepresst worden zu sein und dennoch hatte ich noch genug übrig, um zu stöhnen.

Rispos Hand schob sich unter mein Top, doch meine Hände waren schneller und glitten schon längst unter sein Hemd und über seinen nackten Rücken. Ich konnte spüren, wie sich seine Muskeln unter meinen Fingern anspannten, und bevor ich sein Hemd weiter hochschieben konnte, hatte er es bereits über seinen Kopf gezogen.

Und verdammt sei ich – seine Überredungskünste waren gut. Eigentlich brauchte er keine. Sein kompletter Körper war ein einziges, riesiges Argument.

Ich schlang meine Beine um ihn und zog ihn wieder zu mir herunter, wollte keine Luft mehr zwischen uns haben, während in meinem Hinterkopf eine kleine, aber dringliche Alarmglocke schrillte. Gott, ich wollte das so sehr, aber ...

„Wir sollten aufhören ..."

„Mhm."

Gütiger Himmel, niemand sollte diese Dinge mit meinem Hals tun können, die Josh gerade tat!

„Josh", sagte ich außer Atem, meine Nägel über seinen Rücken kratzend. „Wir sind gut zusammen ... im Bett. Aber außerhalb sind wir eine Katastrophe."

„Vielleicht sollten wir uns einfach auf unsere Stärken konzentrieren."

„Ich …"

Er umfasste mein Gesicht und küsste mich auf beide Mundwinkel.

„Wir hören sofort auf", versprach er. „Nachdem ich dich ins Bett bekommen habe."

Das brachte mich zum Lachen, und gleichzeitig fühlte sich mein Herz so warm und voll und drängend an … dass ich mich gezwungen sah, noch etwas zu erklären, bevor ich womöglich platzte.

„Josh", ich räusperte mich. „Ich will nicht noch einen One-Night-Stand. Ich will was Richtiges."

„Können wir da wann anders drüber reden?", schlug er vor, während seine Lippen über meine Ohrmuschel glitten, seine Finger sanft meinen Brustkorb nach oben fuhren, immer weiter, immer …

„Wann?", keuchte ich.

„Nie?"

Er küsste wieder meinen Hals und dann die Stelle unter meinem Ohr … und im nächsten Moment rutschte mir ein atemloses „Okay" heraus.

Und dann sagte ich für eine ganze Weile nichts mehr.

„Redest du jetzt offiziell wieder mit mir?"

„Ich habe mich noch nicht entschieden."

„Ich finde, mit meiner Leistung gerade, habe ich es mir verdient, dass du wieder mit mir sprichst. Wo du es doch eh schon die ganze Zeit tust."

„Mhm." Ich rümpfte die Nase. „Und ich finde mit meiner Leistung gerade, solltest du glückselig den Boden vor meinen Füßen küssen und darum betteln, dass ich das irgendwann noch einmal mit dir wiederhole."

Er lachte leise und küsste meine Schläfe. „Hat keinen Sinn, das abzustreiten."

Wir lagen auf der Couch –bis ins Schlafzimmer hatten wir es nicht geschafft – und Rispos Arme lagen warm um meinen Körper, seine Hände kraulten meinen Rücken und mein Kopf lag auf seiner Brust. Er hatte eine dünne Decke über uns gezogen und ich konnte seinen Herzschlag hören. Ich fühlte mich so geborgen und zufrieden, dass ich einen Kloß im Hals bekam. Das war nicht gut.

Ich war dabei, mich in ihn zu verlieben. Ich kannte die Anzeichen. Und er hatte gerade keinen Hehl daraus gemacht, dass er sich nicht festlegen wollte, ob das mit uns etwas Ernstes werden konnte.

Ich hätte es besser wissen sollen. Ich hätte ihn rausschmeißen sollen ... andererseits hätte ich auch nicht auf die letzte Stunde verzichten wollen.

In der Küche klingelte mein Handy.

Ich bewegte mich nicht.

„Willst du nicht drangehen?", fragte Rispo nach einer Weile, als der Darth-Vaders-Theme-Song immer noch nicht verstummt war.

Ich sah auf die Uhr – kurz nach Mitternacht – und schüttelte den Kopf. Ich hatte eine Vermutung, wer anrief. Und heute Nacht wollte ich nicht wieder rasselnden Atemzügen lauschen.

„Nein."

„Warum nicht?"

Was sollte ich sagen? Die Wahrheit?

Nein. Wenn ich ihm die Wahrheit sagte, dann würde das die Stimmung kaputtmachen. Rispo würde wütend werden, weil ich ihm nicht direkt gesagt hatte, dass mich jemand über mein Telefon tyrannisierte. Er würde die Anrufe zurückverfolgen lassen oder Türen von möglichen Tatverdächtigen eintreten und wilde Verfolgungsjagden starten, die am Ende im Rhein enden würden.

Nein. Die Wahrheit war keine Option. Ein Anrufer, der mir ein bisschen Angst gemacht hatte, war keine wirklich große Sache. Ich sollte mich zusammenreißen.

„Ich will nicht aufstehen", sagte ich schließlich und vergrub mein Gesicht in seiner Halsbeuge. „Ist wahrscheinlich nur Emily, die wieder was geraucht hat und wissen will, ob ich auch finde, dass Delfine majestätische Tiere sind."

Rispo schwieg, dann fragte er: „Gras geraucht?"

Oh. Deshalb ging man nicht mit Polizisten aus. „Nein. Himbeertabak. Der macht sie ganz wuschig."

Er schnaubte, doch ich konnte sein Lächeln an meiner Schläfe spüren.

Das Telefon klingelte immer noch, und mir war bei dem Gedanken, dass der Fremde von gestern Nacht dran sein könnte, etwas unwohl zumute. Ich ließ mich nicht leicht einschüchtern, aber das war gruselig. Das Atmen und ... na ja, vor allem die Todesdrohung.

Andererseits bedeutete es, dass ich womöglich auf der richtigen Fährte war – das war doch gut, oder? Die Anrufe hatten an dem Tag angefangen, an dem ich in der Zoohandlung gewesen war. Vielleicht war der Mörder doch einer der Angestellten?

„Vielleicht sollte ich einen Selbstverteidigungskurs machen", überlegte ich leise. „Ich sollte wissen, wie ich mich zu verteidigen habe, oder? Vielleicht gehe ich boxen ... oder lerne Karate." Wobei ... nein. Ich konnte meine Arme ja schon kaum im Einklang miteinander bewegen. „Na ja", ich gähnte, „irgendwas, damit ich mich vor Mördern besser verteidigen kann."

Joshs Arme zogen sich fester um meine Schultern und sein Kiefer knackte, bevor er meine Schläfe küsste. „Du solltest nichts von alledem tun. Du solltest weiter die lateinischen Namen für deine Blumen auswendig lernen."

Ich lächelte. „Aber die kann ich schon! Soll ich sie dir in alphabetischer Reihenfolge aufzählen? Abelia grandiflora – das ist der Tausendblütenstrauch, gehört zu den Geißblattgewächsen. Balanites aegyptiaca – das ist die Wüstendattel. Ein hässliches kleines Ding. Caesalpinia gilliesii – der Paradiesvogelbusch. Eine meiner Lieblingshülsenfrüchtler. Wunderschöne gelbrote Blüten, die ..."

Josh küsste mich. Seine Hände wanderten meinen Rücken hinab ... und zu D wie Daboecia cantabrica – die Irische Glockenheide – kam ich nie.

Kapitel 9

Als ich am nächsten Morgen aufwachte, lag ich in meinem Bett. Ich konnte mich nicht daran erinnern, mich dort hineingelegt zu haben, deshalb mutmaßte ich, dass Rispo mich getragen hatte.

Seufzend drehte ich mich auf die andere Seite und wurde von einem Zettel auf meinem zweiten Kopfkissen begrüßt. Ein Wort stand darauf:

Arbeit.

Romantisch. Na, wenigstens hatte er überhaupt einen Zettel dagelassen. Mein Blick wanderte zu meinem Wecker ... und fluchend sprang ich aus dem Bett.

Mist. Es war acht Uhr und Rispo nicht der Einzige, der an diesem Samstag arbeiten musste.

Die Hochzeit war um elf und ich musste noch die Kirche und den Festsaal mit Blumen schmücken ... nicht zu vergessen zum Laden fahren, um die Gestecke und Sträuße abzuholen.

Ich warf mich in einen Hosenanzug – ich hatte keine Zeit, noch ein schickes Kleid herauszusuchen und würde den bösen Blick meiner Mutter wohl ertragen müssen – schminkte mich, griff nach meiner Handtasche und war aus der Tür.

Auf dem Weg zum Auto warf ich einen kurzen Blick auf mein Handy – und wünschte mir, ich hätte es nicht getan.

Zehn verpasste Anrufe von einer unbekannten Nummer.

Egal. Keine Zeit, Panik zu bekommen. Über den Telefonterror würde ich mir wann anders Gedanken machen müssen. Oder nie.

Nie gefiel mir.

Es dauerte eine Viertelstunde bis ich alle Blumen, Schleifen und Gestecke in meinen Wagen verfrachtet hatte, und gerade als ich fertig war, schneite Emily herein, die sich bereiterklärt hatte, den Laden zu öffnen.

„Du bist noch hier?", fragte sie verwundert. „Ist heute nicht die Hochzeit?"

Ich hatte keine Zeit zu antworten, sondern sprang im nächsten Moment schon wieder ins Auto. Ich hatte Glück mit dem Verkehr und war dank meiner routinierten Vorgehensweise noch rechtzeitig mit dem Dekorieren fertig.

Ich liebte es, Kirchen zu schmücken. Vor allem die alten katholischen, was ich gegenüber meiner streng protestantischen Mutter natürlich nie zugegeben hätte.

Ich traf die Braut in der Vorhalle an, versicherte ihr, dass sie die hübscheste Braut war, für die ich je die Ehre gehabt habe, zu arbeiten – was nicht einmal gelogen war, sie war wirklich schön – und trat dann an die kalte Luft, um dem Gemeindehaus, in dem gleich gefeiert werden würde, den letzten Schliff zu geben.

Natürlich war die erste Person, in die ich auf dem kurzen Weg dorthin hineinlief, meine Mutter.

„Lou, da bist du ja!"

Sie umarmte mich und gab mir einen Kuss auf die Wange. Gott sei Dank wurde mein zugegebenermaßen etwas formloser Hosenanzug von meiner dicken Winterjacke verdeckt.

„Willst du dir nicht die Trauung ansehen? Du bist doch sonst so verrückt danach."

Das stimmte. Ich liebte Trauungen fast so sehr wie Blumen. Wenn Menschen sich versprachen, für den Rest ihres Lebens zusammen zu bleiben, zog sich meine Brust jedes Mal süßlich zusammen, und ich musste automatisch daran denken, dass auch ich sicherlich eines Tages diesen Menschen finden würde.

„Ich habe keine Zeit", erklärte ich. „Ich muss den Gemeinderaum noch zu Ende schmücken, werde aber zum Empfang da sein – wie versprochen."

Meine Mutter nickte und betrachtete mein Gesicht. „Du solltest davor noch einmal einen Blick in den Spiegel werfen. Du schwitzt, meine Liebe! Das ist nicht gut für dein Make-up. Und deine Haare hättest du auch hochstecken können."

Ich seufzte und fuhr mir durch meine offenen und gar nicht mehr so glatten Haare.

Für meine Mutter gab es drei Dinge, die einer Lady nicht erlaubt waren: laut lachen, Leute unterbrechen und schwitzen.

Ich würde sagen, mit mir hatte sie den Jackpot gelandet.

„Niemand wird heute auf meine Haare achten", stellte ich fest.

Meine Mutter wich meinem Blick aus, nickte und sagte: „Mhm".

Alarmglocken gingen in meinem Kopf los. „Mama! Es wird keiner da sein, der sich für meine Haare interessiert, oder?"

Meine Mutter lächelte gezwungen und tätschelte meine Schulter. „Kümmere du dich einfach um deine Blumen, Schatz. Wir sehen uns beim Sektempfang."

Im nächsten Moment war sie in der Kirche verschwunden.

Oh Gott. Jetzt brach mir erst recht der Schweiß aus. Ich wusste, was das bedeutete. Meine Mutter fühlte sich dafür verantwortlich, mein Glück zu finden. Und für sie war Glück gleichbedeutend mit Mann. Ich konnte die Verkupplungsversuche meiner Mutter nicht mehr an meinen Fingern abzählen. Das Problem war nur, dass meine Mutter und ich verschiedene Geschmäcker hatten, was Männer anging.

Ich dachte an Rispo und an den gestrigen Abend und musste feststellen, dass mein Urteilsvermögen auch nicht gerade vielversprechend war – ich sollte also nicht zu hart zu den Langweilern sein, die meine Mutter für mich aussuchte. Immerhin war sie seit mehr als fünfunddreißig Jahren verheiratet.

Stöhnend lief ich zum Gemeindesaal, während ich Ari eine Nachricht schickte.

Hilfe. Ich bin ein böses, dummes Mädchen.

Es dauerte keine Minute, dann hatte sie zurückgeschrieben.

Du hast mit Rispo geschlafen? Schon wieder?

Ari hatte einen siebten Sinn, was meine Probleme anging.

Nur ein kleines bisschen.

Oh Lou ...

Werde schon bestraft. Mama hat Blind Date vorbereitet.

Oha. Welche Schiene fährst du diesmal?

Darüber dachte ich einen Moment lang nach. Über die Jahre hinweg hatte ich verschiedene Schutzmechanismen gegenüber den Versuchen meiner Mutter, mich unter die Haube zu bringen, entwickelt. Der Trick war, es so aussehen zu lassen, als wäre der Mann das Problem, und nicht etwa ich, die unwillige, so gar nicht damenhafte Tochter. Es tat mir zwar immer ein bisschen leid für die Männer, aber eine Frau musste sich eben zu helfen wissen.

Ich entscheide spontan, tippte ich schließlich zurück. Vielleicht mach ich den Er-ist-zu-dumm-für-mich. Oder den Er-hat-mich-unsittlich-berührt-bevor-ich-mich–setzen-konnte.

Klassiker. Erwarte Bericht. Auch über heißen Cop.

Ich steckte das Handy weg. Um den heißen Cop würde ich mich später kümmern müssen. Auch wenn ich den Gedanken nicht loswurde, dass Rispo einfach nicht in meiner Liga spielte.

„Louisa, das ist Peter Clordig. Peter, das ist meine wunderschöne Tochter Louisa."

Meine Mutter nahm das Wort ‚wunderschön' nur in Anwesenheit von Besitzern des Y-Chromosoms in den Mund. Ich sah dem Menschen, der mir gegenüberstand, ins Gesicht und stellte fest, dass das Y-Chromosom sich bei ihm wohl unsicher gewesen war.

Er war ein paar Zentimeter kleiner als ich, hatte eine Menge Haare, nur nicht auf dem Kopf, und wässrige graue Augen, die eine gewisse Traurigkeit ausstrahlten, die mich nervös machte.

Ich brauchte nur zwei Sekunden, um zu wissen, dass Peter sicherlich nicht der Vater meiner geplanten drei Kinder wurde. Das lag weder daran, dass er lispelte, als er mich begrüßte, noch daran, dass er beim Lächeln die Zähne fletschte. Nein, der Grund war, dass er mir zuzwinkerte. Und dass meine Mutter ihn für mich ausgesucht hatte.

„Hallo, Peter", sagte ich gezwungen und gab mir Mühe, seine Hand zu zerquetschen. „Mama, du hast gar nichts von ... Peter erzählt."

Ich warf ihr einen düsteren Blick zu, den sie ohne größere Probleme ignorierte.

„Peter ist Geschäftsführer eines Fahrradverleihs", sprach meine Mutter weiter, während sie missbilligend meine flachen Schuhe und den Hosenanzug betrachtete.

„Ist das wahr?", fragte ich und besah mir den Blumenstrauß, der auf dem Tisch hinter ihm stand. Er war schief. Er brauchte dringend meine Hilfe.

Ich machte einen Schritt in die Richtung, doch die Hand meiner Mutter krallte sich in meine Schulter und hielt mich zurück. Sie hatte hellseherische Fähigkeiten was den Unwillen ihrer Kinder anging.

„Ich dachte mir, was für ein großer Zufall es doch ist, dass ihr beide Single seid und euch auf derselben Hochzeit befindet." Mhm. Riesiger Zufall. „Ihr habt euch bestimmt einiges zu erzählen." Sie ließ mich los und in der nächsten Sekunde war sie verschwunden.

Was?

Was passierte hier gerade?

Ich sah mich um, versuchte sie in der Menge von Menschen zu entdecken, doch meine Mutter trug ein cremefarbenes Kostüm, so wie offenbar alle der Hochzeitsgäste hier, und war unsichtbar geworden.

„Also, was machen Sie, Louisa?", fragte Peter, seine Stimme süß wie Honig. „Ihre Mutter sagte, Sie arbeiten in einem Blumengeschäft?"

„Mir gehört das Blumengeschäft", berichtigte ich ihn sofort mit erhobenem Finger, mein Blick immer noch den Raum absuchend. Er sah wirklich wunderschön aus, und die Gäste, die alle mit einer Sektflöte in der Hand dem Brautpaar zuprosteten, wirkten sehr zufrieden.

Mit Ausnahme von mir natürlich. Ich wollte mir ebenfalls ein Sektglas von dem Tablett eines vorübereilenden Kellners nehmen – erinnerte mich dann jedoch leider daran, dass ich noch fahren musste. Na ja, ein Glas konnte ja nicht schaden, oder ...?

„Macht Ihnen Ihre Arbeit denn Spaß?", fragte Peter weiter, offenbar etwas verwirrt, weil ich ihn immer noch nicht ansah.

Der arme Kerl. Hatte er denn nicht gelernt, dass man sich von dem Wirbelsturm namens Gitti Manu nicht mitreißen lassen durfte? Zeit, ihn so richtig anzulügen.

„Peter", seufzte ich, legte eine Hand auf seinen Oberarm und sah ihm nun doch in die Augen. Sie waren wässrig wie zwei Wunschbrunnen, in die nie jemand eine Münze warf. „Es tut mir wirklich leid. Sie sind bestimmt ein wunderbarer Mann ... aber ich bin vom anderen Ufer."

Er blinzelte mich mit großen Augen an. „Was?"

„Ich liebe Frauen", spezifizierte ich. „Sehr. Brüste sind einfach wunderbar, finden Sie nicht? Mit Penissen kann ich leider überhaupt nichts anfangen. Völlige Platzverschwendung, wenn Sie mich fragen."

„Oh." Peter schien vollkommen überfordert. Sein Mund stand offen, er kratzte sich am kahlen Kopf und warf einen Blick über meine Schulter. Sicherlich um ebenfalls nach der Frau Ausschau zu halten, die uns das hier eingebrockt hatte. „Aber ... weiß Ihre Mutter das denn nicht?"

„Oh nein!", sagte ich und stieß einen dramatischen Seufzer aus. „Ich könnte ihr das nicht antun. Sie ist sehr konservativ."

Das war gelogen. Meine Mutter hatte mir mehr als einmal nahegelegt, doch bitte lesbisch zu werden. Freundinnen hätte ich schließlich schon immer halten können, Männer nie.

„Oh ..."

Wieder seufzte ich.

„Ich weiß, es ist viel verlangt, aber könnten Sie ihr wohl sagen, dass Sie es sind, der nicht an mir interessiert ist? Sonst stecke ich wirklich in der Bredouille. Mir gehen langsam die Ausreden aus, warum mich die Männer, die sie mir vorstellt, nicht interessieren."

Peters Blick lag auf einmal mitfühlend auf mir. Er schien wirklich ein guter Mann zu sein. Aber auch gute Männer mussten manchmal fürs eigene Wohl hinters Licht geführt werden! Also, ich meine mein eigenes Wohl.

„Oh, sicher. Natürlich. Kein Problem. Ich ... hoffe Sie finden Ihr Glück. Die Frau, die Sie bekommt, kann sich glücklich schätzen."

Er wirkte aufrichtig – und auf einmal war er mir sehr sympathisch. So etwas Nettes hatte lange niemand mehr zu mir gesagt. Schade nur, dass ich nicht mit einer Frau glücklich werden wollte.

Ich legte eine Hand auf mein Herz. „Sie sind zu gütig. Vielen lieben Dank. Ich werde mich jetzt frisch machen."

Ich ließ ihn stehen, schlug mich durch die Menge und entdeckte endlich meine Mutter. Sie stand in einer Traube von Frauen, die ich als ihre Soziale-Zwecke-und-Klatsch-Gruppe erkannte.

Ich wollte meine Mutter ja nicht bloßstellen ... nur, war es nicht fair, sie auch einmal in eine unangenehme Situation zu bringen? Wo sie das mit mir doch alle paar Wochen tat?

„Mama!", sagte ich laut, als ich sie erreicht hat. „Er hat gefragt, wie ich dazu stehe, im Bett gewürgt zu werden!"

„Was?"

Ich stieß einen Seufzer der Entrüstung aus und schüttelte den Kopf. „Mama, ich weiß deine Mühe wirklich zu schätzen, aber du musst echt aufpassen, wen du da anschleppst. Ich bin ja experimentierfreudig, aber das geht zu weit!" Empört wandte ich mich den Damen der Gruppe zu. „Sie entschuldigen mich."

Es war nach drei als ich gegessen hatte – warum hätte ich das kostenlose Essen auf der Hochzeit nicht ausnutzen sollen? – und zur Zoohandlung fuhr.

Ich wusste nicht genau, was ich vorhatte, aber das hatte mich noch nie aufgehalten.

Schnitzker hatte hier offensichtlich irgendetwas getan. Mit jemanden geredet? Irgendein Päckchen abgeliefert? Vielleicht hatte er ja mit Drogen gehandelt? Aber über eine Zoohandlung Drogen verticken? Ich wusste nicht viel über Drogenhandel, konnte mir das aber schwer vorstellen.

Und dann waren da noch die fehlenden Schuhe. Das war es, was mich am meisten verwirrte. Warum zog man dem Opfer die Schuhe aus? Oder hatte sich Manuel zuerst die Schuhe ausgezogen und war dann erstochen worden?

Beides machte für mich keinen Sinn.

Ich fuhr erst einmal die hintere Zufahrtsstraße entlang und lugte durch das eiserne Tor, das die Lagerzufahrt der Zoohandlung von der Straße absperrte. Ich konnte jedoch nichts Außergewöhnliches, was an den Mord erinnerte, erkennen. Nicht einmal der Blutfleck war noch da. Schließlich parkte ich und lief die Straße hinunter zu Zoo&Kunz. Ein Blick durch das Schaufenster zeigte mir Tanja, die an der Kasse saß und irgendein Magazin durchblätterte. Hoch konzentriert.

Es schien nicht unmöglich, sich an ihr vorbeizuschleichen, ohne dass sie es bemerkte. Aber vielleicht sollte ich es besser ausprobieren, nur um ganz sicher zu gehen. Ich öffnete leise die Tür, duckte mich und huschte in den nächstbesten Gang.

Das war ja einfach. Wenn ich das schaffte, würde das auch der Paketbote schaffen.

Den Kopf weiterhin geduckt haltend, stahl ich mich in die hinterste Ecke des Verkaufsraums und zu der

Tür, durch die ich auch am Mittwoch gegangen war. Gott sei Dank hatten sie nicht dazu gelernt und sie war noch immer nicht abgeschlossen.

Der kalte Wind schlug mir entgegen und ich schüttelte mich, als mich ein heftiges, unangenehmes Déjà-vu überkam. Ich hatte für den Rest meines Lebens genug Leichen und Leichenteile gesehen. Die Tür glitt leise ins Schloss und diesmal lief ich nicht weiter auf den Hof hinaus, sondern blieb unter dem überdachten Teil des Lagers auf der erhöhten Rampe stehen und sah mich um.

Zu meinen Seiten stapelten sich Kisten. Es waren Holzkisten, vorrangig mit großen Löchern in den Deckeln. Sie waren allesamt leer. Womöglich waren darin Tiere transportiert worden.

Dann gab es Teile von Baumstämmen – vielleicht für die Terrarien – und einige Katzenbäume. Ich fragte mich, ob es so clever war, das Holz in der Kälte stehen zu lassen. Aber es war nicht mein Laden, hatte mich also nicht zu interessieren. Ich mischte mich schließlich nicht in fremde Angelegenheiten ein. Wer tat sowas?

Ich ging die Rampe entlang, lugte hier und da in eine leere Kiste oder hinter einen Turm aus Kaninchenkäfigen und blieb schließlich, die Hände in die Hüften gestemmt, stehen.

Was hatte ich eigentlich erwartet?

Dass hier irgendwo ein Paket herumstand, auf dem mit rotem Edding „Schau hier nach!" stand? Ich musste einsehen, dass ich mal wieder mehr unüberlegt als geplant gehandelt hatte. Ich lief noch ein letztes Mal die Plattform ab, ließ meinen Blick schweifen ... und blieb an einer großen Mülltonne hängen, die direkt an die erhöhte Fläche angrenzte. Einer dieser Container, in die zehn Kinder hineingepasst hätten. Die Polizei hatte doch sicher den Müll nach den Schuhen durchsucht, oder?

Na ja, es konnte nicht schaden, wenn auch ich noch einen Blick hineinwarf. Ich schlenderte auf die Tonne zu ... als plötzlich die Tür vom Ladenraum aufgestoßen wurde.

Wie ein Reh im Scheinwerferlicht blieb ich stehen, als Daniels Blick auf mich fiel und er überrascht aus der Tür sprang.

„Was machen Sie denn hier?"

Dazu hatte ich leider keine legitime Antwort. Aber ich hatte heute schon so viel geflunkert, da machte eine Lüge mehr den Kohl auch nicht fett. Ich kratzte mich unschuldig am Kopf. „Ich wollte nach einem Paket sehen. Trudi meinte, sie hätte es an diese Adresse geschickt, weil Kai es für sie annehmen wollte."

Daniel verengte die Augen, Arme vor der Brust verschränkt. Er war zwar nicht sehr groß, dafür aber muskulös, und ich zweifelte nicht eine Sekunde daran, dass er mich mit einem einfachen Bodycheck zu Boden ringen könnte. Obwohl dabei seine Brille zu Bruch gehen könnte. Er sollte das also lassen.

„Warum haben Sie nicht einfach danach gefragt?"

Weil ich lüge.

„Ich habe keinen Mitarbeiter gefunden und Tanja war so ins Lesen vertieft, da wollte ich sie nicht stören. Ich dachte, das Paket dürfte nicht schwer zu finden sein."

Ich lachte fröhlich.

„Da habe ich mich wohl geirrt."

„Mhm. Scheint so", bemerkte er trocken. Er glaubte mir kein Wort. „Hier hinten kommen nur die Tiere und sehr sperrige Gegenstände an. Die anderen Pakete sind alle im geschlossenen Lager."

Richtig, es gab ja noch ein zweites Lager. „Daran habe ich gar nicht gedacht. Könntest du für mich nachsehen?"

Daniel sagte einige Momente lang nichts, so als überlege er, mir zu sagen, dass es nicht seine Aufgabe war, nach imaginären Paketen zu suchen.

Schließlich nickte er. „Natürlich." Er hielt mir die Tür auf und die implizierte Aufforderung an mich, meinen Hintern wieder ins Innere der Zoohandlung zu bewegen, war unmissverständlich.

Ich lächelte, lief hinein und bewegte mich in Richtung Kasse. Der Laden war offenbar leer. Zumindest lehnte Lars lachend bei Tanja, deren Augen sich verblüfft weiteten, als sie mich sah. „Was tun Sie denn hier?"

Dass alle Leute mir immer diese eine Frage stellten! So langsam hatte ich das Gefühl, ich war nirgendwo willkommen ... vielleicht lag das daran, dass ich mich allen aufdrängte.

„Ich wollte ein Paket abholen", sagte ich leichthin. „Für Trudi. Daniel guckt gerade für mich nach."

Tanja lächelte lieb, so als würde sie sich überhaupt nicht darüber wundern, dass sie gar nicht bemerkt hatte, wie ich den Laden betreten hatte.

„Also, wenn es heute nicht da ist, dann sicherlich übermorgen. Private Pakete kommen immer montags.

Zumindest der Paketbote kam dann immer. Bin gespannt welchen neuen Boten wir bekommen."

Anscheinend war bei ihnen immer noch nicht durchgesickert, dass Manuel Schnitzker überhaupt nicht ihr Paketbote hätte sein sollen. Oder sie waren einfach nur verdammt gute Schauspieler. Seit meinem letzten Fall traute ich Menschen nicht mehr über den Weg. Man konnte sich einfach bei keinem sicher sein.

Vielleicht sollte ich noch ein wenig herumstochern. Es fühlte sich nach dem richtigen Zeitpunkt an, ein wenig über die Art der Pakete zu plaudern, die Schnitzker mitgebracht hatte ...

„Was hat denn der Bote eigentlich für Pakete gebracht?", fragte ich möglichst locker. „Habt ihr sie gesehen?"

Tanja legte den Kopf schief, schien angestrengt über die Frage nachzudenken und saugte an einer ihrer Haarsträhnen.

Lars runzelte die Stirn. „Wieso ist es wichtig, was es für Pakete waren?", wollte er wissen.

Ich zuckte die Achseln. Ehrlich gesagt, wusste ich nicht warum es wichtig war. Ich hatte nur so ein Gefühl, dass es wichtig war! „Vielleicht wurde er ja für etwas umgebracht, was in einem dieser Pakete war", meinte ich verheißungsvoll.

Lars sah mich immer noch fragend an, als Tanja schließlich ihre Haare ausspuckte. „Wissen Sie, jetzt, wo ich darüber nachdenke, kann ich mich gar nicht richtig daran erinnern, dass er immer ein Paket in der Hand hatte. Also, er hatte immer die Uniform an und alles, das weiß ich noch ..." Sie zuckte die Achseln. „Na ja, er wird schon immer welche dabeigehabt haben, warum sonst hätte er hierherkommen sollen? Ich bin auch wirklich nicht die aufmerksamste Person." Sie betrachtete ihre knallroten Fingernägel. „Er war auch einfach nicht hübsch genug, als dass ich ihn freiwillig länger angesehen hätte."

Interessant.

Hatte er womöglich tatsächlich gar nichts dabeigehabt? Aber das würde noch viel weniger Sinn machen als alles, was ich bisher herausgefunden hatte. Warum sollte ein Paketbote jede Woche in einen Laden kommen, ohne ein Paket dabeizuhaben? Oder zumindest nicht immer eines dabeizuhaben. Wenn es nicht um ein Paket gegangen war – oder Drogen, die sich in einem Paket befunden hatten –, was zum Teufel war dann hier vorgegangen?

Ich sah von Lars zu Tanja und versuchte ihre Gesichter zu lesen. Lars Stirn blieb gerunzelt, sein Blick unverwandt auf mir. Tanja schob sich ein neues Kaugummi in den Mund.

Wen hatte Manuel besucht? Und hatte Kai ihn vielleicht doch gekannt? Und warum schienen alle drei Mitarbeiter überhaupt nichts zu wissen? Irgendwer musste doch mit dem Paketboten kommuniziert haben!

Och Mist. Jetzt fingen meine Kopfschmerzen wieder an.

„Na schön", lächelte ich. „Falls Daniel nichts findet, schau ich einfach Montag noch einmal vorbei."

„Wir können Ihnen das Paket auch gerne vorbeibringen", bot Lars freundlich an.

Ich winkte ab. „Ach, das ist kein Problem, wirklich. Ich möchte niemandem Umstände machen."

„Wenn Sie ..."

„Lars, lenk nicht vom Thema ab!", unterbrach ihn Tanja giggelnd. „Wann gehst du endlich mit mir aus? Das ganze Paketgerede hat mich nicht vergessen lassen, dass du mir einen Drink schuldest! Einen pinken. Du hast keine Freundin, also auch keine Ausrede."

Lars stöhnte und ich war irgendwie froh, dass Daniel in diesem Moment wiederkam, um mir zu sagen, dass er kein Paket gefunden hatte. Welch eine Überraschung.

Ich bedankte mich noch einmal und machte mich dann aus dem Staub. Montag würde ich Tanja noch einige Fragen zu dem regelmäßigen Erscheinen des Paketboten stellen. Sie schien mir das schwächste Glied zu sein.

Zumindest hatte sie kein Problem damit, zu reden. Und das war, was ich brauchte.

„Ich weiß nicht, Ari", seufzte ich drei Stunden später, einen Löffel Eis in meinen Mund schiebend. „Das heute ist mein einziger wirklich freier Abend und ich bin erschöpft."

„Du hattest gestern auch einen freien Abend. Sei keine Langweilerin!" Der Vorwurf war selbst durch das Telefon deutlich zu vernehmen.

„Ja, aber gestern war auf gewisser Ebene auch ... anstrengend."

Ari stöhnte. „Wir hatten beschlossen, dass du die Finger von ihm lässt und einen Tag später steigst du mit ihm ins Bett?"

Na ja, ich hatte doch nicht ahnen können, was mit mir passierte, wenn er seine Finger nicht bei sich ließ!

Außerdem hatte ich nichts unterschrieben oder so. Ich hatte mir also nichts zuschulden kommen lassen.

„Es ist keine große Sache, Ari." Ich ließ mich mit der Eispackung im Arm aufs Sofa sinken. „Wir haben schon einmal miteinander geschlafen."

„Du verliebst dich ja auch immer erst beim zweiten Mal!"

Wo hatte sie diese Weisheit denn jetzt her?

„Das stimmt doch gar nicht ... außerdem habe ich ihm gesagt, dass ich etwas Richtiges will. Eine ernste Beziehung!", sagte ich stolz.

„Wow. Das ist ... sehr erwachsen von dir. Was hat er geantwortet?"

Ich verzog mein Gesicht. „Ob wir nicht später darüber reden könnten."

„Wann später?"

Nie.

„Später eben."

Ari gab ein missbilligendes Geräusch von sich, welches mich dazu veranlasste, noch mehr Eis in mich hineinzustopfen.

„Lou. Er wird dir wehtun."

Es war eine Feststellung und ich wünschte mir mit aller Macht, ihr guten Gewissens widersprechen zu können. Doch egal wie viele Leute ich heute angelogen hatte, mich selbst zu belügen war eine andere Hausnummer.

„Vielleicht bin ich ja die Frau, auf die er sein Leben lang gewartet hat und die ihn erkennen lässt, dass er keine Angst vor seinen Emotionen haben muss", gab ich kleinlaut zurück.

„Wie viel hast du schon getrunken? Weißt du was? Wir gehen heute Abend aus! Damit wir das in Ruhe besprechen können. Außerdem muss ich mich von Alejandro ablenken."

„Du musst dich nicht von ihm ablenken, du musst ihn fragen, ob er mit dir ausgeht!", korrigierte ich sie.

„Ich frage lieber dich. Also, wie steht's?"

Es klingelte an meiner Tür. Ich ließ das Eis auf den Tisch vor mir sinken und stand auf.

„Ich weiß nicht", seufzte ich in den Hörer. „Wie gesagt, ich bin irgendwie fertig ..."

Ich öffnete die Tür. Rispo stand davor.

„... ich bleib zuhause, Ari."

Stille.

„Rispo ist gerade vor deiner Tür aufgetaucht, oder? Ich habe die Klingel gehört. Louisa, du wirst nicht noch einmal mit ihm schlafen, hörst du? Das wird dich nur noch tiefer ..."

„Tschüss, Ari."

Ich legte auf und lächelte.

„Sieh mal einer an. Und ich dachte, ich muss vier Wochen warten, bis du dich wieder bei mir meldest."

Rispo lehnte im Türrahmen, und ich war positiv überrascht, dass er sich nicht wieder einfach in meine Wohnung schob. Er trug eine Jeans und ein graues T-Shirt, das der weiblichen Fantasie genug Spielraum gab. Gott sei Dank brauchte ich keine Fantasie, um zu wissen, was sich darunter befand.

„Ich habe die Akte vergessen", stellte er fest, „und versäumt, dich darum zu bitten, nicht verdächtig oft am Tatort herumzuhängen."

Interessant. Das hörte sich stark nach einer Ausrede an, mich sehen zu können.

„Ich überlege, mir einen Kratzbaum zuzulegen, wo sollte ich also sonst herumhängen? Und woher weißt du das überhaupt?"

„Ich weiß alles. Unter anderem, dass du gerade schon wieder flunkerst, weil deine verhaltensgestörte Katze sich für einen Hund hält. Würdest du also bitte aufhören, die Mitarbeiter der Zoohandlung zu belästigen?"

„Mhm. Das ‚bitte' macht mich misstrauisch. Du bittest mich doch sonst nicht darum, irgendetwas zu tun. Du befiehlst."

Er ließ seinen Arm sinken. „Ja, aber das hat ja offensichtlich nicht funktioniert. Ich dachte, ich fahre mal eine neue Schiene."

„Lobenswert", sagte ich, nickte und trat zur Seite, um ihn einzulassen.

Rispo folgte meiner Einladung, und ich gab mir wirklich Mühe, nicht allzu offensichtlich seinen Geruch einzuatmen. Er roch nach frisch gemähtem Gras und ... einfach göttlich.

Meine Güte, war ich peinlich.

„Danke. Ich erwarte dafür ein Sternchen in deinem Freundebuch. Wo ist die Akte denn jetzt?"

Ich kratzte mich am Kopf. „Öhm ... ich habe sie weggeschmissen."

Und schon waren seine Lippen zwei dünne Linien. „Du hast was?"

„Na ja, ich habe dir doch gesagt, dass sie mir in die Badewanne gefallen ist. Sie war vollkommen durchnässt ... aber keine Sorge. Ich habe den Müll noch nicht rausgebracht. Du bist herzlich eingeladen, die Akte daraus hervorzufischen." Ich machte eine ausladende Bewegung zu der Müllbox neben dem Sofa, in der ich mein Altpapier stapelte. „Ach, apropos Müll ... habt ihr bei der Zoohandlung die Mülltonnen nach den Schuhen des Opfers durchsucht?"

„Netter Versuch", schnaubte Rispo, einen Mundwinkel erhoben, und hockte sich tatsächlich vor den Altpapierkorb, um die Akte zu suchen. Als er sie fand, verzog er das Gesicht. „Die kann ich so unmöglich zurückbringen."

„Hab ich doch gesagt."

„Und was soll ich denen auf dem Präsidium jetzt erzählen?", fragte er düster.

„Na ja, du könntest ihnen erklären, dass du baden warst und dir die Mappe ins Wasser gefallen ist", schlug ich vor.

Eine Augenbraue hob sich. Rispo-Style. „Ich bade aber nicht."

„Du solltest vielleicht damit anfangen, das entspannt. Und danach riecht man gut. Noch ein Pluspunkt also."

Interessiert lehnte er sich gegen den Kühlschrank. „Hast du etwas gegen meinen Geruch?"

Nein. Ich liebte seinen Geruch. Und seinen Geschmack. Und ... Ich schluckte. „Nein, damit ist alles in Ordnung."

„Aha. Danke. Du riechst auch sehr gut. Nach Mandeln."

„Ich bade ja auch."

Er starrte mich an und ich starrte zurück. Ich musste lächeln. Ohne Grund. Einfach, weil er hier war. Und dann lächelte Josh auch. Und da war etwas in seinem Lächeln, das mich wünschen ließ, dass er nie etwas anderes tat.

Mein Handy klingelte und ich zuckte zusammen.

Es lag hinter mir auf der Theke, doch ich dachte gar nicht daran, abzuheben – denn dann hätte ich ja aufhören müssen, ihn anzusehen.

Rispo kam auf mich zu, ließ seine Arme um mich gleiten, drängte mich zum Tresen zurück, seine Brust beinahe an meiner. Seine Lippen streiften meine Schläfen, und die Hitze seines Körpers schien sich auf meine Haut zu legen … dann griff er plötzlich nach meinem Handy.

„Unbekannte Nummer", las er. „Weißt du, dich hat gestern auch sehr oft eine unbekannte Nummer angerufen."

Er machte Anstalten, den Anruf anzunehmen.

„Nein!", schrie ich und schlug ihm das Telefon aus der Hand. Es fiel zu Boden, die hintere Kappe sprang ab und der Akku segelte über die Fliesen. Wenigstens hatte es jetzt aufgehört zu klingeln.

Rispo starrte auf die Einzelteile meines Telefons, seine Arme immer noch neben mir auf die Küchentheke gestemmt, sodass ich nahezu bewegungsunfähig war.

„Interessant", sagte er langsam, als sein Blick wieder zu mir glitt. „Solche Reflexe hätte ich dir gar nicht zugetraut. Willst du mir das erklären?"

Ich ließ meine Stirn auf seine Brust sinken. „Nein."

Wenn ich ihm erzählte, dass ich merkwürdige Anrufe bekam, seitdem ich in der Zoohandlung herumgestochert hatte, würde er umso mehr darauf bestehen, dass ich mich aus dem Fall heraushielt.

„Louisa ..." Eine seiner Hände glitt unter meine Haare, in meinen Nacken und mit seinem Daumen hob er mein Kinn an. „Du verhältst dich sehr auffällig. Ich bin Polizist. Ich merke so etwas. Also: Wer ist die unbekannte Nummer?"

Ich schloss die Augen, um ihn nicht ansehen zu müssen. „Der muss sich wohl verwählt haben", kiekste ich.

„Wie wäre es, wenn du das noch einmal mit offenen Augen sagst."

Ich öffnete ein Auge. „Es ist ... irgendwer?", versuchte ich es.

Rispo stöhnte. „Bitte, kannst du mir einmal einfach nur die Wahrheit sagen?"

Ich schluckte und dachte fieberhaft über eine Erklärung nach ... bis mir herausrutschte: „Es ist Malte. Mein Ex-Freund. Er ruft ab und zu noch an."

Ich würde sowas von in die Hölle kommen. Jetzt hatte ich heute schon drei Personen Unrecht getan. Peter, meiner Mutter und meinem Ex-Freund.

Eine tiefe Falte erschien zwischen Rispos Brauen. „Der Zahnarzt?"

„Jap. Genau der."

„Dein Ex-Freund stalkt dich?"

Oh Gott.

„Nein, nein!", ruderte ich schnell zurück. „Er möchte nur immer irgendwelche Dinge haben, die er hier vergessen hat. Er ist harmlos. Wirklich. Ich werde ihm seine Sachen geben und dann ist bestimmt auch Ruhe."

Rispo sah ernsthaft besorgt aus und sofort schlug mein schlechtes Gewissen zu. Es war falsch zu lügen. Vor allem so viel zu lügen. Aber was hatte ich für eine Wahl?

„Bist du sicher?", fragte er, mir mit der Hand eine Haarsträhne aus dem Gesicht schiebend.

Ich nickte. „Ganz sicher."

Er schien nicht überzeugt. „Vielleicht sollte ihm trotzdem jemand mal in die Fresse schlagen. Nur zur Sicherheit."

„Du kannst ihm doch nicht seinen Mund verunstalten!", sagte ich schockiert.

„Warum nicht?"

„Er ist Zahnarzt. Seine Zähne sind das Einzige, was er noch hat!"

Rispo lachte leise, während seine Fingerspitzen meinen Kiefer entlangwanderten.

Er sah mich immer noch an, machte aber keine Anstalten, seinen Mund dorthin zu bewegen, wo ich ihn haben wollte.

„Küsst du mich jetzt, oder was?", fragte ich schließlich etwas ungeduldig.

Rispos Lächeln wurde noch eine Spur breiter. „Welch charmante Einladung! Du bist also nicht mehr wütend auf mich? Weil ich mich so lange nicht gemeldet habe?"

„Doch. Ein bisschen schon. Aber wenn du nie Frauen küssen würdest, die wütend auf dich sind, dann wärst du noch Jungfrau."

Er schien kurz über meine Worte nachzudenken und schüttelte dann den Kopf. „Nicht unbedingt."

„Was?"

„Na ja, man muss eine Frau nicht küssen, um mit ihr …"

Ich seufzte tief. „Halt die Klappe, Rispo. Bevor ich dir die Zunge abbeiße."

„Ah, das möchte ja keiner", murmelte er und ich spürte seinen Atem auf meinen Lippen. „Vor allem dir würde das sehr schaden."

Ich musste lachen und beugte mich nun selbst nach vorne.

Das Leben war zu kurz, um auf Küsse zu warten.

Kapitel 10

Sonntage haben auf der ganzen Welt eine universelle Bedeutung: ausschlafen, entspannen und sich mental auf die nächste Woche vorbereiten. Für mich bedeutete Sonntag, früh genug aufzustehen, um nicht die Letzte beim wöchentlichen Familienbrunch zu sein, um der unangenehmen Befragung durch meine Mutter zu entgehen. Die inoffizielle Regel war nämlich, dass das Leben desjenigen diskutiert wurde, der als Letztes im Haus war.

Normalerweise hatte ich kein Problem damit, vor zehn aus den Kissen zu kommen. Das war jedoch, bevor ich die ganze Nacht mit einem heißen nackten Mann verbracht hatte. Der schon wieder weg war. Heute erneut mit einem charmanten Zettel auf dem Kopfkissen.

Bin mit Jonas auf Übungsplatz.

Rispos Deutschanalysen mussten die reinste Wonne gewesen sein. Ich versuchte, mir nicht allzu viele Gedanken dazu zu machen, dass Josh schon wieder verschwunden war, ohne sich vernünftig von mir verabschiedet zu haben – versagte aber kläglich.

Mist.

Aris Worte schwirrten in meinem Kopf herum, während ich mich hastig fertig machte.

Er ist Herzschmerz auf zwei Beinen.

Andererseits: das musste nicht unbedingt stimmen. Er war schon einmal verlobt gewesen, oder? Das musste bedeuten, dass er zu einer ernsten Beziehung fähig war.

Super. Er war zu einer ernsten Bindung fähig, nur nicht mit mir. Das war nicht gerade das, was das Ego einer Frau brauchte.

Auf dem Weg zu meinen Eltern redete ich mir ein, dass ich nicht gerade dabei war, mich Hals über Kopf in Rispo zu verlieben. Dass ich auch einfach mal ein paar Nächte Spaß haben konnte, ohne direkt eine große Sache daraus zu machen.

Ich schaltete den Motor aus und schlug meinen Kopf gegen das Lenkrad.

Die Hupe ging los und ein alter Mann, der seinen Hund ausführte, sah mich böse an.

„Entschuldigung. Ich verliebe mich gerade in einen emotional nicht erreichbaren Mann. Und als ob das nicht schon genug wäre, ist er auch noch Polizist und mit seinem Job verheiratet!", sagte ich laut zu mir selbst und hob entschuldigend die Hand.

Der Mann schüttelte verständnislos den Kopf.

Seufzend zog ich den Schlüssel ab und stieg aus. Ich sollte mich auf die guten Sachen konzentrieren. Rispo war an zwei Abenden nacheinander zu mir gekommen. Das musste etwas bedeuten, oder?

Er mochte mich. Da war ich mir ziemlich sicher. So zu siebzig Prozent. Na gut, fünfundsechzig.

Meine Eltern wohnten rechtsrheinisch in einem Einfamilienhaus, in einer ruhigen Gegend. Die Häuser hier waren weiß mit roten Dächern und spiegelten den Ordnungsdrang der Deutschen wider.

Ein schmaler Weg aus sauber angeordneten Pflastersteinen führte zu der weißen Haustür, und im Frühling würde ich hoffentlich wieder ein paar Blumen in die kahlen Beete, die ihn flankierten, pflanzen dürfen.

Ich schloss meinen Wagen ab und machte gerade den ersten Schritt zum zehn Meter entfernten Haus, als ein anderes Auto vorfuhr, aus dem kurze Zeit später meine Schwester sprang.

Unsere Blicke trafen sich, dann sahen wir zur Haustür.

Wir fingen gleichzeitig an zu rennen.

Ich sprang über den kleinen Gartenzaun, während Emily schon den Weg hinaufsprintete. Sie war schnell, doch ich war schneller. Ich bekam ihre Schulter zu fassen, als sie kurz davor war, die Tür zu erreichen und wollte sie zurückreißen, wurde jedoch von einem harten Ellenbogen wieder nach hinten katapultiert. Im nächsten Moment hatte sie die Klingel gedrückt.

„Erster!", japste sie triumphierend, den Finger auf mich gerichtet. „Du wirst von Mama gegrillt."

Ich keuchte und rieb mir die schmerzhaft pochende Stelle an meiner Rippe.

„Das ist unfair. Das, was du gemacht hast, war geradezu gewalttätig!"

Sie hob eine Schulter. „In der Liebe, im Krieg und bei unserer Mutter ist alles erlaubt. Du kennst die Regeln."

Die Tür ging auf und mein Vater lächelte auf uns herab.

„Ich war die Erste an der Tür", beeilte sich Emily zu sagen. „Ich schwöre, Papa, auf alles, was mir heilig ist. Ich war die Erste."

„Dir ist aber nichts heilig", knurrte ich und stieß sie mit dem Arm aus dem Weg. „Also ist dein Schwur wertlos."

„Ich werde eurer Mutter sagen, dass ihr gleichzeitig angekommen seid", schlug mein Vater vor und ließ uns in den Flur.

Emily warf mir einen mörderischen Blick zu, und ich fragte mich, warum ich mir überhaupt die Mühe gemacht hatte, Erste zu werden. Ich hatte meine Mutter gestern vor ihren Sozial-nach-Wahl-Freundinnen bloßgestellt. Letzte oder nicht – natürlich würde ich heute leiden müssen!

Ich zog meine Jacke aus und als ich ins Wohnzimmer trat, hüpften Emily, Lara und Isabell bereits auf der Couch herum. Emily war damals siebzehn gewesen, als Lara auf die Welt gekommen war. Sie hatte sich unglaublich darüber gefreut, Tante zu werden und heute wusste ich auch warum: Sie hatte eine sofortige Ausrede dafür, sich wie ein Kind verhalten zu dürfen.

Als Lara und Isa mich sahen, quietschten sie angemessen laut und sprangen an mir hoch – wie Hunde an ihrem Herrchen.

Ich würde darauf achten müssen, diesen Vergleich nicht vor meinem Bruder zu benutzen.

Ich zog sie beide gleichzeitig in meine Arme und wurde vor Dankbarkeit beinahe stranguliert. Es war egal, dass ich die beiden mindestens einmal die Woche sah. Sie verhielten sich trotzdem so, als wäre es eine Ewigkeit her. Die Liebe von Kindern war das Beste, was es gab. Denn sie verlangte nichts von einem … außer dass man sie erwiderte.

„Mama hat gesagt, du hast wieder eine Leiche gefunden", sagte Lara freudig und ließ meinen Hals los, um auf ihre Füße zu plumpsen.

„Nicht wieder! Das war meine erste Leiche. Davor war es nur ein Leichenteil. Und der Finger war nicht so ekelig wie die Leiche. Der hatte nämlich kein Blut."

„Mach ihr keine Albträume, Loubalou", murmelte mein Bruder warnend, der mit geschlossenen Augen bereits am Tisch saß. Steffi saß in der gleichen Pose neben ihm.

Es war ein Ritual ihrerseits und ich konnte mich nicht daran erinnern, wann ich das letzte Mal zum Sonntagsbrunch gekommen und sie mit offenen Augen vorgefunden hatte.

„Ich bekomm ja gar keine Albträume mehr", sagte Lara sofort und ließ sich rückwärts aufs Sofa fallen. „Weil, ich bin nämlich kein Baby!"

Jannis schnaubte. „Wer ist gestern in unser Bett gekrabbelt, weil sie Bambi gesehen hat, obwohl ich es ihr verboten habe?"

Lara sah unschuldig zu ihrem Vater. „Das war Isa."

„Gar nicht!", beschwerte die sich direkt. Sie hing immer noch um meinen Hals, sich offenbar nicht bewusst, dass auch Super-Tanten Sauerstoff benötigten.

Vorsichtig setzte ich sie auf dem Boden ab und im nächsten Moment sprang sie auf Emilys Schoß, damit sie mit ihr Hoppe, hoppe Reiter spielte.

Isabell war fünf und wenn sie groß war, wollte sie ein Pferd werden. Ich hielt das für ziemlich ambitioniert und wer wusste, zu was die Wissenschaft in ein paar Jahren fähig sein würde?

„Essen", rief meine Mutter und stellte die Brötchen auf den Tisch.

Wir hatten keine bestimmte Sitzordnung, bis auf die, dass unser Vater den Kopf des Tisches besetzte. Ich ließ mich heute neben Emily nieder, denn sie war für eine Ablenkung immer gut zu haben – und ich hatte da so ein Gefühl, dass ich heute eine brauchen könnte.

Mir gegenüber saß Isabell, die gerade einen Popel aus ihrer Nase holte.

„Wenn du dir den nicht aufs Brot schmieren willst, Schatz, dann rate ich dir, die Finger aus deiner Nase zu lassen", bemerkte ihre Mutter, und sofort strich das schuldbewusste Mädchen den Popel an der Tischdecke ab.

Die Augen meiner Mutter wurden groß, doch sie sagte nichts. Ihre beiden Engel hatte sie noch nie zurechtweisen können.

Und richtig: Emily und ich wurden nicht der himmlischen Kategorie zugeordnet.

Steffi jedoch hatte nichts dagegen, ihre Tochter böse anzusehen. „Da liegt eine Serviette neben dir, Isa."

Isabell hob beide Hände wie Bernd das Brot. „Jetzt ist es auch zu spät."

Jannis musste lachen, doch als Steffi auch ihm einen bösen Blick zuwarf, fing er sich schnell wieder und hustete: „Das war ganz falsch von dir, Isabell."

Das Frühstück wurde eröffnet und ich stellte einen Rekord darin auf, mein Brötchen schneller als alle anderen zu beschmieren. Wenn mein Mund voll war, konnte ich nicht sprechen. Das wäre unhöflich und meiner Mutter lagen Manieren sehr am Herzen.

Emily machte gar nichts. Sie betrachtete mich interessiert und murmelte dann: „Du hattest Sex mit dem heißen Polizisten, oder?"

Ich verschluckte mich am Brötchen und hustete die Hälfte zurück auf meinen Teller.

„Louisa", mahnte meine Mutter. „Wenn die Mädchen sich benehmen müssen, dann gilt das auch für dich."

Emily kicherte. „Hat er seine Handschellen benutzt?"

„Ich habe nicht ..."

„Du hast ein orgasmisches Leuchten in deinem Gesicht."

Ein orgasmisches ... was?

Mein Mund stand offen – und leer – und prompt nutzte meine Mutter die Gunst der Stunde.

„Louisa, ich habe einen Mann für dich."

Dieser Morgen war jetzt schon zu anstrengend für mich. Eigentlich sollte ich froh sein, dass meine Mutter mein peinliches Benehmen von gestern offenbar überwunden hatte – aber ich war es nicht. Ich wollte nicht verkuppelt werden! Nicht schon wieder! Wie oft musste ich ihre Anwärter denn noch vergraulen?

„Mama, ich will keinen Mann."

„Du hast ja auch schon einen", flüsterte Emmi und ich trat ihr unter dem Tisch gegen das Schienbein.

Jannis fluchte laut.

Ups.

„Natürlich willst du das, Lou", belehrte mich meine Mutter. „Und da du ja offenbar keine Zeit hast, jemand Vernünftigen zu suchen, helfe ich dir."

„Ich will aber keine Hilfe." Ich wollte Rispo.

Meine Mutter ignorierte das. „Tom ist Anwalt und wirklich sehr charmant", fing sie an. „Er ist seit drei Jahren geschieden und auf der Suche nach einer Frau, mit der er eine Familie gründen kann."

Ich legte beide Hände auf mein Gesicht. „Wo bekommst du die Männer nur immer her, Mama?", fragte ich dumpf. „Schlägst du in den Gelben Seiten nach? Inserierst du für mich? Lässt du Flugzeuge den Schriftzug Meine Tochter muss unter die Haube in den Himmel schreiben?"

„Sei nicht albern, ich halte eben nur die Augen offen."

Ihre Augen hatten offensichtlich einen Langweiler-Filter. „Lara", wandte ich mich hilfesuchend an meine Nichte. „Du wolltest mir erzählen, welchen neuen Buchstaben du gelernt hast."

Lara, immer froh, wenn sie reden konnte, nickte mit leuchtendem Gesicht. „Oh ja. Wir haben das X gelernt. X – wie in Sex."

Abrupte Stille legte sich über den Tisch.

„Das hat deine Lehrerin dir so beigebracht?", fragte ich schließlich vorsichtig. „X wie ... in Sex?"

Sie schüttelte den Kopf, unbeeindruckt davon, dass alle sie anstarrten. „Nee, das war Papa. Aber ... ups", sie schlug eine Hand vor den Mund und kicherte, „... das sollte ich gar nicht sagen."

Jannis seufzte tief und küsste seine Tochter auf den Kopf, um ihr zu zeigen, dass das schon okay war.

Er sah nicht im Mindesten schuldbewusst aus ... bis er den Blick seiner Frau einfing.

„X wie in Sex?", wiederholte sie. „Wieso hast du ihr nicht Xylophon beigebracht?!"

„Ich wollte ihr ein Wort geben, das sie auch schon buchstabieren kann", sagte er sachlich. „S und E hatten sie beides schon."

Lara nickte eifrig. „Das stimmt."

„Louisa, ich verstehe nicht, warum du Tom nicht kennenlernen willst." Meine Mutter war an der Buchstaben-Diskussion nicht interessiert. „Ich habe ihm bereits ein Foto und einen kurzen Steckbrief gezeigt und er war sehr angetan."

„Du hast ihm ein Foto gezeigt?", fragte ich verdattert. „Und was soll das bedeuten: ein Steckbrief?"

„Du weißt schon. Alter, Hobbys, Job, Fähigkeiten. Das, was ein Mann wissen muss."

„Mama! Willst du einen Mann für mich finden oder mich verkaufen?"

Meine Mutter verdrehte die Augen, als wäre ich es, die eine Grenze überschritten hatte, und butterte sich ein Brot.

„Er hat mir auch ein Foto von sich mitgegeben. Es liegt oben in unserem Schlafzimmer auf dem Nachtschränkchen. Geh hoch und schau ihn dir wenigstens an."

Ich wollte ihn aber nicht anschauen. Ich wollte mein Brötchen essen. „Was soll das eigentlich? Jetzt sammelst du auch noch einen Haufen Fotos von potentiellen Ehemännern für mich?"

„Ich sammle sie nicht und es ist kein Haufen. Es ist nur eins. Und du schuldest es mir, ihn dir wenigstens anzusehen."

Ich schuldete ihr einen Kuchen ins Gesicht.

„Gitti", sagte mein Vater sanft. „Kann das nicht warten?"

„Nein. Sie ist siebenundzwanzig, sie kann nicht warten. Husch, Louisa."

„Husch, Louisa!", wiederholte Emily.

„Husch, Louisa!", grinste Jannis.

„Husch, husch!", kicherten Isa und Lara.

Steffi war die einzige, die eine Grimasse zog und schwieg.

Sie mochte ich am liebsten.

„Schön", sagte ich laut und schob geräuschvoll den Stuhl zurück. Sie würde ja doch keine Ruhe geben, bevor ich ihrer Anweisung gefolgt war. „Aber nur, dass das klar ist", mein Finger wedelte vor dem Gesicht meiner Mutter hin und her. „Ich finde das ganz und gar nicht okay."

Ich stapfte am Tisch vorbei, die Treppe hoch in den ersten Stock. Das Zimmer meiner Eltern war direkt die erste Tür rechts. Seit ich ausgezogen war, hatte sich im ganzen Haus nicht wirklich etwas geändert. Es roch immer noch nach Lavendel, bei Emily hing immer noch ein Poster von den Backstreet Boys an der Wand, die Stifte auf meinem alten Schreibtisch standen immer noch in einem Glas, das wie Arielle die Meerjungfrau geformt war, und das Zimmer meiner Eltern war immer noch penibel sauber und ordentlich. Man könnte seinen Schokopudding verschütten und ihn dann vom Boden auflecken. Wenn ich mich nicht irrte, hatte Jannis genau das sogar schon einmal getan.

Ich sah mich im Raum um und mein Blick blieb an einer dreckigen Jeans hängen, die über einem Lehnstuhl hing. Diese Hose fiel in dem blitzeblanken Zimmer auf wie ein Kaninchen in einem Rudel Wölfe.

Das Interessante war, dass es unmöglich Papas Hose sein konnte. Außer sie stammte aus einer Zeit, in der er zwanzig Zentimeter kleiner und zwanzig Kilo leichter gewesen war. Ich konnte nicht anders, als die Hose hochzuheben und den vertrockneten Dreck darauf näher zu betrachten.

Meine Mutter trug weder Jeans noch wühlte sie im Dreck. Sie gab Tee-Partys und trug Röcke, denen ich im Einkaufszentrum nur den Stinkefinger gezeigt hätte.

Mysteriös.

So mysteriös, dass ich die Hose zusammen mit dem Bild vom Nachttisch mit nach unten nahm.

„Mama, ich bin schockiert", stellte ich fest und hob die Hose über den Frühstückstisch. „Eine Jeans? Die Hose der Arbeiter und des gemeinen Volks? Wie kannst du! Hat Papas kommunistische Ader jetzt doch auf dich abgefärbt?"

Missbilligend sah meine Mutter mich an. „Louisa, ich habe dich besser erzogen, als dass du schmutzige Anziehsachen auf den Frühstückstisch legst."

Hatte sie. Doch ich zog es vor, meine gute Erziehung zu ignorieren. „Ich bin nur neugierig. Wofür benutzt du diese Hose?"

„Frank", wandte meine Mutter sich genervt an meinen Vater. „Könntest du ihr bitte das dreckige Ding abnehmen und nach oben bringen?"

Mein Vater stand auf und nahm die Hose entgegen, konnte aber ein kleines Lächeln nicht verbergen.

„Hast du dir das Foto angesehen?", fragte sie unbeeindruckt vom Hosenvorfall.

„Ich guck mir das Foto an, wenn du mir die Geschichte der Jeans erzählst!"

„Die würde ich auch gerne hören", unterstützte mich jetzt meine Schwester.

„Kommt ein Zauberer oder ein Pferd darin vor?", fragte Isabel aufgeregt.

Die Lippen meiner Mutter waren sehr schmal geworden. „Nein", sagte sie dennoch mit einem Lächeln zu ihrem Enkelkind.

„Oh." Isas Schultern sackten in sich zusammen. „Dann kann sie nicht gut sein."

„Ich wette, sie ist doch gut", sagte ich und grinste.

Alles, was meine Mutter und Dreck in einen Topf schmiss, konnte nur gut sein.

Meine Mutter seufzte und strich Marmelade auf ihr Brot. Ihren Rücken wie immer durchgestreckt, ihre Miene missbilligend. „Louisa, du verhältst dich sehr kindisch. Ich habe im Garten gearbeitet und die Hose ist dreckig geworden."

Unglaublich.

Meine Mutter log mich an! Und das nicht einmal sonderlich gut. Sie war puterrot geworden!

„Was hast du denn im Garten gemacht?", fragte ich unschuldig.

Verärgert schnaubte sie. „Würdest du dich bitte wieder setzen?"

Ich tat ihr den Gefallen. „Du hast die Frage nicht beantwortet."

„Ich bin dir keine Erklärung schuldig, Lou, und bitte sieh dir jetzt einfach das Foto an."

„Aber ..."

„Louisa, lass deine Mutter in Frieden." Papa war die Treppen wieder herunter gekommen und hatte mir eine Hand auf die Schulter gelegt. „Sie hat das Recht, eine dreckige Hose zu besitzen."

Ja, schon, aber hatte ich nicht das Recht, sie danach zu fragen? „Ich ..."

„Lou." Papas Stimme war tief und bestimmt. Seufzend gab ich nach. Es war eine dreckige Jeans. Ich sollte daraus keinen Elefanten machen. Und doch war es eine dreckige Jeans, die sich im Besitz meiner Mutter befand!

Egal. In meinem Leben gab es genug offene Fragen. Die nach dem Ursprung der Hose würde ich nach hinten schieben müssen.

Ich hob das Foto an, das ich aus ihrem Zimmer geholt hatte, und betrachtete es.

Ein netter Mann um die dreißig war darauf abgebildet, aschblondes Haar, hübsche blaue Augen.

Leider war es nicht Rispo.

„Für mich ist er nichts", stellte ich deswegen fest, „aber er könnte Emily gefallen."

„Was? Wieso mir?" Meine Schwester sah verwundert auf.

„Na ja, er ist ein Mann, oder nicht? Also genau dein Typ." Ich reichte ihr das Foto.

„Oh hallo! Süß." Sie zuckte mit den Achseln. „Okay, Mama. Kannst ihm meine Nummer geben."

Meiner Mutter gefiel überhaupt nicht, wohin sich dieses Gespräch bewegte. „Er wollte Louisas Nummer haben."

„Ach, Lou und ich sind doch praktisch dieselbe Person! Nur bin ich eben jünger und hübscher. Er sollte sich glücklich schätzen. Also, er ist Anwalt sagtest du? Einen Anwalt hatte ich noch nicht. Steht aber ganz oben auf meiner Liste. Du würdest also uns beiden einen Gefallen tun."

Manchmal vergaß ich, warum ich meine Schwester liebte. Aber in Momenten wie diesen, fiel es mir wieder ein.

Die Lippen meiner Mutter wurden erneut zu einem dünnen Strich. „Emily, du bist nicht die Richtige für ihn."

Unschuldig legte sie eine Hand auf ihre Brust. „Aber warum denn nicht?"

Weil Emily Männer auffraß und sie noch am selben Tag wieder ausspuckte. Ihr Indienaufenthalt hatte ihre Sicht auf die Monogamie komplett verändert, und laut eigener Aussage hatte sie das Kamasutra bereits mehr als einmal durchgearbeitet.

„Weil du nichts Ernstes suchst", sagte meine Mutter sachlich. „Und das ist ja auch in Ordnung. Aber Tom hier will eine Familie."

„Wieso ist das bei ihr in Ordnung?", wollte ich empört wissen. „Sie ist nur zwei Jahre jünger als ich!"

Mama nickte. „Du sagst es."

Oh Herrgott!

„Apropos jünger: ich bin am Überlegen, ob ich ein Auslandssemester einlege. Solange ich noch jung bin, möchte ich alle Möglichkeiten ausschöpfen", sagte Emily fröhlich.

Augenbrauen wurden gehoben und Blicke wurden getauscht. Emily hatte alle paar Monate Fernweh. Nur hatte sie die letzten fünf Jahre schon in London, Indien, Südafrika und sonst wo verbracht. Sie hatte alle angefangenen Ausbildungen abgebrochen und ihr derzeitiges Studium nahm sie so ernst wie einen Schnupfen. Sie mochte jung sein, doch langsam sollte sie sich etwas suchen, mit dem sie in naher Zukunft auch tatsächlich Geld verdienen konnte.

„Emmi", sagte mein Vater vorsichtig, denn er war derjenige, dem Emily Kritik an ihrem Lebensstil am wenigsten übelnehmen würde, „findest du nicht, du solltest langsam etwas ... ruhiger leben?"

„Ja. Finde ich nicht", sagte sie immer noch fröhlich. „Ich würde gerne nach Brasilien. Amazonas und so. Das lässt sich auch gut mit Ethnologie – ihr wisst schon, meinem Studienfach – verbinden."

Ja, wir wussten das. Es wunderte mich, dass sie es auch wusste.

„Brasilien?" Meine Mutter bekam rote Panikflecken auf ihren Wangen. „Aber das ist doch furchtbar gefährlich! Als Frau und dann auch noch alleine ..."

„Ach was. Das ist nicht gefährlich. Man muss nur wissen, wie man mit Leuten umgeht, die einen überfallen wollen. Als ich in Südafrika war, habe ich immer etwas Geld in meinen Socken versteckt, damit ich ihnen etwas geben konnte."

„Du wurdest in Südafrika überfallen?" Meine Mutter verlor doch tatsächlich etwas von ihrer glatten Gelassenheit.

„Nur dreimal. Du brauchst dir keine Sorgen machen!"

„Dreimal?"

„Ich war selbst schuld. Ich bin in den falschen Gegenden unterwegs gewesen ... aber ist ja nichts passiert."

Meine Mutter legte entsetzt eine Hand auf ihren Mund. Seufzend tätschelte ich über den Tisch hinweg ihren Arm. „Mama, alles in Ordnung. Emily wird nicht nach Brasilien gehen, sie hat kein Geld dafür und ... Moment." Mein Kopf fuhr zu Emily herum. „Sagtest du, du hast Geld in deinen Socken versteckt?" Eine Glocke in meinem Kopf begann zu schrillen.

„Ja. Das war so ziemlich der sicherste Ort, um ..."

Oh mein Gott! Der Paketbote hatte etwas in seinen Schuhen versteckt gehabt!

Vielleicht Geld. Oder irgendeinen anderen flachen Gegenstand. Meine Gedanken rasten. Wo waren seine Schuhe?

„... ich hätte es natürlich auch in meine Unterwäsche tun können, aber wenn ich da Geld rausgeholt hätte, hätte ich den Räuber womöglich noch auf falsche Ideen gebracht."

Meine Mutter war verdächtig weiß geworden und Papa räusperte sich. „Reden wir über etwas anderes. Lara, welchen Buchstaben lernt ihr als nächstes?"

„Ein H!", sagte sie enthusiastisch. „So wie in Hure, oder Papa?"

„Was verstecken Männer in ihren Socken?"

Ari blinzelte mich an und schenkte mir Kaffee ein. Sie hatte mich den gesamten Mittag über so lange mit SMS tyrannisiert, in denen sie fragte, was mit Rispo passiert sei, bis ich eingelenkt hatte und bei ihr vorbei gefahren war.

„Stellst du da nicht die falsche Frage?", wollte sie wissen. „Müsste es nicht heißen: Wo verstecken Männer ihre Socken? Meiner Erfahrung nach nämlich in ihren Unterhosen. Frauen sind nicht die Einzigen, die ausstopfen und ihr Gegenüber dann eine böse Überraschung erleben lassen."

Ich grinste. „Ist da jemand zynisch, weil sie keinen Sex bekommt?"

„Ist da jemand schadenfroh, weil sie mit einem Bullen schläft, der sich nicht festlegen will?"

Ich schloss den Mund und starrte auf meinen Kaffee. Es war lustiger, wenn einem keine Gemeinheiten zurückgeworfen wurden.

„Lass uns nicht über Rispo reden", schlug ich vor. „Ich habe die Sache mit den Socken ernst gemeint. Es könnte sein, dass das Mordopfer etwas darin versteckt hat."

„Geld?", schlug sie vor.

„Ja, daran habe ich auch schon gedacht. Aber wozu?"

„Bestechung?"

„Wofür?"

„Für ... Rabatt auf Tiernahrung?"

Ich lachte. „Du hilfst nicht!"

Sie zuckte eine Schulter und schüttete sich Zucker in ihren Tee. „Ich bin ja auch kein Polizist."

„Ich auch nicht."

Sie grinste. „Na ja, dafür bist du verrückt."

Es gab ehrlich gesagt nicht viel, was ich dagegen sagen konnte. Sie hatte zu viele Beweise für diese Hypothese. Die meisten fotografisch festgehalten.

„Na schön", gab ich nach. „Reden wir über etwas anderes. Was gibt es bei dir Neues?"

Ich rührte in meiner Tasse herum und wurde Zeuge davon, wie Ari unangenehm berührt anfing, auf ihrem Sitz hin und her zu rutschen.

„Ari? Du siehst aus, als wolltest du mir etwas beichten", stellte ich fest. „Du hast den gleichen Gesichtsausdruck wie damals, als wir beide einen Kater hatten und du den letzten Kaffee ausgetrunken hast."

Ari zog eine Grimasse und verbarg dann die Hälfte ihres Gesichtes hinter der Tasse. „Nun ja ... es gibt da tatsächlich etwas", murmelte sie gedämpft in das Getränk hinein.

„Das da wäre ...?"

Sie seufzte. „Lou, ich weiß gar nicht, ob ich dir das erzählen will ..."

Was war denn nur los mit den Leuten? Erst meine Mutter, die ein Geheimnis hatte und jetzt auch noch Ariane!

„Was erzählen?"

„Nun ..." Sie kratzte sich am Kopf. „Chris war neulich bei mir im Laden."

„Oh." Etwas ernüchtert ließ ich meinen Löffel zum Stehen kommen. „Okay. Was heißt neulich?"

„... gestern."

„Oh", wiederholte ich nicht besonders originell und hasste meinen Hals dafür, dass er trocken war. Dass ich Chris meine Liebe gestanden hatte, war vier Jahre her – und noch immer könnte ich bei dem Gedanken daran vor Scham im Boden versinken. „Was wollte er denn?"

„Schokolade kaufen."

Ich nickte. Natürlich. Denn das war es, was Ari tat. Sie verkaufte Schokolade.

„Er hat mich natürlich nicht erkannt", fuhr sie fort. „Aber ... Na ja. Ich weiß auch nicht. Es wäre mir falsch vorgekommen, es zu verschweigen."

„Schon okay."

Chris hatte Ari nie persönlich kennengelernt. Er war einer meiner Marketing-Tutoren im Studium gewesen. Er hatte immer für eine Zeitung arbeiten wollen und ich hatte gerne gelesen und ... keine Ahnung. Wir hatten uns angefreundet. Nur war er verheiratet gewesen und ich in ihn verliebt. Die Freundschaft war folglich mit einem lauten Knall – hervorgerufen durch ein Bündel Dynamitstangen mitten in meinem Herzen – zu Bruch gegangen.

Ari kannte Chris nur aus Erzählungen, hatte aber natürlich etliche Fotos von ihm gesehen. Da wunderte es mich nicht, dass sie ihn wiedererkannt hatte.

Meine beste Freundin lehnte sich im Stuhl zurück und kaute auf ihrer Unterlippe herum.

Fragend sah ich sie an. „Du willst noch mehr erzählen, oder?"

„Ja."

„Dann los!"

„Ich weiß nicht, ob ich sollte."

Seufzend verdrehte ich die Augen. „Ari. Das mit ihm ist ewig her. Du kannst mir alles sagen."

„Okay ... nun", sie rang ihre Hände ineinander, „er hat sich wohl scheiden lassen."

„Oh." Ich war heute wirklich erstaunlich variabel in meiner Wortwahl. „Woher ... weißt du das?"

„Er hat keinen Ehering getragen."

„Er könnte ihn auch zum Duschen abgenommen und vergessen haben, ihn wieder anzuziehen."

„Das könnte er ... aber er hat, während er im Laden war, auch ein ziemlich lautes Gespräch mit seinem Scheidungsanwalt geführt."

„Mhm." Ich wusste nicht, was ich mit dieser Information anfangen sollte. Es war ... keine Ahnung was.

Egal?

Ja, es war eigentlich egal. Er war kein Teil meines Lebens mehr und er würde es auch nie mehr sein.

„Hast du ihn eigentlich noch einmal gesehen?", fragte Ari, nachdem ich mehrere Minuten geschwiegen hatte. „Also, nachdem du ..."

„Nachdem ich ihm meine Liebe gestanden und mich bis auf die Knochen blamiert habe, meinst du?"

Sie zog eine Grimasse. „Ich hätte es taktvoller ausgedrückt."

Seufzend legte ich mein Kinn in die Hand. „Ich habe ihn vor einem Jahr oder so mal im Supermarkt getroffen. Er hat mich gegrüßt und gefragt, wie es mir geht, und ich habe praktisch meine Zunge verschluckt."

Noch so ein Moment, der sich in meinen Geist gebrannt hatte. Als ich aus dem Supermarkt herausgegangen war, waren mir tausend Dinge eingefallen, die ich ihm hätte sagen können. Dass ich ein eigenes Business hatte. Dass ich mit einem berühmten männlichen Model verheiratet und mit Zwillingen schwanger war. Dass das damals, als ich gesagt hatte, ich würde ihn lieben, nur ein Scherz gewesen sei und er auch noch drauf reingefallen wäre.

Stattdessen jedoch hatte ich nichts gesagt. Ich hatte etwas Unverständliches gestottert, gemeint, dass ich in Eile sei, und war abgehauen. Kein stolzer Moment, aber damals war es mir als die beste Option erschienen.

Ari tätschelte mitfühlend meine Hand. „Na ja, ist egal. Er sah sowieso hässlich aus. War total dick und hatte eine Glatze."

„Wirklich?"

„Ja."

Ich seufzte und trank von meinem Kaffee. „Du lügst, aber ich liebe dich dafür."

Sie lächelte schuldbewusst. „Wenn es dir hilft: Du siehst tausendmal besser aus als er."

Es half.

Auch wenn Ari als meine beste Freundin praktisch dazu verpflichtet war, das zu sagen.

„Hast du noch Pralinen im Haus?", fragte ich seufzend.

„Sogar Schnapspralinen."

Zwei Fliegen mit einer Klappe.

Ich mochte Aris Denkweise.

Kapitel 11

Rispo tauchte an diesem Abend nicht mehr auf, was mich irgendwie enttäuschte, aber gleichzeitig mein schlechtes Gewissen darüber minderte, dass mein erster Besuch am Montagmorgen der Zoohandlung galt. Emily hatte sich bereiterklärt, den Blumenladen zu öffnen, während ich noch einmal nach meinem imaginären Päckchen fragen und hoffentlich die Möglichkeit bekommen würde, die Schuhe des Opfers zu suchen. Ich war mir sicher, dass die Polizei schon alles abgesucht hatte, aber es konnte ja nicht schaden, selbst noch einmal nachzusehen. Außerdem wollte ich wissen, wer genau für die Paketannahme zuständig gewesen war.

Als ich um zehn Uhr die Tür zu Zoo&Kunz aufstieß, saß Tanja wie gewohnt an der Kasse, und ich fragte mich, ob die Zoohandlung tatsächlich nur aus drei Mitarbeitern bestand. Schließlich hatte sie bis sieben Uhr geöffnet.

Tanja ließ gerade ein Kaugummi platzen, das sich in ihren Lippen verfing, als ich lächelnd meine Unterarme auf der Holztheke abstützte. „Na? Alles klar?"

„Logo", antwortete sie fröhlich. „Ich bin jung und hübsch. Bei mir ist immer alles klar."

„War der Paketbote heute schon hier?" Ich sah mich im Laden um und natürlich fiel mein Blick wieder auf die Schlangen, die sich um die Baumstämme in ihren Terrarien wanden. Schlangen waren majestätische Tiere, keine Frage. Aber sie waren ekelige majestätische Tiere.

„Nee, hier war heute noch niemand. Ich bin auch alleine. Eigentlich kommt Lars montags früh immer noch, aber der ist heute bis nachmittags in der Uni. Aber morgens ist es immer ruhig, deswegen braucht man eigentlich nicht viele Mitarbeiter. Kai hat da, glaub ich, Geld gespart."

Ich nickte. „Gar nicht dumm von Kai."

Konnte ja nicht jeder eine kostenlose Mitarbeiterin namens Emily haben.

Ehrlich gesagt kam es mir entgegen, dass Tanja alleine war. Sie war von allen Angestellten die Gesprächigste, und ich hatte da noch einige Fragen.

„Du hast letztens gesagt, der Paketbote wäre immer montags gekommen? Wer hat eure Lieferungen angenommen?"

„Kai", sagte sie und pulte sich das Kaugummi aus den Zähnen. „Er war es, der alle Warenein- und -ausgänge überprüft hat. Kann sein, dass ab und zu auch noch jemand anderes dafür zuständig gewesen ist, aber das weiß ich wirklich nicht. Die Jungs trauen mir eigentlich nur die Kasse zu."

Und ihrer Arbeitseinstellung nach zu urteilen, war selbst das bereits zu viel.

„Kriegt ihr keine Belege für die Pakete?", fragte ich weiter. „Oder schreibt ihr auf, wer Lieferungen annimmt? Bei mir im Laden führe ich Buch darüber."

Vor allem deswegen, weil Trudi den Hang dazu hatte, unüberlegt Warenlieferungen anzunehmen. Eigentlich hätte ich sie nie dazu autorisieren dürfen, aber sie hatte um mehr Verantwortung gebeten und ... dann hatte sie mir Brownies unter die Nase gehalten.

Tanja schien zu überlegen. „Ja, doch. Jetzt, wo Sie es sagen. Kai hat alles auf Zetteln festgehalten. Für die Steuer oder so. Ich hab da nie so genau drauf geachtet."

Jetzt kamen wir der Sache schon näher. „Wo sind diese Zettel denn?"

Tanja wurde rot. „Na ja, es sieht nicht so aus, als würde Kai wiederkommen, oder? Wir halten den Laden gerade zusammen, aber er wird wahrscheinlich bald geschlossen und da ... habe ich etwas aufgeräumt."

Oh Mann. Auf diese Ansage konnte nichts Gutes folgen.

„Du hast sie also weggeworfen", schlussfolgerte ich.

Sie nickte. „Es war nur Papier. Er hat da nicht wirklich eine Ordnung gehabt."

Ich seufzte. Ich brauchte diese Aufzeichnungen!

„Okay, wo ist der Papiermüll?"

Irritiert blinzelte sie. „Papiermüll?"

„Ja, der Abfalleimer, in dem ihr Papiermüll entsorgt", erklärte ich etwas ungeduldig.

Sie blinzelte. „Wir sind hier in Köln. Das wissen Sie, oder? Wir haben keinen Papiermüll. Wir benutzen für alles nur einen Müllbeutel und die kommen dann hinten in den Container rein."

Ich stöhnte innerlich. Ich wollte meine Zeit nicht damit verbringen, in einen Müllcontainer zu steigen, der mit Tiermist gefüllt war.

„Er wird zweimal im Monat geleert, aber die Polizei hat ihn auch schon durchwühlt. Ich glaub, die ganzen Müllsäcke sind schon aufgerissen."

Das wurde ja immer besser. Aber blieb mir eine Wahl?

„Ist das der Container hinten im Lager?", fragte ich etwas gequält.

Tanja nickte. „Jap ... aber Sie wollen doch jetzt nicht wegen der Zetteln im Müll wühlen, oder?"

Von wollen konnte nicht die Rede sein. „Ich werde nur mal nachschauen", murmelte ich. Ich konnte mir gerade lebhaft vorstellen, was meine Mutter sagen würde: Eine Lady wühlt nicht im Müll. Eine Lady trinkt Sekt und wird rot, wenn ihr jemand einen dreckigen Witz erzählt.

Zumindest dreckig würde es gleich werden. Kichern würde ich aber wahrscheinlich nicht.

Eine schmerzhaft kurze Minute später stand ich vor dem Müllcontainer und fragte mich, warum ich mir heute Morgen die Mühe gemacht hatte, die Haare zu waschen.

Die Sache war die: Der Restmüll einer Zoohandlung nahm ganz andere Maße an als der Restmüll eines Blumenladens.

Der Restmüll einer Zoohandlung stank nach Urin, Scheiße und totem Tier. Der Restmüll eines Blumenladens roch nach Blumen. Und Dünger. Aber größtenteils nach Blumen.

Ich lugte über den Rand und zog meinen Kopf dann hastig wieder zurück. Sofort brannten meine Augen von den Dünsten, die mir entgegengeweht wurden. Ich brauchte eine Atemschutzmaske. Oder einen Taucheranzug. Am besten beides.

Oh Gott, die armen Praktikanten der Polizei. Ich war mir sicher, dass sie diejenigen waren, die sich dankbarer Aufgaben wie Müll-Durchwühlungen annehmen durften.

Warum hatte ich keinen Praktikanten? Ich sollte mir definitiv einen zulegen.

Ich lugte noch einmal über den Rand, diesmal mit verengten Augen, und musste feststellen, dass eine Menge der Müllsäcke nicht mehr ganz so intakt waren, wie vom Hersteller vorgesehen. Ich sah auf meine Schuhe.

Verdammt, Winterstiefel aus Leder. Ich hatte zehn Paar Gummistiefel zuhause!

Seufzend stieg ich aus den Schuhen, es reichte ja, dass ich meine Frisur, meine Jeans und mein T-Shirt ruinieren würde, und stemmte mich dann mit den Armen auf den Container. Ich wollte nicht hineinsteigen, und nach einiger Überlegung beschloss ich, dass ich das auch nicht musste.

Ich könnte die Säcke, in die ich nicht hineinsehen konnte, einfach zu mir hinausziehen.

Ich griff nach dem nächstgelegensten blauen Sack, zog daran ... verlor das Gleichgewicht und kippte kopfüber nach vorne.

Mein lautes Quietschen hallte von den Metallwänden des Containers wider und ich versprach Gott, dass ich mich nie wieder vor einer Spinne ekeln würde, solange sich jetzt nur nichts unter meinem Körper zu bewegen begann.

Ich riss mich in die Senkrechte, griff die drei Beutel, die mir am nächsten lagen, schob sie über den Rand des Containers und hechtete hinterher.

Dann klopfte ich mich erst einmal eine Viertelstunde lang gründlich ab, schüttelte mich und untersuchte mich auf ekelige Dinge. Doch das hätte ich mir sparen können. Ich war das eklige Ding.

Ich zog den ersten Sack zu mir heran und brauchte einige Sekunden, um den Knoten zu lösen. Ich öffnete ihn und übergab mich beinahe direkt dort hinein. Oben auf lag eine Schlangenhaut und – weiter kam mein Blick nicht. Schleunigst band ich ihn wieder zu.

Gut, ich ging wohl insgesamt nicht sehr genau vor, und wenn ich so weitermachte, dann musste ich mich nicht wundern, dass ich nichts fand. Aber ich vertraute meinem Glück. Auf mein Glück konnte ich mich meist mehr verlassen als auf meine Fähigkeiten. Zumindest was meine Recherchearbeit in Mordfällen anging.

Diese These bestätigte sich schon beim nächsten Sack, der fast komplett aus Papiermüll zu bestehen schien.

Erleichtert steckte ich meine Hände hinein und ging die Pappen, Servietten und losen Zettel durch, von denen einige mit Kaugummi verklebt worden waren.

Da waren kleine quadratische Papierstücke, auf denen einfach nur Zahlen standen und jeweils ein Wort.

15040 Banane.

18760 Schnürsenkel.

So etwas in der Art. Aber sie mussten alle von derselben Person aufgeschrieben worden sein, denn die Eins war ein einzelner Strich, so wie man sie in Amerika schrieb, und die Null mehr ein Kringel, der sich an den Enden nicht berührte, sondern überlappte. Sehr hübsche Handschrift.

Da ich mir aber keinen Reim draufmachen konnte, was irgendwelche Zahlen und willkürliche Wörter mit dem Mord zu tun haben sollten, ließ ich die Zettel einfach wieder in den Sack zurückfallen. Ich fischte weiter und fand mehrere Servietten, auf die Herzen gekritzelt worden waren, einen leeren Lippenstift und dann, fast am Boden des Sacks, ein paar Lieferscheine.

Ich studierte die Daten und suchte nach den Montagen. Da waren einige Tierlieferungen und wenn ich das richtig sah, hatten nur Kai und Lars die Lieferungen entgegengenommen. Aber das musste nichts heißen, oder? Manuel hatte sicherlich keine Tiere geliefert. Und es hätte sich trotzdem jeder nach hinten stehlen und von ihm etwas abholen können.

Dennoch.

Lars war offenbar – neben Kai – der Einzige, der dazu autorisiert worden war, Pakete anzunehmen.

Der braungebrannte Surferboy mit dem charmanten Lächeln wirkte mit einem Mal ... schuldig.

Ich erinnerte mich an die Art und Weise, wie Lars mich danach gefragt hatte, warum es wichtig sei, was für Pakete der Bote gebracht hatte ...

Außerdem war Lars ein unglaublich schuldiger Name! Das wusste doch jeder.

Ich schnaubte.

Gut, selbst ich sah da Lücken in meiner Argumentation, obwohl ich sonst äußerst begabt darin war, solche Unstimmigkeiten zu übersehen.

Fakt war: ich hatte keine Beweise. Es war eher ein Gefühl. So wie es auch das letzte Mal ein Gefühl gewesen war, dass das Opfer eine Affäre gehabt hatte. Und mein Gefühl trog mich fast nie.

Lars.

Er sah nicht aus wie ein Mörder. Aber wer tat das schon?

Tanja und Daniel sahen auch nicht aus wie Mörder und dennoch war ich mir sicher, dass einer der drei etwas mit dem Mord zu tun haben musste.

Ich band den Sack wieder zu, warf ihn zurück in den Container und tat es mit den anderen Säcken gleich. Ich glaubte, gefunden zu haben, was ich suchte. Nur fehlte mir immer noch ein Motiv. Und Beweise.

Und offenbar auch der gesunde Menschenverstand, denn das Ganze hier wuchs mir allmählich über den Kopf. Ich hatte keine Ahnung, wie ich weiter vorgehen sollte.

Ich stieg zurück in meine Schuhe und zuckte zusammen, als ich plötzlich ein lautes Geräusch hörte. Es war mein Handy, das angefangen hatte, zu klingeln.

Schwer durchatmend holte ich es aus meiner Tasche.

Unbekannte Nummer.

Meine Zehennägel rollten sich auf und ein dicker Kloß formte sich in meinem Hals. Ich sollte vielleicht einfach nicht drangehen. Aber andererseits war es helllichter Tag und jeder könnte sich am anderen Ende der Leitung befinden.

Ich würde mich doch nicht von der Angst vor jemandem, der in mein Ohr geatmet und mir ein klein wenig mit dem Tod gedroht hatte – regieren lassen!

„Hallo?", meldete ich mich zaghaft.

„Sind Sie Louisa Manu?"

Erleichtert sackten meine Schultern nach unten. „Ja, bin ich."

„Dann ist das Ihre Angestellte, die uns seit einer Woche tyrannisiert?"

Oh, oh. „Ähm ... da müssen Sie schon spezifischer werden."

„Sie sind doch die Blumenladeninhaberin?"

Es war das erste Mal, dass jemand meine Berufsbezeichnung als Beleidigung verwendete.

„Sprechen Sie von Trudi?", fragte ich nach.

„Ich weiß nicht, wie sie heißt", fuhr die Frau mich an. „Aber sie ist alt, verwirrt und ich möchte, dass sie auf der Stelle verschwindet!"

Ja, sie sprach von Trudi.

„Sie hat sich mit Ihren Visitenkarten zugepflastert und weigert sich zu gehen, bevor wir keine Bestellung bei ihr aufgeben. Ich finde Ihre Firmenpolitik wirklich ungeheuerlich."

Meine Firmenpolitik? Ich hatte immer noch keine Ahnung, mit wem ich da eigentlich sprach. Aber die Furie auf der anderen Leitung ließ mich auch gar nicht dazwischenkommen. „Es ist wirklich tragisch, wozu Menschen heutzutage fähig sind, nur um mehr Geld zu verdienen, und ich schwöre Ihnen, wenn Sie

sie nicht sofort abholen, dann werde ich Sie wegen unsittlichen Verhaltens verklagen."

Du meine Güte.

Ich hatte geahnt, dass ich Trudi näher hätte zu ihren Plänen zur Kundengewinnung befragen müssen. Leider war ich zu sehr mit der Lösung des Mordfalls beschäftigt gewesen.

„Sie müssen sie entschuldigen", bat ich etwas kleinlaut. „Trudi ist …" Ich hielt inne.

Es gab einfach kein passendes Adjektiv, das meine Angestellte beschrieben hätte. Ich räusperte mich. „Ähm … Was immer sie getan hat, es tut mir leid."

„Es tut Ihnen leid?" Die Frau am anderen Ende klang zunehmend hysterisch. „Sie haben sie doch geschickt!"

„Ich versichere Ihnen, dass ich sie nicht geschickt habe …"

„Warum verteilt sie dann überall Ihre Visitenkarten? Diese unsensiblen, geldgeilen Menschen von heute sind einfach unerträglich und …"

„Wo kann ich Sie finden?", unterbrach ich sie, schlug mir gleichmäßig mit der Faust gegen die Stirn, verließ den Hof und stieß die Tür zur Zoohandlung auf. Dieses Telefonat machte so keinen Sinn. „Sagen Sie mir einfach, wo ich hinkommen soll, ich kümmere mich um Trudi."

„Sie hat unsere Anwohner belästigt."

„Na ja, also belästigt halte ich doch für ein äußerst starkes Wort …"

„Sie hat sie gefragt, ob sie wüssten, wann sie ungefähr zu sterben gedächten!"

Unangenehm berührt lehnte ich mich zur Seite, um den Spucketröpfchen meines Gegenübers zu entgehen.

„Gut, ich gebe zu, da ist sie etwas zu weit gegangen, aber es ist nicht verboten, Fragen zu stellen."

„Frau Manu! Wir befinden uns hier in einem elitären Altenheim mit gutem Ruf. Was glauben Sie, würden die Angehörigen dazu sagen, wenn sie wüssten, dass eine alte Dame hier herumläuft und versucht, neue Kunden für Ihr Blumengeschäft anzuwerben, indem sie unsere Bewohner bittet, in ihrem Testament zu vermerken, dass sie nur mit Blumen aus Louisa's Flower Power beerdigt werden wollen?"

Ich seufzte schwer. Es gab nichts, was ich hätte sagen können, um die Situation zu retten. Je öfter die Leiterin des Eliteresorts für Pflege- und Altersversorgung wiederholte, was Trudi innerhalb der letzten Tage genau getan hatte, desto weiter sackte mein Kopf zwischen die Schultern.

Ich fühlte mich wirklich schuldig – dafür, dass ich seit dreißig Minuten kurz vor einem Lachanfall stand. Es war vielleicht gut, dass ich Trudi bereits ins Auto geschickt hatte. Ihr verwirrter Gesichtsausdruck, als ich ihr erklärt hatte, sie könne nicht einfach alte Leute zum Sterben auffordern, hätte mir jetzt den Rest gegeben.

Ich räusperte mich und der Ton hallte in der steril gehaltenen Eingangshalle der Institution wider. „Frau Crange, ich versichere Ihnen, dass ich keine Ahnung davon hatte, was meine Angestellte in ihrer Freizeit tut" – abgesehen davon, dass sie eigentlich gerade im Laden sein sollte – „und ich kann Ihnen versprechen, dass ich ein ernstes Wort mit ihr wechseln werde. So etwas wie hier wird nicht wieder vorkommen."

„Sagen Sie das auch den restlichen Altenheimen dieser Stadt! Ich habe bereits mit mehreren Leuten meines Bereichs telefoniert und wir sind nicht die einzigen, die zum Opfer Ihrer Angestellten wurden."

Ich empfand es als ziemlich weit hergeholt von Frau Crange, sich selbst als Opfer zu bezeichnen. Trudi war harmlos. Sie hatte bestimmt einige Bewohner aufgeheitert und Kekse hatte sie sicherlich auch mitgebracht. Wenn auch nur als Mittel zur Erpressung.

„Natürlich werde ich überall anrufen."

Ich würde keinen einzigen Anruf tätigen.

„Und ein persönliches Entschuldigungsschreiben aufsetzen."

Dafür hatte ich gar keine Zeit.

„Wie gesagt, es tut mir leid."

Ich gab mir Mühe, reuevoll auszusehen und senkte meinen Kopf ein bisschen.

Der missbilligende Gesichtsausdruck der Dame mir gegenüber änderte sich nicht. Sie sah aus, als würde ihr Mist unter die Nase gehalten werden. Na ja, wenn ich es mir recht überlegte: Ich konnte nicht allzu appetitlich riechen.

„Nun gut. Vielen Dank, dass Sie angerufen haben", bedankte ich mich und lächelte matt. „Ich werde dann jetzt gehen."

„Tun Sie das. Und nehmen Sie es nicht persönlich, aber es wäre besser, wenn ich weder Sie noch Ihre Angestellte je wiedersehen würde!"

„Natürlich." Man konnte eben nicht der Freund von jedem sein.

Ich wandte ihr den Rücken zu und lief zurück zu meinem Wagen. Trudi saß auf dem Beifahrersitz, den Kopf rhythmisch zu einer Melodie hin und her wiegend, die wohl nur sie hören konnte.

Für eine Weile stand ich einfach nur vor dem Passat und sah Trudi dabei zu, wie sie völlig unbeeindruckt von allem, was ihr in der letzten Stunde an den Kopf geworfen worden war, lächelte.

Man konnte Trudi eine Menge vorwerfen, angefangen bei ihrer Inkompetenz bis hin zu ihrer Schusseligkeit. Aber dass sie nicht leidenschaftlich dabei war, konnte ihr niemand vorhalten.

Ich riss mich zusammen, denn egal wie amüsant es für Außenstehende wirken musste, dass Trudi versucht hatte, Blumen für Beerdigungen zu verkaufen, bevor überhaupt jemand tot war, das dürfte nicht noch einmal passieren.

Ich war bereits die Blumenladenbesitzerin, die Leichenteile aufsammelte. Dann musste ich nicht auch noch dafür bekannt sein, dass meine Angestellte Leuten den Tod wünschte, um mir mehr Geld einzubringen.

Mit ernster Miene ließ ich mich deshalb hinters Steuer sinken und warf Trudi einen strengen Blick zu.

„Trudi. Das war wirklich ... falsch von dir."

Ich hörte mich an wie Jannis.

Trudi blinzelte verwirrt. „Das verstehe ich nicht. Ich habe doch nichts Unrechtes getan."

„Na ja, gesetzlich gesehen stimmt das, aber ... alte Leute sind sensibel, wenn du sie nach ihrem baldigen Tod fragst."

Sie schnaubte und schüttelte den Kopf. „Die alten Leute waren überhaupt nicht sensibel. Sie waren sehr interessiert. Die meisten haben nämlich eine genaue Vorstellung davon, wie sie begraben werden wollen. Sensibel waren nur die Leiter der Heime. Von wegen, sie kümmern sich um das Wohl ihrer Bewohner! Eigentlich sollte ich sie verklagen. Sie haben mich nämlich diskriminiert!"

Ich presste die Lippen aufeinander und tarnte mein unterdrücktes Lachen mit einem Husten. „Inwiefern?"

Trudi verschränkte entrüstet ihre Arme. „Sie haben mich jedes Mal, wenn ich mich vorgestellt habe, gefragt, ob ich ein Zimmer haben wolle. Kannst du dir das vorstellen? Ich in einem Altenheim!"

Ich besah mir Trudis tiefe Falten und beschloss, keine Antwort zu geben.

„Also wirklich", regte sie sich weiter auf. „Ich in einem Heim. Mit all den alten Leuten da, die nur noch ihre Tage zählen. Ich bin doch noch quietschfidel. Außerdem war jetzt genau der richtige Zeitpunkt für mein Unterfangen – mit der Kälte und allem. Da werden die Alten wie die Vögel von den Strommasten kippen."

Jetzt verstand ich, was Frau Crange mit ‚fehlender Sensibilität' gemeint hatte.

„Einige haben das offenbar anders gesehen, Trudi. Und du hast bestimmte ethische Richtlinien verletzt."

„Papperlapapp. Die Mitarbeiter der Einrichtung sind einfach noch nicht bereit für mein innovatives Denken. Das hat nichts mit Ethik zu tun."

Ich schmunzelte.

Ja. Das würde es sein. Sie war einfach zu innovativ für diese Welt. Trotzdem fühlte ich mich gezwungen, ihr zu erklären, dass sie das nächste Mal, wenn sie eine solche innovative Idee hatte, diese doch besser mit mir absprach.

Auf diese Aussage hin sah Trudi noch verwirrter aus als zuvor. „Aber das habe ich doch. Schon letztes Jahr."

Ich blinzelte. „Letztes Jahr?"

„Natürlich. Ich habe dir bereits letztes Jahr vorgeschlagen, die Altenheime als Kunden zu gewinnen, und du sagtest, es sei eine tolle Idee und das solle ich doch demnächst anpacken."

Mein Mund stand offen. „Das habe ich gesagt?"

„Ja. Meine Ohren und mein Gehirn funktionieren noch sehr gut, junge Dame."

Ganz weit hinten klingelte etwas und ich konnte mich vage an ein solches Gespräch erinnern. Vor allem aber erinnerte ich mich daran, dass ich geglaubt hatte, Trudi hätte das Gespräch bereits am nächsten Tag wieder vergessen.

Offenbar hatte ich da falsch gelegen.

„Es tut mir leid, Trudi", sagte ich verdattert. „Dann ist das wohl alles ... meine Schuld." Wer hätte das gedacht?

Trudi tätschelte meine Hand. „Es ist nicht unsere Schuld. Es ist die Schuld der steifen Gesellschaft, die keinen Platz für neue Geschäftsideen hat."

Ich nickte. Damit konnte ich leben.

Ich schnallte mich an und startete den Motor. „Komm Trudi, ich fahr dich nach Hause."

„Wieso? Fahren wir nicht zur Arbeit?"

„Nein. Ich gebe dir den Tag frei, Trudi."

„Aber warum?"

Jetzt war ich es, die ihre Hand tätschelte. „Du hast heute wirklich schon genug gearbeitet."

„Oh." Trudi lächelte. „Gut. In Ordnung. Darf ich noch etwas sagen?"

Ich nickte. „Natürlich."

„Nun. Du stinkst, Louisa."

Ich seufzte. „Ich weiß, Trudi. Das weiß ich."

Kapitel 12

Nachdem ich Trudi abgesetzt hatte, fuhr ich nach Hause und sprang noch einmal unter die Dusche. Doch selbst nachdem ich mir mindestens drei Hautschichten abgeschrubbt und meine Haare zweimal gewaschen hatte, schien der Geruch nicht zur Gänze von mir abgefallen zu sein. Vielleicht bildete ich mir das nur ein, aber ich hatte das starke Gefühl, dass ich intensiv nach Schlangenhaut roch.

Meine Mutter rief mehrmals an, doch ich hob nicht ab. Sie hatte übermenschliche Fähigkeiten, und ich war mir sicher, dass sie mir an der Stimme anhören konnte, dass ich mal wieder im Dreck fremder Leute gewühlt hatte.

Als ich schließlich kurz nach eins im Laden ankam, stand da noch ein Grund mehr im Raum, mir Sorgen zu machen.

Finn lehnte an der Verkaufstheke und lachte gerade über etwas, das Emily gesagt hatte.

Ein dumpfer Kopfschmerz setzte in meiner Schläfe ein. Der wurde allmählich zu einem vertrauten Bekannten. Bestimmt überlegte er gerade, ob er sich eine Ferienwohnung in meinem Kopf zulegen sollte.

„Finn", sagte ich perplex. „Was tust du hier?"

Er richtete sich auf, als er mich sah, und setzte das charmante Rispo-Lächeln auf, das in der Familie wohl genetisch bedingt war. „Und ich dachte, du freust dich, mich zu sehen."

„Oh, das tue ich", sagte ich trocken. „Ich freue mich nur so tief in meinem Inneren, dass es niemand sehen kann. Also: Was tust du hier?"

„Ich warte auf meinen Bruder und wollte bei Emily vorbeischauen." Er zuckte die Achseln. „Sie meinte, ihr wäre langweilig."

„Rispo kommt her?", fragte ich verwirrt.

Finn grinste. „Da musst du schon genauer werden. Es gibt sechs von uns."

Ich seufzte und stellte meine Handtasche neben ihm ab. „Ist es Josh?"

„Nope. Ein anderer Rispo ... aber warum siehst du so genervt aus?"

„Das ist ihr natürlicher Gesichtsausdruck, wenn es um mich geht", sagte Emily fröhlich, während sie die Dornen von einer Rose abknibbelte, die neben der Kasse in einer Vase standen. „Sie denkt gerade darüber nach, wie sie uns ausreden kann, etwas miteinander zu haben."

„Tue ich nicht."

Tat ich sehr wohl. Ich fragte mich, ob es Finn abschrecken würde, wenn ich ihm die Zahl der Männer nannte, mit denen Emily bereits angebandelt hatte. Aber wahrscheinlich wäre er nur beeindruckt.

Verdammt, selbst ich war beeindruckt!

Finn legte den Kopf schief und kratzte sich am Kinn. „Du darfst es also mit meinem Bruder treiben, aber ich nicht mit deiner Schwester? Ganz schön heuchlerisch, wenn du mich fragst."

Emily nickte bestätigend. „Vor allem, wenn man bedenkt, dass ich so viel besser im Bett bin als sie."

Ich zog die Rose unter Emilys Nase weg und hätte ihr jetzt gerne das dornige Ende ins Auge gesteckt. Was ihrer Hirnfunktion wahrscheinlich auch nicht geholfen hätte.

Ich liebte meine Schwester und Finn war ein sympathischer Kerl, aber ich musste keine Hellseherin sein, um zu wissen, dass ein Techtelmechtel zwischen ihnen in einer Katastrophe enden würde.

„Ich treibe es nicht mit Josh und ..."

Die Tür zum Laden ging auf und Jonas kam hereinspaziert. „Hey, Finn, wir können los ... oh, hallo." Er nickte mir zu und verschränkte dann mit gehobenen Augenbrauen die Arme. „Sie haben gelogen. Sie sind wohl die Frau, die mein Bruder gerade flachlegt."

„Ich habe nicht gelogen", stellte ich klar, denn zu dem Zeitpunkt meiner Aussage, hatte ich die Wahrheit gesagt. „Und überhaupt: Was ich mit Josh tue, geht hier wirklich niemanden etwas an."

„Du klingst gereizt, Sis'. Sollte Sex dem nicht entgegenwirken?", fragte Emily scheinheilig.

Beide Rispos grinsten.

„Das tut er!", bestätigte Jonas. „Deshalb weiß ich ja erst, dass sie es mit ihm treibt. Wäre Josh Samstagabend nicht flachgelegt worden, hätte er mich Sonntag auf dem Übungsplatz viel öfter angeschrien. Ich sollte also dankbar sein. Ich würde Ihnen ja eine Blume schenken, aber ..." Er sah sich im Laden um. „Davon haben Sie ja selbst genug."

Ich stöhnte laut und stellte die Rosen außerhalb Emilys Reichweite wieder ab. „Du musst mich wirklich nicht siezen, so alt bin ich auch nicht, und ich kann mich nur wiederholen: Was ich und Josh tun, geht niemanden etwas an."

Finn und Jonas wechselten einen Blick. „Ich wusste schon immer, dass Josh nichts in der Kiste taugt", stellte Finn fest. „Wenn er es bringen würde, wäre sie glücklicher."

„Oh mein Gott. Könnt ihr bitte, bitte die Klappe halten?" Mein Kopf war so rot angelaufen, dass ich fürchtete, er könne in den nächsten paar Minuten platzen. Und wer würde dann die Sauerei wegmachen, wenn ich nicht mehr da war? Emily oder Trudi vielleicht?

Unschuldig legte Finn eine Hand auf seine Brust. „Wir wollen nur helfen, Lou. Du hast jemand Besseren verdient. Versteh mich nicht falsch, wenn er nicht gerade ein Arsch ist, dann ist Joshi ein echt vernünftiger Typ. Ich meine – er ist ein Rispo. Wir sind alle ausgesprochen toll. Aber trotzdem hat er die Fähigkeit, Frauen sehr unglücklich zu machen."

Jonas nickte. „Das ist auch der Grund, warum er immer noch allein ist, obwohl sie sich alle an seinen Hals schmeißen."

Ich öffnete ungläubig den Mund. „Seine Verlobte hat mit seinem besten Freund geschlafen!"

„Ja. Weil sie unglücklich war", sagte Finn. „Das stützt nur meine Argumentation."

Ich hätte ihm gerne gesagt, wo er seine Argumentation hinstecken konnte. In den letzten Tagen hatten mir alle erzählt, dass ich Josh vergessen und mir einen vernünftigen Mann suchen sollte. Ich fürchtete nur, dass es für diesen Rat vielleicht etwas zu spät war.

Ich machte mir nichts vor. Ich war so unglaublich in Rispo verknallt, dass es mir in diesem Moment als fairer Deal erschien, irgendwann in unbestimmter Zukunft unglücklich zu sein, solange ich jetzt mit ihm glücklich sein konnte. Und sei es auch nur für einen klitzekleinen Zeitraum.

Rispo-verursachte Orgasmen waren einfach so viel schöner, als die eigeninitiierten.

„So, wirklich sehr schön, dass wir darüber geredet haben, aber wolltet ihr nicht irgendwo hinfahren?" Die Worte klangen gepresster als von mir vorhergesehen.

Finn nickte, küsste Emily auf die Wange – was mich zu einem Augenverdrehen verleitete – und wandte sich zum Gehen.

„Sie wird genauso dumm sein wie alle anderen Frauen", stellte Jonas in einer sehr verständlichen Lautstärke mitleidig fest, während er die Tür offenhielt.

„Sie kann nichts dafür", seufzte Finn theatralisch. „Es sind unsere Gene."

Die Tür fiel hinter ihnen zu und stöhnend ließ ich meine Stirn auf die kühle Theke sinken.

Emily seufzte und tätschelte meinen Hinterkopf. „Er hat recht", stellte sie fest. „Es sind ihre Gene."

Die nächste Stunde im Laden verlief zäh und ich beschloss, vor meinem fünf Uhr Termin mit einer weiteren Braut, noch ein wenig zu recherchieren und Emily die Aufsichtspflicht des Ladens zu überlassen.

In meinem Kopf hatte sich die Idee versteift, dass Lars etwas verheimlichte. Und da Tanja mir netterweise erzählt hatte, er wäre bis nachmittags in der Uni, wusste ich auch schon genau, wo ich mit der weiteren Recherche anfangen würde.

Es war nicht allzu lange her, dass ich selbst noch auf die Universität zu Köln gegangen war, und obwohl ich als BWL-Studentin den Großteil meiner Zeit an der WISO-Fakultät – der Wirtschafts- und Sozialwissenschaftlichen Fakultät – verbracht hatte, wusste ich, wo sich das Geografie-Institut und die dazugehörigen Räumlichkeiten befanden, nämlich direkt auf der gegenüberliegenden Straßenseite der Mensa, in der ich einen nicht unwesentlichen Teil meines Studiums verbracht hatte. Es war kalt, doch die Sonne schien und so spazierte ich einige Minuten um die grauen Plattenbauten herum, deren Fenster nie geputzt zu werden schienen. Ich hielt hier und dort an, ließ meinen Blick über die Hinterköpfe der an mir vorbeigehenden Studenten schweifen und suchte das Surfer-Gesicht. Nach einer Viertelstunde musste ich einsehen, dass das so keinen Sinn hatte. Abgesehen davon, dass die meisten der Vorbeilaufenden Wintermantel und Kapuze trugen – und ich so unmöglich auf den ersten Blick würde erkennen können, wenn Lars tatsächlich an mir vorbeiliefe –, er konnte überall sein! Er könnte sich in der Bibliothek befinden und lernen. Oder in der Mensa, etwas essen. Oder zwielichtige Geschäfte unter den Bäumen bei den Uniwiesen erledigen.

Etwas frustriert beschloss ich, mich zumindest für meine Mühen mit einem Muffin zu belohnen, und die besten Muffins hatte es zu meiner Zeit im Phil-Café gegeben, einer Cafeteria im Philosophikum, das sich direkt gegenüber des Hauptgebäudes am Albertus-Magnus-Platz befand.

Ich schlenderte die Straße entlang, an den Uniwiesen und einem modernen grün-grauen Gebäude vorbei, bis zum Albertus-Magnus-Platz, der trotz des kalten Wetters mit Fahrrädern vollgestellt war. Vor dem recht imposanten Hauptgebäude starrte mich die Statue von Albertus Magnus selbst an. Wenn ich ehrlich war, wusste ich bis heute nicht, wer dieser Typ war. Ich glaubte, er hatte etwas mit der Kirche und Naturwissenschaften zu tun. Vielleicht war er aber auch ein berühmter Balletttänzer.

Ich kaufte mir einen Kaffee und einen Schokomuffin und ließ meinen Blick schweifen, darauf hoffend, dass mir mein Glück doch noch hold war. Ich hatte das rege Universitätstreiben immer gemocht. Die vollkommen verschiedenen Leute, die um einen herumwuselten. Die Fahrradfahrer, die links und rechts an einem vorbeifu...

„Was tust du hier?"

Ich stieß einen kleinen Schrei aus und zuckte zusammen, wobei meine Schultern ruckartig nach oben gingen und ein Kinn trafen, das sich nah an mein Ohr gebeugt hatte.

„Du bist gemeingefährlich", fluchte die dunkle Stimme, und als ich mich umwandte, stand Rispo vor mir, der sich gerade sein Kinn rieb, das nun wieder auf Höhe meiner Nase war.

„Wer hat sich hier angeschlichen und mir beinahe einen Herzinfarkt beschert? Das Wort ‚gemeingefährlich' trifft wohl eher auf dich zu", sagte ich weise und zog meine Hände in die Jackenärmel meines Mantels zurück.

Rispo ignorierte meine messerscharfe Argumentation. „Was machst du hier, Louisa?"

Wirklich, wenn ich jedes Mal für diese Frage einen Euro bekäme, dann würde Rispo mir bereits einen Kleinwagen schulden.

Ich spürte, wie das Blut in meine Wangen kroch, doch Gott sei Dank könnte er das auch auf die Kälte schieben.

Konzentriert blickte ich an ihm vorbei und sagte schließlich: „Ich überlege, ein Zweitstudium anzufangen."

„Aha. Neben dem eigenen Blumenladen willst du noch einmal zur Uni?"

„Ja."

„Welches Fach?"

„Ähhh...gyptologie. Ägyptologie. Pyramiden sind meine Leidenschaft. Ich finde es toll, wie sie ... mit der Dreiecksform spielen."

Rispo gab ein Schnauben von sich, das ich gerne als SMS-Ton für Nachrichten meiner Mutter eingestellt hätte. „Du bist unglaublich."

„Oh, danke."

„Kannst du mich wenigstens ansehen, wenn du lügst?"

Nein. Dann fühlte ich mich immer so schuldig.

Ich seufzte und hob den Blick. „Du hast recht. Ich habe gelogen. Ich wollte überprüfen, ob Emmi ihre Kurse besucht. Deswegen bin ich ihr hierher gefolgt."

Rispo presste die Lippen aufeinander und mit dem Dreitagebart, den er zurzeit zur Schau trug, sah er fast bedrohlich aus. „Unfassbar, jetzt ersetzt du schon eine Lüge durch eine andere, damit du glaubwürdig wirkst! Wie kannst du über dein Lügenkonstrukt überhaupt noch die Übersicht behalten?"

Hastig wich ich seinem Blick aus. „Ich weiß wirklich nicht, wovon ... oh mein Gott!" Mir klappte die Kinnlade runter und ich schlug Rispo mit der Hand hektisch auf die Schulter. „Da ist er! Da ist Lars!"

Mir wurde zu spät klar, was ich da gerade unüberlegt von mir gegeben hatte. Aber das war jetzt auch egal, denn dort war er! Lars kam aus dem Philosophikum, er ... Moment, nein. Das war nicht das Philosophikum. Er kam aus dem Reisebüro für Studenten – Travelstar –, das Teil des Gebäudes war.

„Also gibst du zu, dass du hier bist, um Lars zu beschatten?", fragte Rispo genervt.

Ich legte den Kopf schief und mein Blick flackerte über sein Gesicht, bevor ich mich wieder hinter seinem Körper versteckte und an seiner Seite vorbeilugte. „Wieso? Bist du etwa auch hier, um Lars zu beschatten?"

Ich hatte automatisch angefangen zu flüstern, während ich Lars anstarrte, der sich eine Zigarette anzündete und einem jungen Mann zunickte, der sich auf ihn zubewegte. Einem sehr verdächtig aussehenden Mann! Zumindest trug er eine Mütze, die tief in sein Gesicht gezogen war.

„Sag mal, benutzt du mich als menschliches Sichtschild?", fragte Rispo, während ich seinen Arm nahm und halb vor mein Gesicht zog.

„Ja und du bist wirklich gut darin! Falls das mit der Polizei nicht klappt, kann ich dich gerne einstellen ... was besprechen die da, sie ..."

„Du meine Güte, Frau Schneider, was für ein Zufall, dass ich Sie hier treffe!"

Ein hübsches Gesicht schob sich vor meines und erschrocken stolperte ich zurück. Ich vergaß nur leider, Rispos Arm loszulassen, sodass ich ihn mit mir riss und er alle Mühe hatte, uns auf den Beinen zu halten.

Sobald ich mein Gleichgewicht wiedererlangt hatte, ließ ich hastig von Rispo ab. „Oh ... Hanna ... Wirklich ein großer Zufall."

Vor mir stand Hanna Neuger, die Freundin des toten Paketboten, ein breites Lächeln auf dem Gesicht, während ihre hellblauen Augen interessiert zwischen mir und Rispo hin- und herwanderten.

Leider stand sie mitten im Sichtfeld zu Lars.

„Interviewen Sie jetzt doch noch die Seite der Polizei für Ihren Artikel?", fragte sie interessiert und ein wenig enttäuscht. „Ich dachte, sie wollten nur aus meiner Sicht schreiben?"

„Artikel?", hörte ich Rispo hölzern fragen.

„Ähm, ja", gab ich wenig eloquent von mir und versuchte über Hannas Schultern hinweg Lars im Blick zu behalten. „Nur Kommissar Rispo. Als zweite Meinung, wissen Sie? Ich will als Reporterin eben sichergehen, dass ich die Fakten korrekt wiedergebe ..." Verdammt, sie war groß, und ihr Kopf wiegte ständig hin und her, immer dorthin, wohin ich gerade gucken wollte!

„Wann erscheint denn der Artikel, Frau Schneider?", fragte sie fröhlich.

„Ja, wann erscheint denn der Artikel, Frau Schneider?", echote Rispo, dessen Augen mich an ein großes schwarzes Loch im Weltall erinnerten, das mich jede Sekunde verschlucken konnte.

„Ähm ..." Das Wort ‚Überforderung' flog mir durch den Kopf.

„Und wie groß wird mein Bild sein?", fragte Hanna weiter. „Komme ich auf die Titelseite?"

„Sie ..." Lars war weg. Er war doch gerade noch dagewesen! Der Typ mit der Mütze war auch verschwunden.

Verdammt! Das konnte doch nicht wahr sein.

Ich zwang mich zu einem Lächeln und fixierte wieder Hanna. „In zwei Wochen. Ich schreibe Ihnen einfach, wenn es so weit ist."

„Oh, das wäre wunderbar! Ich bin jetzt auch verabredet und muss weiter. Viel Erfolg noch bei der Befragung von Herrn Rispo! Er wirkt wie ein kompetenter Polizist und war wirklich sehr freundlich zu mir."

Das hieß leider nicht, dass er auch freundlich zu mir sein würde, und als Hanna verschwand und ich Joshuas Blick begegnete, wünschte ich mir fast, sie wäre geblieben.

„Wie oft habe ich dich gebeten, dich aus dem Fall herauszuhalten, und wie oft hast du meine Worte mittlerweile ignoriert?", fragte er minimal gepresst. Okay. Maximal. Es war maximal gepresst.

„Ich zähle da wirklich nicht mit, Josh." Nicht mehr. Seit meine Finger dazu nicht mehr reichten.

„Du hast dich bei ihr als Reporterin ausgegeben und bist unter Vortäuschung falscher Tatsachen in ihre Wohnung eingedrungen?"

Eingedrungen? Das hörte sich ja kriminell an! „Ich bin nirgendwo eingedrungen. Ich habe geklingelt. Und Emily hat das mit den Reportern erfunden. Ich habe sie einfach nicht im Griff, das ist nicht meine Schuld."

„Lou, ich sehe in deiner Zukunft eine Gefängniszelle", knirschte Rispo und es hörte sich überhaupt nicht an, als würde er Witze machen. Na ja, eine Gefängniszelle war besser als ein Grab, oder?

„Und du wärst eine furchtbare Reporterin!", setzte er hinzu, als ich auf mein Recht zu Schweigen plädierte.

Empört schnappte ich nach Luft. „Ich wäre eine wunderbare Reporterin!"

„Reporter müssen vernünftig recherchieren können, und du bastelst dir deine Hinweise und Informationen so zurecht, wie sie dir gefallen. Wie willst du da als Journalistin deine Integrität wahren?"

Was für Pippi Langstrumpf funktionierte, sollte doch auch gut genug für mich sein, oder?

„Dafür habe ich Feingefühl. Feingefühl trumpft die Fähigkeit, richtig recherchieren zu können."

„Sagt wer?"

„Ich. Gerade eben. Und du hast doch gar keine Ahnung davon, was einen guten Reporter ausmacht."

„Natürlich habe ich die! Meine Mutter war und mein Bruder ist Journalist!"

„Ja, schön. Na und? Das heißt doch nichts! Und ich fasse es nicht, dass du gerade tatsächlich versuchst, mir Vorschriften für meinen fiktiven Job zu machen. Ich kann langsam verstehen, warum das deinen Brüdern auf den Geist geht."

„Meine Güte! Warum reden wir überhaupt darüber? Du bist so objektiv wie ein Diktator gegenüber seiner Politik!"

Ich machte ein paar Schritte zurück und schnalzte mit der Zunge. „Ja, ich glaube, ich gehe jetzt besser. Wenn du anfängst, mich mit Diktatoren zu vergleichen, kann ich dich nicht mehr ernst nehmen!" Außerdem war Lars verschwunden und zweimal hintereinander Glück haben würde ich wohl nicht. Warum musste Rispo mich nur dauernd in meiner Recherchearbeit behindern!? Was hatte Lars wohl im Reisebüro getan? Er war doch gerade erst aus Australien zurück.

„Und hör auf, mir dauernd zu verbieten, mich an bestimmten Orten aufzuhalten", fügte ich hinzu, denn das fing an, mich wirklich aufzuregen. „Ich tue hier nichts Illegales und du bist verdammt nochmal nicht mein Boss!"

„Lou." Josh sah auf einmal so ernst aus, dass ich augenblicklich ernüchtert wurde. „Das muss aufhören. Ich will dich wirklich nicht bevormunden, das tue ich schon genug mit anderen Leuten in meinem Leben, aber ... irgendwann hast du mal kein Glück, Lou. Irgendwann gräbst du dir dein Loch zu tief. Und was machst du dann? Wenn dich das nächste Mal niemand mit einem Messer, sondern mit einer Pistole bedroht?"

Ich sah ihn unentwegt an und berührte seine Fingerspitzen sacht mit meinen. „Ich beobachte doch nur, Josh. Ich starte keine wilden Verfolgungsjagden."

„Ja", sagte er ruhig, sein Kiefer hart. „Aber wenn du gut genug Autofahren könntest, würdest du es wahrscheinlich tun."

Und dann drehte er sich um und ging.

Um fünf hatte ich meinen Termin mit einem Brautpaar außerhalb der Stadt. Ich war erschöpft, mein Kopf rauchte, weil ich fieberhaft überlegte, was für ein Motiv Lars gehabt haben könnte, Manuel umzubringen, und mein Herz schmerzte ein wenig. Es fühlte sich einerseits schuldig, weil Rispo sich ernsthaft zu sorgen schien, andererseits ernüchtert, weil wir auf der Stelle traten und es nicht so aussah, als würden wir uns in naher Zukunft weiterentwickeln. Mir war klar, dass ich mich des Öfteren etwas zu enthusiastisch in fremde Angelegenheiten stürzte und es Rispo nicht gerade einfach machte, aber ... er war zu versteift in seiner Vorgehensart. Zu ernst.

Mein Herz war davon überzeugt, dass ich genau die richtige Person war, um seinen Horizont ein wenig zu erweitern. Andererseits fand mein Herz auch, dass Schokolade Mehl als Grundnahrungsmittel effizient ersetzte. Es war in letzter Zeit nicht sehr verlässlich.

Um halb sieben verabschiedete ich mich von der Braut, die nach einer Stunde Diskussion doch wieder bei dem Blumenthema angekommen war, das sie sich zu Anfang überlegt hatte.

Es war stockdunkel draußen und dennoch nahm ich mir die Zeit, durch einen Haufen Sperrmüll zu wühlen, den ich die Straße hinunter entdeckte.

Man sollte meinen, dass einem der Spaß, Sperrmüll zu durchwühlen, verginge, wenn man dort schon einmal einen abgetrennten Finger gefunden hatte. Bei mir stimmte das jedoch nicht. Ich kannte leider auch keine anderen Frauen, die Finger im Sperrmüll gefunden hatten, konnte also nicht mit Sicherheit sagen, ob ich die Ausnahme von der Regel war.

Tatsächlich fand ich einen Sessel und ein kleineres Regal, das Emily gefallen könnte.

Als ich endlich wieder im Auto saß, roch ich also nicht mehr nur nach Müll, sondern auch noch nach dem Schweiß von der vielen Schlepperei.

Seufzend fuhr ich eine verlassene Landstraße entlang, als mein Kopf wieder zu der Frage abschweifte, was Manuel Schnitzker transportiert haben konnte.

Drogen, war das Erste, was mir in den Kopf kam. Gold das Zweite. Drogen aus Gold das Dritte.

Ich seufzte. Ich sollte wirklich ins Bett gehen – meine Gehirnfunktion ließ eindeutig nach. Der Tag war mir wie Zeitverschwendung vorgekommen. Weder der Müll noch Lars' erfolglose Beschattung hatten mir viel genutzt. Ich hatte, außer einem stetig stärker werdenden Bauchgefühl, immer noch keine Beweise für Lars' Schuld.

In der Ferne konnte ich bereits die Lichter Kölns sehen, während sich zu meinen Seiten weite, von Bäumen gesäumte Felder erstreckten.

Scheinwerferlichter wurden von meinem Rückspiegel reflektiert, den ich erst vor ein paar Wochen neu hatte anbringen lassen, und kamen näher.

Was für ein Vollidiot saß denn da hinterm Steuer? Er fuhr mindestens hundert und hier waren trotz Landstraße nur siebzig erlaubt.

Er kam näher und ich verdrehte die Augen. Ich hasste Drängler. „Dann überhol mich doch, du Blödmann!", rief ich und fuhr absichtlich etwas langsamer.

Ich konnte den Wagen hinter mir nicht ganz erkennen, er war schwarz, doch anstatt langsamer zu werden, schien er noch einmal zu beschleunigen.

„Vollidiot", murmelte ich und wartete darauf, dass er ausscherte, um mich zu überholen.

Doch das tat er nicht.

Meine Augen weiteten sich vor Schreck und im nächsten Moment wurde ich auch schon in meinem Sitz nach vorne geschleudert, als das Auto von hinten gegen meine Stoßstange krachte.

Was zum Teufel …?

Der Gurt schnitt schmerzhaft in meine Schulter und die Luft wurde aus meinen Lungen gepresst. Schweiß sammelte sich auf meiner Stirn, während ich panisch das Gas durchdrückte. Das Auto hinter mir setzte zu einem weiteren Stoß an, und mein Passat war leider alles andere als ein Rennauto. Er war eher ein Schleichauto.

Wieder krachte der hintere Wagen gegen meinen. Ich konnte meine Knochen protestierend knacken hören, als mein Oberkörper erneut nach vorne gedrückt und mein Handgelenk für einen kurzen Moment zusammengestaucht wurde. Ein heißes Ziehen fuhr in meine Schulter und keuchend umklammerte ich das Lenkrad, als das Auto endlich zum Überholen ansetzte – und mich im nächsten Moment von der Seite rammte.

Ich schrie, als meine Reifen von der Fahrbahn abkamen, und drückte heftig die Bremse durch. Der Passat stolperte das leichte Gefälle hinunter und kam schließlich mit den Vorderrädern in einem matschigen Feld zum Stehen.

Mein Herz klopfte mir bis zum Hals, und als ich endlich dazu in der Lage war, mich zu bewegen, konnte man nur noch die entfernten Rücklichter des Wagens erkennen, zwei rote Punkte in der Nacht.

Ich zitterte am ganzen Körper und meine Hände hatten sich so um das Lenkrad verkrampft, dass die Knöchel weiß hervortraten.

Meine Atmung ging stoßweise und meine Lungenflügel debattierten noch, ob sie hyperventilieren oder kollabieren sollten.

Das eben konnte nicht wirklich passiert sein. So etwas passierte nur in Actionfilmen, nicht aber im richtigen Leben. Schon gar nicht in meinem Leben.

Ich schloss die Augen. Versuchte mich zu beruhigen. Atmete ein. Und aus. Ein. Und aus. Bis die Fensterscheiben ganz beschlagen waren.

Es war nichts passiert. Alles war gut. Mein Herz schlug noch, ich war nicht verletzt.

Warum brannten mir dann panische Tränen in den Augen?

Scheiße.

Ich schluckte, versuchte mir vorzustellen, dass mein Sitz mir von hinten eine beruhigende Umarmung gab, und schaltete den abgesoffenen Motor wieder an. Ich legte den Rückwärtsgang ein und drückte aufs Gas.

Der Wagen bewegte sich nicht.

Ich stieg fester aufs Gas. Der Motor gab ein höhnisches Heulen von sich, doch der Passat blieb, wo er war.

Ich steckte im Matsch fest.

War vielleicht besser so. In meinem Zustand sollte man vermutlich nicht fahren.

Ich schaltete den Motor wieder aus und wedelte mit den Händen vor meinem Gesicht hin und her. Vielleicht half das ja, die tanzenden weißen Punkte zu vertreiben, die sich immer wieder in mein Sichtfeld schoben.

Schließlich setzte ich mich auf, betätigte die Zentralverriegelung und zog meine Handtasche vom Beifahrersitz zu mir herüber.

Hier herumzusitzen half mir auch nicht weiter. Meine Hände zitterten immer noch, als ich das Handy aus der Tasche hervorzog und nach der richtigen Nummer suchte. Es war schon seltsam, dass ich in Paniksituationen wie automatisch immer dieselbe Person anrief ... sie würde begeistert sein. Vor allem nach unserem Gespräch, das keine drei Stunden zurücklag.

„Louisa?"

„Josh", stieß ich aus, meine Stimme kaum ein Flüstern. „Reg dich jetzt bitte nicht auf ... aber ich glaube, jemand hat gerade versucht mich umzubringen."

Natürlich regte Josh sich doch auf. Auch wenn sein Gesicht eine Viertelstunde später, als er mit einem Streifenwagen im Schlepptau am Unfallort ankam, blank war, so erkannte ich doch die typischen Anzeichen einer möglichen bevorstehenden Eskalation. Pochende Ader an seinem Hals, Hände zu Fäusten geballt ... ach ja, und der Satz: „Verdammte Scheiße, Lou, was hast du denn jetzt schon wieder angestellt?", dicht gefolgt von einem „Geht es dir gut?" und „Hast du dich verletzt?".

Ich war aus meinem Auto ausgestiegen, als ich das Blaulicht gesehen hatte, und lehnte mit dem Rücken an meinem eingedellten Heck. Ganz einfach deswegen, weil ich fürchtete, dass meine Knie sonst nachgaben. Ich hatte immer geglaubt, der Passat sei unzerstörbar. Dass es einem anderen Auto jetzt doch gelungen war, ihm eine Delle zu verpassen, brachte mich irgendwie total aus dem Gleichgewicht.

Vielleicht war es aber auch die ganze Möglicherweise-wollte-mich-gerade-jemand-umbringen-Sache, die mich verstörte.

„Was ist passiert, Louisa?", fragte Rispo, nachdem er sich meinen Wagen genauer angesehen hatte.

„Ich habe nichts getan", sagte ich versucht ruhig. „Er ist mir draufgefahren. Absichtlich. Und dann hat er mich gerammt und dann ... dann steckte mein Auto im Feld fest."

Rispo sah zuerst meinen Wagen, dann mich an. Schließlich seufzte er. „Und ich glaube dir, obwohl ich deine Fahrkünste kenne."

Ich lachte trocken auf und wich seinem Blick aus.

Die Streifenpolizisten machten Fotos von den Reifenspuren auf der Straße, während Rispo mich weiter aufmerksam betrachtete.

„Du zitterst", sagte er.

„Ich weiß."

„Ist dir kalt?"

„Nein."

Er hielt inne. „Verdammt."

Ich nickte mit zugeschnürter Kehle und versuchte gegen das Zittern anzukämpfen. „Ja, verdammt", wiederholte ich, als Josh mich auch schon in den Arm nahm.

Gott, ich hasste mich dafür, dass es schon das zweite Mal in dieser Woche war, dass er mich vor einem Zusammenbruch retten musste.

„Hast du etwas erkannt? Ein Gesicht? Ein Nummernschild? Eine Automarke?", fragte er leise, während ich mir nicht anders zu helfen wusste, als mein Gesicht an seiner Brust zu verstecken. Ich hatte das Gefühl, dass ich aus irgendeinem Grund nur hier sicher war. Er war warm und seine Hand strich sacht über meinen Hinterkopf und er roch nach Josh. Mehr brauchte ich nicht, um mich zu beruhigen.

„Nein. Nichts", flüsterte ich. „Es war dunkel und er hat mich geblendet."

„Er? Bist du sicher, dass es ein Mann war?"

„Nein." Ich war mir bei gar nichts sicher. Ich war mir nicht einmal sicher, ob ich nicht in den nächsten zwanzig Sekunden hochschrecken und herausfinden würde, dass alles nur ein schlimmer Albtraum gewesen war. „Es ist nur ein Gefühl."

„Ein Gefühl?"

Ich nickte und zog meine Nase hoch. „Ein Gefühl."

Ich spürte wie Rispo ein Seufzen unterdrückte. Vielleicht, um meine Gefühle nicht zu verletzten. „Alles klar. Ein Gefühl. Hast du eine Ahnung, wer etwas gegen dich haben könnte?"

Bis auf die Besitzer einiger Altenheime fiel mir niemand ein. „Nein."

„Was ist mit den Leuten, die du illegal zu dem Fall befragt hast? Bist du heute irgendwem auf die Zehen getreten?"

„Es ist nicht illegal, sich mit Menschen zu unterhalten", sagte ich sachlich. „Und nein. Niemandem."

Rispo schien mir nicht zu glauben. „Was ist mit der Uni? Mit wem hast du dort geredet, bevor ich gekommen bin?"

„Mit niemandem!", sagte ich lauter als zuvor. „Du bist mir in die Quere gekommen, bevor ich irgendwen nerven konnte."

Rispo kratzte sich hart und geräuschvoll mit einem Zeigefinger am Kinn und nickte dann knapp. „Schön."

Immer wenn er ‚schön' sagte, hörte es sich nicht schön an. Aber dagegen konnte ich jetzt auch nichts machen.

Er zog mich von meinem Wagen weg und schob mich sanft zurück auf die asphaltierte Straße, damit die Polizei in Ruhe meinen Wagen fotografieren konnte.

„Ich rufe jemanden an", murmelte Rispo, sein Arm immer noch fest um meine Schultern gezogen. „Der kann das Auto aus dem Graben ziehen und dann zu mir bringen, damit du es morgen früh wieder benutzen kannst."

Ich blinzelte. „Zu dir?"

„Ja." Er sah mich fragend an. Seine Augen waren hellbraun und warm. „Du hast doch nicht gedacht, dass ich dich hiernach alleine bei dir schlafen lasse."

„Äh ..." Doch. Genau das hatte ich gedacht.

„Du schläfst heute bei mir", sagte er ruhig.

„Ich ... nein."

„Doch. Tust du."

„Okay."

Ich war zu schwach, um zu diskutieren, und wenn ich ehrlich war, konnte ich mir Schlimmeres vorstellen, als die Nacht bei Rispo zu verbringen. Hoffentlich in seinem Bett.

Rispo setzte mich in sein Auto und unterhielt sich dann noch einmal mit den Streifenpolizisten.

Ich kuschelte mich in den Sitz, schloss für ein paar Momente die Augen und konzentrierte mich nur auf meinen Atem. Ich war für diese Art von Stress nicht gemacht. Wenn es darum ging, am Leben zu bleiben, war ich überraschend sensibel. Es war offensichtlich, dass irgendjemand der Ansicht war, ich mische mich zu sehr in den Mordfall ein. Dabei verstand ich nicht, warum diese Person derart drastische Maßnahmen ergriffen hatte, um mich von dem Fall abzuschrecken. Ich hatte Rispo die Wahrheit gesagt: Ich war wirklich nicht weitergekommen und niemandem auf die Füße getreten. Ich hatte im Müll gewühlt, aber Beweise gefunden hatte ich keine. Klar, ich verdächtigte Lars, aber das konnte er doch nicht wissen, oder?

Oder hatte er mich heute vielleicht gesehen, als er aus dem Reisebüro gekommen war? Hatte er mich erkannt, war nervös geworden und hatte versucht, mich aus dem Weg zu schaffen?

Was wusste ich eigentlich?

Manuel Schnitzker hatte mehr Geld zur Verfügung gehabt, als ein Paketbote haben sollte. Er hatte seine Freundin finanziell unterstützt und er hatte einen Kollegen bestochen, um seine Route ändern zu können. Die Einzigen, die Pakete im Zooladen annahmen, waren Lars und Kai. Schnitzkers Schuhe und Socken waren verschwunden. Möglicherweise mit Geld oder etwas anderem Wertvollen darin.

Rispo öffnete die Autotür und glitt hinters Steuer. Er starrte in die Nacht und schien mit den Gedanken woanders zu sein. Da war wieder der grimmige Zug um seinen Mund, den ich bereits vom Paketboten-Mord kannte.

Schließlich schüttelte er den Kopf, schnallte sich an und startete den Wagen. „Wir reden später darüber, was du mir verschweigst. Ich habe da gerade keinen Nerv zu." Nach einiger Zeit setzte er hinzu: „Ich bin froh, dass es dir gut geht."

Ich schwieg und sah auf meine Hände. Ich musste ihm von den Anrufen erzählen. Langsam wurde das Ganze zu ernst. Nichtsdestotrotz war ich erleichtert, dass ich dieses Gespräch noch etwas aufschieben konnte.

Rispo wendete und wir fuhren in Richtung Stadt.

„Ich glaube, es ist Lars", sagte ich schließlich leise, als wir den Rand Kölns erreicht hatten und der Verkehr sich verdichtete. „Du weißt schon. Der Mitarbeiter von Kai."

Rispo schwieg.

„Wieso sagst du nichts?"

Rispo schwieg weiter, während wir den Barbarossaplatz passierten und weiter nach Sülz fuhren. Mir fiel auf, dass ich keine Ahnung hatte, wo Josh wohnte.

„Josh? Wieso sagst du nicht, dass ich spinne?", fragte ich mit Nachdruck.

Er seufzte. „Weil ich nicht glaube, dass du spinnst. Er und Kai waren die einzigen, die für die Paketannahme autorisiert waren. Außerdem gibt es noch ein paar andere Dinge – über die ich nicht mit dir reden kann. Das Problem ist, dass es keine Verbindung zwischen den beiden gibt. Lars studiert Geografie und ist eigentlich nur in Teilzeit bei der Zoohandlung angestellt. Natürlich könnte er Schnitzker von irgendwoher kennen, nur ... uns fehlt die Verbindung. Und ein Motiv. Alle Mitarbeiter haben eine weiße Weste. Lars mit eingeschlossen. Keine Straftat. Nichts. Es ist, als hätte jemand aus einer Laune heraus zugestochen."

„Ich glaube, er hat was in seinen Socken versteckt."

Rispo warf mir einen prüfenden Blick zu und konzentrierte sich dann wieder auf die Straße.

„Oh mein Gott, du denkst das auch!", sagte ich fassungslos, dann musste ich lachen. „Ich bin so gut."

Das brachte ihm zum Lächeln. „Es ändert nichts. Wir haben die Socken nicht gefunden. Die Schuhe auch nicht. Kai steht immer noch an oberster Stelle der Verdächtigen und die Staatsanwaltschaft wird ab nächster Woche die Anklage vorbereiten."

„Du meinst, wenn wir keine Beweise finden, die auf jemand anderen hindeuten."

Rispos Kiefer knackte laut. „Hör auf, Lou!" Seine Stimme war kalt. „Jemand hat dich gerade von der Straße abgedrängt und du redest immer noch davon, Beweise zu finden? Du hast nichts mit dem Fall zu tun. Und bist verdammt noch mal lebensmüde, die Sache nicht endlich fallen zu lassen!"

Diesmal war ich es, die schwieg.

Kapitel 13

Rispo wohnte in einem modernen verglasten Gebäudekomplex, am äußeren Rand von Köln-Sülz. Ich war überrascht von der Gegend, in der er lebte. Mehrere Einfamilienhäuser mit großen Gärten waren am Ende der Straße zu erkennen und es war sehr ruhig – abgelegen von viel befahrenen Straßen. Irgendwie hatte ich gedacht, dass Rispo gerne mitten im Trubel wohnte, doch es schien fast so, als würde er zuhause gerne in Ruhe gelassen werden. Verständlich, wenn ich an seine Arbeit und seine Brüder dachte.

Er schloss die Haustür auf und wir gingen in den zweiten Stock, in dem seine Wohnung lag.

Bevor ich mir überlegen konnte, was mich wohl erwarten würde, schob er mich auch schon in seinen Flur. Das heißt, eigentlich gab es keinen richtigen Flur.

Rispo wohnte in einem Loft, mit einer breiten Fensterfront mit Blick auf ein nahegelegenes Waldstück. Auf der einen Seite befand sich eine große Einbauküche mit marmornen Küchenplatten, auf der anderen Seite des riesigen Raumes konnte ich zwei Türen sehen. Die eine führte vermutlich zu einem Schlafzimmer, zumindest sah ich hier kein Bett, und die andere unweigerlich zu einem Badezimmer.

Ich hängte meinen Mantel an die Garderobe und ließ den Blick erneut schweifen. Es war so deutlich, dass dies die Wohnung eines Mannes war, dass ich beinahe gelacht hätte. Weiter in den Raum hineintretend betrachtete ich den schwarzen Couchtisch aus Glas, das testosteronüberladene Ledersofa, den hellen Parkettboden …

„Nett", sagte ich langsam. „Nur … wie wäre es mit einem schönen Teppich?" Oder einer neuen Einrichtung?

Es war nicht so, dass Rispos Wohnung nicht stilvoll eingerichtet war. Sie war makellos. Schwarze und weiße Möbel, gerade Linien, saubere Ablageflächen. Nur sah die Wohnung eher nach einem Dekontaminationsraum als nach einem Zuhause aus.

Er hatte keine Pflanzen. Das war, was mich wohl am meisten störte. Ich würde ihm eine kaufen müssen. Einen Kaktus – etwas, das seine Persönlichkeit widerspiegelte.

Oder eine Lilie.

Aber nein. Wenn ich ihm eine Pflanze kaufte, würde das implizieren, dass ich seine Freundin war. Was nicht der Fall war.

„Du solltest dir eine Pflanze kaufen", sagte ich schließlich, denn das lag noch in der sicheren Zone. „Ich könnte dir helfen, eine auszusuchen. Es gibt welche, die sollen beruhigend wirken. So eine bräuchtest du. Veilchen und Fenchel. Weißkraut soll gegen Alltagsstresserscheinungen helfen, aber das ist natürlich nicht wissenschaftlich bewiesen …"

„Gibt es auch eine Pflanze, die andere zum Schweigen bringt?"

Ich zuckte die Schultern. „Marihuana?"

Josh lachte leise, ging um mich herum und griff in seinen Kühlschrank. Er stellte zwei Bierflaschen auf den Tresen und öffnete sie. Er fragte nicht, ob ich eine haben wollte, sondern drückte sie mir einfach in die Hand.

Mit Alkohol konnte er nach dem heutigen Tag nur richtig liegen.

Ich hielt die Flasche kurz an meine heiße Wange und nahm dann einen Schluck.

„Danke", murmelte ich. Josh wusste hoffentlich, dass ich nicht nur von dem Bier sprach.

Er nickte und ließ sich auf seine breite Ledercouch sinken, die mitten im Raum und auf die Fensterfront ausgerichtet stand.

Ich plumpste neben ihn. „Du hast keinen Fernseher", stellte ich fest.

„Doch, habe ich." Er nickte zur Decke. „Ich kann ihn ausfahren."

Natürlich konnte er das.

Ich fragte mich, wie die Wohnung ausgesehen hatte, als er noch verlobt gewesen war. Aber eigentlich war seine Ex-Verlobte das Letzte, woran ich denken wollte.

„Darf ich dich etwas fragen?", fragte er nach einer Weile, in der wir stumm in die Nacht hinausgesehen hatten.

„Klar."

„Warum hast du das Gefühl, du müsstest allen helfen?"

Die Aussicht hatte etwas Beruhigendes. Mir war nicht bewusst gewesen, dass es in Köln einen Ort gab, an dem man so die Sterne bewundern konnte.

„Louisa?"

„Habe ich nicht."

Die Couch knarzte als Josh sich zu mir umwandte. „Doch, hast du. Trudi, deiner Schwester, mir ..."

Überrascht wandte ich den Kopf. „Meiner Schwester?"

„Sie hat dir praktisch Geld gestohlen und du fandest es okay."

„Fand ich nicht", empörte ich mich sofort. „Und woher weißt du das?"

Er hob eine Schulter. „Sie hat es Finn erzählt und mein Bruder ist eine Tratschtante. Er sagte, du lässt sie das Geld abarbeiten, während sie immer mal wieder, ohne dich zu fragen, noch mehr davon nimmt und ausgibt."

Ich richtete den Blick wieder auf die Fensterfront. So wie er es ausdrückte, klang es, als wäre ich naiv und dumm.

„Sie weiß nur noch nicht, was sie vom Leben will", murmelte ich und nahm noch einen Schluck von meinem Bier. „Jeder würde ihr aushelfen."

Rispo lachte trocken. „Nein! Wenn mein Bruder mir Geld stehlen würde, säße er sofort in einer Zelle."

Ich verdrehte die Augen. „Säße er nicht."

„Du hast recht. Ich würde ihn in meinem eigenen Keller einsperren."

„Das würde dir dein Geld auch nicht zurück bringen."

„Nein, aber das würde dem Nichtsnutz vielleicht mal seinen Kopf geraderücken."

Ich schmunzelte und pulte an dem Etikett der Flasche. Finn hatte bereits mehrmals das Innere einer Gewahrsamszelle gesehen, meist wegen irgendwelcher Schlägereien. Ich wusste, dass Rispos Worte leere Drohungen waren, denn er war es, der ihn immer wieder dort abholte.

„Also ... woher der Drang zu helfen?"

Seufzend zog ich meine Beine auf die Couch. Warum ließ er nicht einfach von dem Thema ab? Ich sprach sehr gerne über mich – so wie jeder andere Mensch auch – aber nicht, wenn es um meine Persönlichkeitsfehler ging. Konnten wir nicht über meine unglaubliche Begabung, Weintrauben mit dem Mund zu fangen, reden?

„Ich weiß es nicht, okay?", sagte ich gereizter als gewollt. „Ich war schon immer gut im Helfen. Schon in der Schule. So bin ich einfach."

„In der Schule? Wem hast du in der Schule geholfen?"

Wem hatte ich nicht geholfen?

„Ich war ein kleiner Latein-Nerd." Na gut. Ein großer Latein-Nerd. „Und na ja ... Mädchen, die lateinische Blumennamen aufsagen, sind nicht die Beliebtesten, musst du wissen. Deswegen habe ich eben angefangen, Leuten zu helfen. Wenn man Leuten hilft, mögen sie einen plötzlich. Oder haben wenigstens den Anstand, so zu tun. Und ich war gut darin, anderen Dinge zu erklären oder ihnen Antworten bei Klausuren vorzusagen, also ... warum nicht?"

„Du warst unbeliebt in der Schule?" Rispos Ungläubigkeit schmeichelte mir irgendwie.

Ich starrte auf den Flaschenhals. „Nicht unbeliebt. Nicht wirklich zumindest. Nur unscheinbar. Sagen wir einfach, dass mich sehr viele Menschen ignoriert haben. Ich hatte meine Freunde, aber ... mein Spitzname in der neunten Klasse war trotzdem Lou Loser."

Rispo sagte nichts und als ich zu ihm aufblickte, konnte ich den Mistkerl grinsen sehen.

„Lou Loser?"

Wütend trat ich ihm gegen die Seite. „Das ist nicht lustig! Der Name hat mich verfolgt."

Er lächelte immer noch, und das war Anlass genug, ihm noch eine zu verpassen. Rispo fing meinen Fuß ab und mit einem Quietschen kippte ich zur Seite gegen die Armlehne.

„Sorry. Ich wollte mich nicht lustig machen, wirklich", sagte er entschuldigend und fuhr mit seinem Daumen über meinen Fußballen. „Es ist nur ... ich kann mir nicht vorstellen, wie dieser Name je gepasst haben soll."

Ich entzog ihm meinen Knöchel und verschränkte die Arme vor der Brust. Seine Erklärung war süß, aber ich wusste ja bereits, dass Josh nett sein konnte, wenn er wollte.

„Welcher Name hätte denn deiner Meinung nach besser gepasst?"

Rispo lächelte verschmitzt und es lief mir heiß und kalt den Rücken hinunter. „Ich hätte mir Lou das Luder gewünscht."

Ich versuchte ernst zu bleiben, gab jedoch nach zwei Sekunden auf und lachte laut auf. „Das kann ich mir vorstellen, dass dir das gefallen hätte."

Aber ich war alles andere als ein Luder gewesen. Ich hatte meine Jungfräulichkeit sehr lange behalten. Stolze vier Jahre länger als Emily. Na gut, sie war fünfzehn gewesen, also war ich mit neunzehn wohl noch im Rahmen.

„Also hast du damals angefangen, jedem zu helfen, und nie wieder damit aufgehört?", griff Josh das eigentliche Thema erneut auf, während er seine leere Bierflasche auf den schwarzen Kaffeetisch vor uns setzte.

Seufzend ließ ich meinen Kopf auf die Rückenlehne fallen. „Ich helfe eben gerne. Was ist so schlimm daran?"

„Vielleicht, dass es dich beinahe umgebracht hat?"

Ich schloss die Augen. „Ich glaube nicht wirklich, dass derjenige, der heute Abend am Steuer des anderen Wagens saß, versucht hat, mich umzubringen. Ich glaube, die Person wollte mich nur warnen."

Was ihr gelungen war. Sehr erfolgreich.

Ich sog wieder an meiner Flasche Bier. Natürliches Beruhigungsmittel.

„Warnen?" Rispo klang nicht überzeugt. „Aber warum dann gleich so drastisch vorgehen? Warum nicht erst einmal, sagen wir, mit Telefonterror Angst machen?"

Meine Ohren liefen pink an und ich verschluckte mich. Hustend beugte ich mich vornüber und schnappte nach Luft. Als ich wieder aus der Versenkung auftauchte, hatte Rispo einen gequälten Gesichtsausdruck aufgesetzt. „Kommen wir jetzt zu dem Teil, den du mir verschwiegen hast?"

Mein Kopf stand in Flammen. „Das müssen wir nicht, finde ich. Wir können auch noch eine Nacht drüber schlafen."

Oder zwei. Vielleicht sollten wir warten, bis der Mörder geschnappt war, das erschien mir die beste Lösung.

„Dir ist doch bewusst, dass mein Geduldsfaden außergewöhnlich kurz ist, oder?", sagte Rispo im gespielt gelassenen Plauderton.

„Ja, nur … wir verstehen uns doch gerade so gut. Ich möchte das nicht wieder kaputt machen."

„Daran hättest du denken sollen, bevor du mich offensichtlich angelogen hast!"

Er klang von jetzt auf gleich plötzlich so wütend, dass ich mich weiter auf die andere Seite der Couch zurückzog. Ich hatte die vage Vermutung, dass Josh nicht gut auf Lügen zu sprechen war. Ich konnte nur annehmen, dass das etwas mit der bereits erwähnten Verlobten zu tun hatte, die ihn von vorne bis hinten betrogen hatte. Mit ihr wollte ich wirklich nicht auf eine Stufe gestellt werden.

Ich öffnete den Mund, um ihm zu widersprechen, schloss ihn dann jedoch wieder.

Mist.

Er hatte recht. Ich hatte ihn angelogen.

„Ich … also …" Egal welches Szenario ich durchging, es endete mit einem sehr wütenden Josh und einem sehr unzufriedenen Ich. „Also, ich …"

„Spuck's aus, bevor du dran erstickst!"

Ich räusperte mich und sah auf meine Finger, die immer noch an dem Etikett des Biers herumpulten.

„Es könnte sein, dass es bereits eine andere Warnung gegeben hat", murmelte ich schließlich.

„Könnte sein?"

„Schön. Es gab Warnungen."

„Was für Warnungen? Und wieso höre ich davon zum ersten Mal?" Seine Stimme war ein Dezibel davor, als Schrei gewertet zu werden.

„Ich wollte dich nicht beunruhigen." Und dich nicht dazu bringen, mir noch einmal deinen Bruder auf den Hals zu hetzen. „Es waren nur ein paar Anrufe. Nachts. Anrufe, bei denen niemand dran war. Jemand, der in mein Ohr geatmet hat. Jemand der ... meinte, dass neugierige Menschen zuerst sterben." Ich drängte die letzten Worte ganz eng aneinander. „Sowas in der Art. Keine große Sache, oder?"

„Du hast eine Morddrohung bekommen?"

„Es war keine direkte Drohung, vielmehr eine Tatsache, die unangenehm ausgedrückt wurde ..."

„Gott, Lou!" Josh schlug sich mit der Faust gegen die Stirn. „Warum hast du nichts gesagt? Mit Morddrohungen ist nicht zu spaßen!"

„Die Drohung gab es ja auch nur ein einziges Mal. Sonst hat der Anrufer nur in mein Ohr geatmet ..."

„Sprichst du hier von der unbekannten Nummer, von der du mir weismachen wolltest, es wäre dein Stalker-Ex-Freund?", knurrte er.

„Öhm ..." Mist, jetzt war das Etikett ab und meine Hände hatten nichts mehr zu tun. „Vielleicht."

„Vielleicht?" Jetzt brüllte er doch wieder.

„Ja, das war sie", sagte ich und stellte die Bierflasche ab. Außerhalb seiner Reichweite, damit er nicht auf die Idee kam, sie als Schlagstock zu benutzen.

„Meine Güte, Lou. Wie lange kommen die Anrufe schon?"

„Nicht lange", verteidigte ich mich sofort. „Seit ... Donnerstag, glaube ich."

„Donnerstag?!"

„Du brauchst nicht alles, was ich sage, mit einer ungläubigen Stimme zu wiederholen!"

„Du bekommst seit Donnerstag Drohanrufe und hast nicht daran gedacht, irgendwem etwas davon zu erzählen? Obwohl du die Polizei praktisch jeden Tag siehst?"

Rispo schien es einige Anstrengung zu kosten, seine Stimmlautstärke zurückzuschrauben. Er müsste mal lernen, das Wort ‚Beherrschung' zu buchstabieren.

Ich entschloss mich dazu, ihn noch immer nicht anzusehen. „Na ja, Drohanrufe sind vielleicht etwas hart. Wie ich schon sagte: Mir hat nie jemand wirklich gedroht. Also, bis auf diesen einen Satz. Aber sonst war es eher eine unterschwellige Warnung ..."

„Die du natürlich vollkommen ignoriert hast."

„Der Anrufer hat in mein Ohr geatmet, und keinen Pferdekopf unter mein Kissen gelegt."

Und dennoch hatte er mir so viel Angst eingejagt, dass ich jede Nacht mein Handy ausgemacht hatte.

„Der Anrufer könnte der Mörder sein. Menschen, die morden, haben eine sehr niedrige Toleranzgrenze, Louisa!"

„... ein bisschen so wie Polizisten, oder?"

„Gott." Rispo stand auf, die Hände in den Haaren, und in der nächsten Sekunde war er hinter einer der Türen verschwunden. Etwas verwirrt starrte ich ihm hinterher. Hatte er den Raum verlassen, aus Angst, dass er möglicherweise auch zu einem Mörder werden könnte?

Eine Minute später tauchte er wieder auf, Bettzeug unter seinem Arm, das er neben mir auf die Couch warf.

„Äh ... möchtest du mich jetzt mit einem Kissen ersticken?", fragte ich verwundert.

„Oh, ich möchte, aber dann würde ich wahrscheinlich meinen Job verlieren. Das sind mir die paar Minuten der Genugtuung nicht wert. Ist auch egal. Du schläfst auf der Couch."

„Ich ... was?"

„Du hast mich schon gehört."

Hatte ich, doch es gefiel mir nicht. Die Couch war zum Sitzen gemütlich, aber zum Schlafen? Außerdem war das Leder echt kalt und ungemütlich. Ich hätte lieber einen heißen Rispo neben mir. Einen heißen, nicht ganz so wütenden Rispo.

Wie schafften wir es nur immer wieder, uns innerhalb kürzester Zeit so in Rage zu reden, dass wir nur noch schreiend miteinander kommunizieren konnten?

„Warum kann ich nicht im Bett schlafen? Mit dir zusammen?"

„Weil ich mein Bett nicht mit Lügnern teile", sagte er und verschwand in seinem Zimmer.

Ich konnte nicht schlafen.

Rispo hatte mir nur eines seiner T-Shirts zum Schlafen gegeben und das Laken verrutschte andauernd auf der Couch, sodass meine Haut an dem Leder kleben blieb.

Außerdem roch das Shirt nach ihm. Das war gemein, weil es mir die ganze Zeit vorhielt, was ich hätte haben können.

Ach ja, und ich hatte ein wirklich schlechtes Gewissen.

Ich hatte gelogen und Rispo hatte das Recht, wütend auf mich zu sein. Das war ein komplett neues Gefühl für mich, denn normalerweise, zumindest in meiner Welt, hatte nur ich das Recht, wütend zu sein.

Ich wälzte mich von der einen auf die andere Seite, betrachtete den Halbmond, der über dem Waldstück hing, und mit jeder Sekunde, die verstrich, bekam ich mehr und mehr den Drang, mich bei ihm zu entschuldigen.

Und das nicht nur, weil ich wirklich nicht die restliche Nacht auf dieser Couch verbringen wollte.

Mein Handy hatte ich wieder ausgeschaltet – ich wollte nichts riskieren: weder einen Drohanruf, noch einen Anruf meiner Mutter – und so musste ich mich an der Uhr des Backofens orientieren. Es war ein Uhr achtunddreißig, als ich mich aufsetzte und die Tür anstarrte, die zu Rispos Schlafzimmer führte.

Mir war kalt, es war ungemütlich und mein Herz war zu schwer, als dass ich hätte schlafen können. Und der Mann hinter dieser Tür war die Lösung für all diese Probleme.

Ich schwang die Beine von der Couch, zog zischend Luft ein, als meine nackten Füße den kalten Parkettboden berührten, und stand auf. Rispos T-Shirt reichte mir bis zur Mitte der Oberschenkel und wahrscheinlich sollte ich ihm dankbar sein, dass er überhaupt an so etwas wie einen Schlafanzug gedacht hatte, als er mir das Bettzeug vor die Füße geschmissen hatte. Ich hätte darauf bestehen sollen, dass wir zuerst bei mir vorbeifuhren, aber ich war so schockiert gewesen und hatte einfach nicht daran gedacht. Wenigstens war ich so geistesgegenwärtig gewesen, meine Nachbarin darum zu bitten, Twinky zu füttern.

Ich lief durch den Raum und blieb schließlich vor seiner Tür stehen.

Nicht einmal angelehnt hatte er sie. Wollte er mir unterschwellig sagen, ich solle ihn in Ruhe lassen?

Ich drückte die Klinke. Wenn er mich von seinem Zimmer fernhalten wollte, hätte er schon ein großes Schild aufhängen müssen.

Die Tür knarrte und auf Zehenspitzen tapste ich in den Raum.

Er sah etwas karg aus, so wie der Rest der Wohnung, und bestand eigentlich nur aus einem großen Schrank aus dunklem Holz und einem breiten Polsterbett aus schwarzem Leder. Ich erkannte ein gewisses Muster.

Auf Rispos Nachttisch lag ein Buch, irgendein Thriller, und daneben stand ein Bilderrahmen. Vorsichtig schlich ich in den Raum hinein und sah mir das Bild darin an. Fünf dunkelhaarige Jungen saßen miesepetrig, der Größe nach geordnet und mit gekämmten Haaren auf einer Bank. Ein dunkelhaariger Mann stand dahinter und eine kleine, lachende Frau zu ihrer Linken. Sie schien die Einzige zu sein, die Spaß an diesem Foto hatte.

Der größte Junge im Bild musste Josh sein, seine grimmige Miene hätte ich unter hunderten wiedererkannt. Langsam hob ich den Blick und als er auf den nackten Rücken des realen Joshs fiel, musste ich feststellen, dass der große Junge vom Foto sehr gelungen noch größer geworden war.

Er lag mit Armen und Beinen vom Körper gestreckt auf seinem Bauch, sein Gesicht fast zur Gänze in ein Kissen gepresst. Und trotzdem wäre bei seiner Pose immer noch genug Platz für mich in seinem Bett gewesen. Ich müsste mich nur etwas über ihn drapieren, aber damit hatte ich kein Problem.

Mein Blick flog über seine breiten Schultern, seine Rückenmuskulatur bis hin zu seinem Hintern, der leider von einer Decke verborgen wurde.

Uiuiui.

Ich wusste, wie er nackt aussah und trotzdem hätte ich noch eine Weile hier stehenbleiben und über seinen Hintern fantasieren können. Oh Mann. Sobald Josh gelernt hatte, wie man ‚Beherrschung' buchstabierte, musste er es mir unbedingt beibringen.

„Was genau tust du da?", murmelte er plötzlich mit heiserer Stimme und ich zuckte zusammen. Wie konnte er wissen, dass ich hier war?

„Ähm ... dich anstarren?" Er mochte Lügner nicht, da fühlte ich mich gezwungen, ihm die Wahrheit zu sagen.

„Und was noch?"

„Überlegen, ob ich einfach so in dein Bett krabbeln soll, oder ob du mich dann umbringst."

Er seufzte und drehte sich auf den Rücken, einen Arm unter seinen Kopf schiebend. „Lou ..."

Ich kaute auf meiner Unterlippe. „Die Couch ist echt unbequem." Und sein Körper sah viel bequemer aus.

„Hör auf, mich so anzusehen."

Mühsam zog ich meinen Blick von seinen Bauchmuskeln. „Ähm ... was?" Mein Gehirn hatte ausgesetzt. Rispos Körper hatte magische Fähigkeiten. Er sollte zum Zirkus gehen.

Er seufzte, setzte sich auf und zog die Decke zu meiner Enttäuschung mit sich. „Lou, was willst du von mir?"

Mir fielen sofort einige Dinge ein, aber ich hielt es für besser, sie vorerst für mich zu behalten.

Ich stapfte von einem Fuß auf den anderen und zog den Saum seines T-Shirts weiter meine Beine hinunter. „Ich fühle mich schlecht."

Eine Augenbraue fuhr nach oben, während sein Blick meine nackten Beine abtasteten, die spontan in Flammen ausbrachen. „Ist das so?"

„Ja", sagte ich wahrheitsgemäß. „Es tut mir leid."

Rispos Augen fanden meine. „Was tut dir leid?"

„Dass ich ... gelogen habe."

Er schüttelte den Kopf. „Nicht gut genug."

Verdammt.

„Dass ich ... mich eingemischt habe, obwohl du mich darum gebeten hast, es nicht zu tun?"

„Ist das eine Frage?"

„Keine Ahnung. Mir ist wirklich kalt. Du hättest mir auch eine Schlafanzugshose geben können."

Rispo lächelte und wieder fuhr sein Blick über meine Beine. „Ich bin ganz froh, dass ich es nicht getan habe."

Ich verdrehte die Augen, lief zu der Matratze und setzte mich ans Fußende. Dann, bevor er widersprechen konnte, griff ich mir seine Decke und zog sie über meine Beine.

Das brachte zwei Vorteile mit sich: Erstens rutschte sie so wieder seinen wunderbar nackten Oberköper hinunter und zweitens wurden meine Beine direkt warm.

Meine Füße allerdings nicht.

„Heilige Scheiße!", fluchte Josh und zuckte vor meinen Eiszapfen namens Zehen zurück. „Hast du die in die Tiefkühltruhe gehalten?"

„Ich hab dir gesagt, mir ist kalt!"

„Frauen sagen immer, dass ihnen kalt ist. Kann ich doch nicht wissen, dass das ausnahmsweise ernst zu nehmen ist."

Ich verengte die Augen. „Mhm, scheint mir das Gleiche wie mit Männern zu sein, die versprechen, anzurufen!"

Er zuckte nicht mit der Wimper. „Kommen wir zurück zu deinem kläglichen Versuch einer Entschuldigung."

Galant das Thema gewechselt.

Ich sah ihn an und bemerkte, dass sein Blick zu meinen Brüsten schweifte. Meinen Brüsten, denen auch sehr kalt war. Peinlich berührt zog ich die Decke höher.

„Es tut mir leid", wiederholte ich.

„So weit waren wir schon. Ich möchte wissen, was genau dir leidtut."

„… im Detail?"

„Es könnte nicht schaden, aber grob reicht mir. Solange es die richtige Antwort ist."

Oh Mann. In der Schule war ich sehr gut darin gewesen, die richtigen Antworten zu geben. Aber bei Josh hatte ich bis jetzt immer falsch gelegen. Dennoch wusste ich, was er hören wollte.

„Dass ich mich eingemischt habe", murmelte ich gepresst.

„Das ist noch nicht der richtige Wortlaut."

Ich verdrehte die Augen. „Dass ich so dumm war, mich einzumischen?"

„Viel besser. Und jetzt musst du mir nur noch versprechen, dass du dich ab jetzt raushältst."

Seine Stimme strahlte Humor aus, doch seine Augen waren ernst.

„Ich …"

„Lou. Keine Ausreden und keine Lügen mehr. Versprich es mir. Du hältst dich raus. Es ist verdammt noch mal gefährlich, sich mit Mördern anzulegen, und deine Nase ist viel zu hübsch, um sie in gefährliche Angelegenheiten hineinzustecken."

„Ich weiß, es ist nur …"

„Nein", unterbrach er mich auf ein Neues, „es ist überhaupt nichts. Ich möchte, dass du mir versprichst, dich aus dem Fall herauszuhalten, und wenn ich dir das nächste Mal eine direkte Anweisung gebe, dann will ich, dass du auf mich hörst. Verstanden?"

Natürlich verstand ich. Ich war intelligent! Es gefiel mir nur nicht.

Rispo bemerkte offenbar meinen inneren Clinch.

„Louisa." Seine Stimme war auf einmal ganz weich, und unter der Bettdecke strichen seine Finger über meine nackte – und Gott sei Dank heute Morgen rasierte – Wade. „Du musst mir vertrauen. Ich lasse niemanden unschuldig ins Gefängnis wandern."

Das wusste ich ja alles und natürlich stimmte es, dass es dumm von mir war, mich kopfüber in etwas zu stürzen, das absolut nicht in meiner Liga war. Und ich sprach hier von dem Fall und nicht von Rispo.

Ich senkte den Blick, seufzte und nickte schließlich. „Okay."

„Okay?"

Wieder nickte ich. „Ja. Ich verspreche es."

Diesmal erreichte sein Lächeln auch seine Augen. „Gut."

„Heißt das, ich darf jetzt hier schlafen?"

Rispo zog an der Decke, bis sie wieder meine Oberschenkel freilegte. „Ich hatte nicht an schlafen gedacht."

Ich zog ebenfalls an der Decke und betrachtete seinen Oberkörper. Rispo wollte sich auf mich zu bewegen, doch ich hielt ihn mit einer erhobenen Hand zurück.

„Nein, warte. Noch nicht."

„Was?"

„Bleib so und rühr dich nicht vom Fleck." Ich stand vom Bett auf.

Josh war verwirrt. „Was? Warum?"

„Weil ich eine Kamera holen muss."

Mein Gedächtnis war gut, aber ein Bild wäre besser. Rispos Oberkörper war einfach etwas, das man wirklich nicht verpassen sollte. Ich sah es als meine Pflicht an, ihn für die weibliche Nachwelt auf einem Foto festzuhalten. Möglicherweise war es auch meine Pflicht, es dann auf Facebook hochzuladen.

Rispo schnaubte grinsend, seine Hand schloss sich um mein Handgelenk und zog mich zurück. „Wenn du ein Foto machst, dann darf ich auch eins machen. Und möglicherweise würde ich es dann rahmen und ins Wohnzimmer hängen, damit jeder einzelne meiner Brüder es bewundern kann."

Oh.

Ich drehte mich wieder um und starrte auf seinen Daumen, der langsam über die dünne Haut meines Handgelenkes strich. „Fotos werden überbewertet", murmelte ich und dann berührten seine Hände ganz andere Körperstellen als mein Handgelenk.

Kapitel 14

Am nächsten Morgen fragte ich mich, ob ich auf der Couch nicht doch zu mehr Schlaf gekommen wäre, und außerdem drängte sich mir die Vermutung auf, dass es Rispo zu intim war, zusammen mit mir aufzuwachen. Jedenfalls war er schon wieder aus dem Bett verschwunden – aus seinem Bett. Einen Zettel hatte er dieses Mal nicht zurückgelassen. Aber das war auch nicht nötig, ich konnte ihn in der Küche mit Pfannen oder Töpfen hantieren hören.

Ich sah auf die Uhr. Es war halb sieben. Halb sieben Uhr morgens und Rispo war putzmunter und kochte etwas? Da war doch irgendetwas falsch im Kopf dieses Mannes!

Aber ich musste ohnehin aufstehen. Ich wollte noch nach Hause und mich umziehen, bevor ich in den Laden fuhr.

Stöhnend stemmte ich mich aus den Kissen und stand vor einem kleinen Dilemma. Meine Anziehsachen lagen vor der Couch.

Andererseits, Rispo hatte schon alles gesehen, was es von mir zu sehen gab. Ich zog sein T-Shirt wieder über, das mir gestern Nacht irgendwie vom Körper geglitten sein musste, und tapste aus seinem Zimmer in den Wohnraum.

„Oh, hallo. Guten Morgen."

Meine Füße froren am Boden fest und sämtliches Blut schoss in meinen Kopf. Josh war offensichtlich nicht alleine. Ein älterer Mann, sein schwarzes Haar mit grauen Strähnen durchzogen, saß auf einem Barhocker an der Küchentheke und lächelte mich an. Er trug OP-Kleidung, so wie die ganzen Ärzte und Pfleger aus den Krankenhausserien, und hatte dunkle Ringe unter den Augen.

„Ich sagte dir, ich bin nicht allein", sagte Rispo, der sich kein bisschen an meiner Erscheinung zu stören schien.

„Ich weiß", sagte der Mann, der so offensichtlich sein Vater war, dass ich gleich noch ein wenig roter anlief. „Ich dachte, das sagst du, um mich wieder loszuwerden."

Rispo schüttelte den Kopf und schob zwei Spiegeleier aus einer Pfanne auf einen Teller. „Nein."

Lachfalten erschienen um die Augen des älteren Rispo. „Ich glaube, deinem Gast ist das hier sehr unangenehm."

Josh lachte leise. „Na, Lou, ist dir das Ganze unangenehm?"

Ich war nicht dazu in der Lage, auch nur einen Ton von mir zu geben, deshalb drehte ich mich schlichtweg auf dem Absatz um und rannte zurück in Joshs Zimmer, wo ich mir mit der flachen Hand gegen die Stirn schlug. Warum?

Ich konnte die Männer in der Küche lachen hören – höchstwahrscheinlich auf meine Kosten – und dann schlug die Wohnungstür zu. Zwei Sekunden später kam Josh ins Zimmer.

„Na, alles klar?"

Bedeutungsschwer verschränkte ich die Arme und hob beide Augenbrauen.

Er lachte. „Tut mir wirklich leid. Mein Vater hatte Nachtschicht und wollte nur mal kurz vorbeikommen und sich dafür bedanken, dass ich Jonas die Fahrstunde gegeben habe. Ich dachte, du schläfst etwas länger."

Ich verengte die Augen. „Wenn es dir leidtut, warum lachst du dann?"

Josh gab sich Mühe, wieder ernst auszusehen, doch er schien einfach nicht stark genug.

Toll! Einfach toll.

Ich hatte zwei neue Rispos innerhalb einer Woche kennengelernt und mich gleich zweimal zum Affen gemacht. Kein schlechter Schnitt.

„Gott, was denkt dein Vater jetzt bloß?"

„Das wir die ganze Nacht über heißen Sex hatten?"

Wütend schlug ich Josh gegen die Schulter und drängte mich an ihm vorbei ins Wohnzimmer. „Du bist echt kacke, Josh. Weißt du das?"

„Gestern hast du gesagt, ich wäre heiß."

„Ja? Nun, offenbar können Männer gleichzeitig kacke und heiß sein."

Wieder lachte er leise, bevor er meine Hand nahm und mich an seinen Körper zog. „Ist doch keine große Sache. Mein Vater hat schon Schlimmeres von mir gesehen."

„Das ist ja super. Da fühle ich mich doch gleich besser!"

Ich riss meine Hand los und stieg in meine Jeans.

„Louisa", da war sie wieder, diese weiche Stimme, die meinen Kopf sofort leer werden ließ, „es ist keine große Sache." Er legte eine warme Hand in meinen Nacken und küsste mich sanft. „Überhaupt keine große Sache", wiederholte er leise und als hätte mein Kopf kein Mitspracherecht, ließ ich mich gegen seine Brust sinken. Einfach nur, um seinen Geruch zu inhalieren und seine Wärme zu absorbieren.

„Wenn jemand in Schwierigkeiten steckt, dann bin ich das", murmelte er. „Papa wird mich definitiv darüber ausfragen, wer du bist."

Ich sah zu ihm auf. „Und was wirst du ihm antworten?"

„Ich habe keine Ahnung", murmelte er, doch er lächelte immer noch und dann küsste er mich gleich noch einmal. Mein Herz zog sich zusammen und als ich den Kuss erwiderte, wusste ich, dass es okay war, wenn er mich noch nicht als seine Freundin sah. Denn wir waren verdammt noch mal auf dem richtigen Weg. Und seien wir ehrlich: Ich konnte zu diesem Mann einfach nicht Nein sagen.

Eine Stunde später traten wir auf die Straße, und zu meiner Überraschung stand der Passat direkt vor dem Haus. Wie hatte Josh das gemacht? Ich hatte ihn gestern gar nicht mehr telefonieren hören.

„Danke", sagte ich schwer beeindruckt und zog den Reißverschluss meiner Jacke nach oben.

„Kein Problem", erwiderte er gelassen. „Nur, wieso hast du einen abgewetzten Haufen Stoff im Kofferraum?"

Der Passat war rückwärts in eine Parklücke gestellt worden und so hatten wir direkte Sicht auf das Heck.

„Das ist ein Sessel."

„Warum hast du einen hässlichen Sessel in deinem Kofferraum?"

Entrüstet verschränkte ich die Arme. „Er ist nicht hässlich! Er hat Geschichte."

Rispo runzelte die Stirn und machte einen weiteren Schritt auf mein Auto zu. „Woher ... oh Gott. Ich dachte, du hättest seit dem letzten Mal genug von Sperrmüll!"

Als ob. Von so einem Finger zwischen den Möbelstücken ließ ich mir doch nicht meine Leidenschaft kaputtmachen. Wie groß war die Wahrscheinlichkeit, gleich zweimal in seinem Leben ein Körperteil zwischen weggeworfenen Möbelstücken zu finden?

Richtig – sie tendierte gegen Null.

Andererseits hatte ich auch geglaubt, ich würde nie wieder etwas mit einem Mord zu tun haben und mich nie wieder in einen emotional unnahbaren Mann verlieben – bei beidem schien es, als hätte ich die Realität falsch eingeschätzt.

„Er sah aus, als bräuchte er ein neues Zuhause", sagte ich unschuldig.

Rispo schnaubte amüsiert. „Es sieht aus, als sei sein Zuhause eine Müllhalde."

Ich tätschelte die Scheibe, die mich von dem Sessel trennte. „Hör nicht auf ihn", flüsterte ich. „Du bist wunderschön."

Josh lachte und küsste mich auf den Scheitel. „Du bist verrückt, ich hoffe das weißt du."

Ich grinste ihn an. „Natürlich, du erzählst es mir ja immer wieder."

Er lächelte ebenfalls und seine Augen waren so warm, dass ich mich gleich noch ein bisschen mehr in ihn verliebte.

„Ich will, dass du aufpasst, okay? Solange der Mörder noch frei herumläuft, will ich, dass du besonders vorsichtig bist. Und wenn wir bis heute Abend keine neuen Erkenntnisse haben, dann solltest du vielleicht eine weitere Nacht bei mir schlafen."

Ich lief rot an und mein Herz zog sich süß zusammen. Es war ... schön, wenn sich jemand um einen sorgte. Jemand anderes als meine Mutter.

„Okay."

„Gut." Seine Hand strich über meine Wange und hinterließ eine Ganzkörpergänsehaut.

Ich schluckte und die Frage, die ich mir eigentlich hatte verkneifen wollen, fiel aus meinem Mund, bevor ich sie davon abhalten konnte.

„Hattest du irgendeine feste Beziehung seit deiner Verlobung?"

Das wischte ihm glatt das Lächeln vom Gesicht. Er ließ die Hand sinken und seine Stirn runzelte sich. „Warum fragst du?"

Da hatte ich den Salat. Wieso konnte ich meine Klappe nicht halten?

„Nur so."

„Frauen fragen solche Dinge nicht einfach nur so."

Damit könnte er durchaus einen validen Punkt angesprochen haben, aber das änderte nichts an der

Tatsache, dass ich Aris Theorie, dass er seine Gefühle irgendwo ganz tief weggeschlossen hatte, testen musste. Schon allein deshalb, um zu wissen, ob es nicht klüger wäre, mein Herz vielleicht doch noch einmal in meine Brust zurückzuziehen.

„Hast du jetzt oder nicht?", fragte ich deswegen noch einmal.

„Ich habe das Gefühl, das ist eine dieser Fragen, für die es keine richtige Antwort gibt."

„Keine Antwort ist auch eine Antwort."

„Jetzt habe ich das Gefühl, ich sitze in der Falle."

„Das ist auch wieder sehr ausdrucksstark."

„Na, dann brauche ich ja nichts weiter zu sagen."

Ich verdrehte die Augen. „Also, jetzt wundert es mich nicht mehr, dass du keine ernste Beziehung mehr hattest."

Er zog seine Augenbrauen zusammen. „Hast du dir deine Frage jetzt einfach selbst beantwortet?"

„Irgendeiner musste es ja tun!"

Er stöhnte auf. „Was ist denn jetzt plötzlich schon wieder los? Bis gerade war doch noch alles gut. Schaffen wir es einmal, zwei Stunden ohne Streit zu überleben? Warum führen wir dieses Gespräch überhaupt?"

„Weil ..." Ich verstummte. Das war auch so eine Frage, auf die es keine richtige Antwort gab.

„Ist egal", knickte ich schließlich ein und seufzte. „Vergiss, dass ich ein erwachsenes Gespräch mit dir führen wollte. Wir sehen uns. Oder auch nicht. Wegen heute Abend meldest du dich dann einfach wieder. Oder auch nicht."

„Louisa ..."

„Ich weiß, ich weiß", sagte ich laut und hob zum Abschied eine Hand über meinen Kopf, während ich mein Auto aufschloss. „Du weißt nicht, was wir sind, du willst nicht besprechen, ob wir etwas werden können; bla, bla, bla. Wie gesagt: Du kannst mich ja anrufen ... diesmal vielleicht etwas zeitnaher."

„Was zum Teufel passiert gerade?", hörte ich ihn noch rufen, doch da hatte ich schon die Autotür geschlossen.

Ich wusste, dass ich mir das irgendwie selbst kaputt gemacht hatte, aber ... was sollte ich tun?

Ich war bereits auf der beziehungstechnischen Autobahn unterwegs und Josh steckte immer noch auf dem Parkplatz fest. Er sollte einfach nur entscheiden, ob er uns eine Chance geben wollte. War das zu viel verlangt?

Mein Handy piepte. Eine SMS von Rispo.

Bitte, sei vorsichtig. Es gibt immer noch einen Verrückten da draußen, der wütend auf dich ist.

Ich seufzte, antwortete aber nicht. SMS schreiben und fahren war keine gute Kombination – und das war der einzige Grund, warum ich nicht zurückschrieb.

Nachdem ich geduscht, umgezogen und endlich sicher war, dass ich nicht mehr nach Müll roch, fuhr ich zum Laden. Ich hatte gerade das Schild von »Geschlossen« auf »Offen« umgedreht, als mein Bruder anrief.

„Hey, Loubalou, ich habe Neuigkeiten, von denen ich dachte, dass sie dich vielleicht interessieren."

„Sie haben den richtigen Mörder geschnappt?"

„Nein, ich fürchte nicht, aber sie haben die Schuhe und Socken gefunden."

„Oh. War etwas drin?"

„Nein. Sie waren völlig leer. Keine Auffälligkeiten."

„Wo hat man sie denn gefunden?"

„Das kann ich dir leider nicht sagen."

„Du kannst es mir nicht ..." Ich hielt inne und atmete durch. Ich dachte an das Versprechen, das ich Rispo gegeben hatte, den Fall auf sich beruhen zu lassen. „Ist in Ordnung", seufzte ich. „Ich möchte es gar nicht wissen."

Diesem Eingeständnis folgten einige verblüffte Minuten der Stille, dann: „Du möchtest es nicht wissen?"

„Nein", sagte ich und das Wort kam mir tatsächlich schwerer von den Lippen, als ich gedacht hätte. „Ich möchte es nicht wissen. Der Fall ist für mich abgehakt."

„Was soll das heißen?" Natürlich war Trudi genau in diesem Moment zur Tür hereinspaziert gekommen. „Wurde der richtige Täter geschnappt?"

„Ich muss auflegen, Jannis", seufzte ich und hielt einen Finger nach oben, um Trudi um eine Minute zu bitten. „Aber danke, dass du an mich gedacht hast. Das war ... unerwartet."

Er lachte. „Hey, ich würde dir alles erzählen, wenn ich könnte."

„Würdest du nicht."

„Würde ich nicht. Bis dann, Loubalou. Mach keinen Blödsinn."

Ich legte auf und stand einer neugierigen Trudi gegenüber, die nicht begeistert von dem sein würde, was ich ihr jetzt erzählte.

Aber so oft ich auch flunkerte, meine Versprechen waren mir ernst. Außerdem wollte ich Josh nicht noch einmal enttäuschen. Ach ja, und ich wollte am Leben bleiben!

„Trudi, sie haben den Mörder noch nicht gefasst ... und ich werde mich auch nicht weiter damit beschäftigen."

Meine Angestellte blinzelte und ließ den Keksteller, den sie vor der Brust hielt, sinken. „Wirst du nicht?"

Ich schüttelte den Kopf. „Nein. Ich könnte sonst in ernsthafte Schwierigkeiten geraten, das verstehst du doch, oder?"

Trudis Gesicht nach zu urteilen, verstand sie das nicht. „Aber du lebst für Schwierigkeiten. Erst, wenn du Schwierigkeiten hast, gehst du so richtig auf. Das ist einer der Gründe, warum ich überhaupt hier angefangen habe. Weil ich wusste, dass du mit mir zurechtkommen würdest."

Das war wirklich sehr weitsichtig und selbstkritisch von ihr, aber es änderte nichts daran, dass ich einmal in meinem Leben vernünftig sein und auf die Fähigkeit der Polizei vertrauen musste. Auf Rispos Fähigkeit.

„Trudi, ich habe es wirklich versucht, aber ich bin zu keinem Ergebnis gekommen. Die Polizei wird die Wahrheit schon herausfinden."

Einige Momente starrte Trudi mich verwundert an – dann lächelte sie und zog die Alufolie von ihrem Teller.

„Keks?"

Ernst sah ich sie an. „Trudi, du kannst mich nicht mit Keksen dazu bestechen, den Fall weiter zu untersuchen", sagte ich mit fester Stimme, nahm mir aber dennoch zwei Stück.

„Oh, das muss ich gar nicht", lächelte Trudi fröhlich. „Du bist viel zu neugierig, als dass du es darauf beruhen lassen könntest."

Es stimmte, ich war neugierig. Sehr neugierig. Zu neugierig für mein Wohl – aber dieses Mal war es anders. Ich würde Rispo nicht noch einmal anlügen. Na ja, ab und zu ein bisschen flunkern vielleicht. Zum Beispiel hatte ich nicht vor, ihm zu erzählen, dass ich heute Morgen sein T-Shirt hatte mitgehen lassen. Es war so gemütlich gewesen und es roch nach ihm und ... ich war erbärmlich.

„Ich werde meine Meinung nicht ändern", sagte ich mit fester Stimme. „Ich habe ein Versprechen gegeben."

„Jaja, alles klar, was soll ich tun?" Sie sah sich im Verkaufsraum um, unsere Diskussion offenbar schon wieder vergessen. „Müssen Sträuße gebunden werden?"

„Nein, ich muss nur etwas Papierkram hinten im Büro erledigen. Du kannst dich um die Kunden kümmern ... und Trudi: Ich lass den Fall fallen."

„Liebes, nur weil du es wiederholst, wird es nicht wahrer."

Ich versuchte gar nicht erst, es ihr weiter zu erklären. Trudis Kopf bestand aus Beton, der mit einer Platinschicht umgeben war. In ihn konnte man nicht eindringen. Aber ich würde ihr schon beweisen, dass ich sehr wohl dazu in der Lage war, meine Neugierde zu unterdrücken.

Ich setzte mich in mein Büro, und kaum, dass ich saß, schweiften meine Gedanken zu den leeren Socken und Schuhen ab.

Stöhnend ließ ich meine Stirn auf die Schreibtischplatte sinken. Das würde komplizierter werden als gedacht.

Gegen Mittag waren Trudis Kekse leer und ich konnte mir leider nicht einreden, dass jemand anderes als ich dafür verantwortlich war. Immer, wenn meine Gedanken zu dem Fall gewandert waren, hatte ich den Drang verspürt, noch einen zu essen. Gott sei Dank hatte ich die Kekse zu Anfang nicht durchgezählt, sonst würde ich jetzt wissen, wie oft genau ich kurz davor gewesen war, mein Versprechen gegenüber Rispo zu brechen.

Gegen Nachmittag hatte ich die Packung Cookies, die ich mir als Ersatz in meiner Pause gekauft hatte, ebenfalls aufgegessen und so langsam fragte ich mich, ob meinem Körper nicht bewusst war, dass ich meine Neugier nicht mit Zucker würde stillen können.

Dummer Körper. Dummer Kopf. Dumme Louisa.

Ich hatte den Tag damit verbracht, meine Buchführung auf Vordermann zu bringen, mit neuen Klienten über Hochzeiten und Beerdigungen zu sprechen und im Verkaufsraum Kunden zu beraten. Bevor ich einen Finger im Sperrmüll gefunden hatte, wäre das hier für mich ein sehr erfolgreicher Tag gewesen. Ich wäre zufrieden und glücklich nach Hause gefahren und hätte mir Gedanken dazu gemacht, welche Namen ich meinen imaginären drei Kindern geben würde. Jetzt aber, nachdem ich bereits einmal dabei geholfen hatte, einen Mord aufzuklären, und ein zweiter direkt vor meiner Nase lag, war ich einfach nur unruhig, als ich um sechs den Laden schloss und zu meinem Wagen lief.

Gott sei Dank klingelte mein Telefon und lenkte mich von meinem inneren Dilemma ab.

„Ja?"

„Lou!", quietschte Ari durch den Hörer. „Du musst sofort kommen. Ich habe … ich glaube, ich habe es etwas übertrieben."

„Mit was übertrieben?", fragte ich verwirrt und schloss mein Auto auf.

„Mit dem verliebt sein! Komm sofort her."

Eine halbe Stunde später stand ich in Aris Vorgarten und starrte auf den zerfledderten Rosenbusch zu meinen Füßen. Ein Reifenabdruck zierte die Erde darunter.

Ari rang die Hände ineinander, ihr Gesicht puterrot, ihre Unterlippe halb zerkaut.

„Ist das zu offensichtlich?"

Ich sah auf. „Zu offensichtlich, was? Dass du nicht rückwärts einparken kannst?"

„Oh Gott." Sie legte eine Hand über die Augen. „Es war eine Kurzschlussreaktion. Mir sind die Ausreden ausgegangen, ihn anzurufen."

„Wen? Deinen Gärtner?"

„Nein, Superman. Natürlich meinen Gärtner!"

Ich kratzte mich am Kopf. „Na ja, du hast … gute Arbeit geleistet. Dem Busch kann nicht mehr geholfen werden."

„Aber … es ist nicht einmal mein Busch!", kiekste sie. „Er gehört Frau Rowinski. Sie wohnt in der Etage über mir."

„Oh. Na ja. Dann hat Frau Rowinksi jetzt einen Rosenbusch weniger."

Ari verbarg ihr Gesicht in beiden Händen. „Ich bin so blöd. Was für eine dumme, dumme Idee."

Es war hart, dagegen an zu argumentieren. Ich legte einen Arm um ihre Schultern. „Halb so wild. Er muss es ja nie erfahren."

„Das könnte schwierig werden ... wo ich ihn doch schon angerufen habe", sagte sie gepresst durch ihre Hände hindurch.

„Du hast ihm erzählt, du hättest schon wieder einen Gartenunfall?", fragte ich etwas dümmlich. „Ariane! Denkst du nicht, dass er so langsam merkt, dass du nur nach Ausreden suchst, um ihn zu sehen?"

„Natürlich denke ich das", quengelte sie. „Aber warum fragt er mich dann nicht, ob ich mit ihm ausgehen will?"

„Weil du ihn bezahlst. Das hatten wir doch schon einmal! Leute, die man bezahlt, gehen nicht mit einem aus. Du musstihn um ein Date bitten."

Panisch zog sie die Hände von ihrem Gesicht. „Aber das kann ich nicht."

„Natürlich kannst du ... oder soll ich es für dich tun?"

Sie riss die Augen auf. „Das würdest du nicht wagen!"

Ich lachte. „Zweiundzwanzig Jahre Freundschaft sollten dich eines Besseren belehren."

Ariane war so unglaublich schüchtern, und nachdem ihr Ex-Freund sie betrogen und belogen hatte, fiel es ihr schwer, zu zeigen, dass sie jemanden mochte. Wenn ich es mir recht überlegte, dann war es tatsächlich die beste Lösung, wenn ich die Sache einfach für sie in die Hand nahm. Ich mochte eine Versagerin in meinen eigenen Beziehungen sein, aber verkuppeln konnte ich.

Gut, ich hatte keinerlei Beweise dafür – ich hatte noch nie jemanden verkuppelt –, aber das hatte ich einfach im Gefühl!

„Lou, nein! Du wirst nichts tun." Leichte Panik schwang in Aris Stimme mit. Sie kannte mich eben doch zu gut.

„Schön, was willst du ihm denn erzählen, wenn er kommt?"

„Ich ..." Sie verstummte, denn ein Auto hatte soeben am Bürgersteig angehalten.

Alejandro, der südländische Gott mit einem grünen Daumen, stieg aus und war offenbar überrascht, nicht nur Ari, sondern auch mich vorzufinden.

„Oh, hey", sagte er, sein Blick auf Ari, die Fifty Shades of Red anlief.

„Hey", antwortete ich für Ari, die nicht aussah, als würde sie dazu in der Lage sein, innerhalb der nächsten Minuten einen Ton herauszubekommen. „Ich bin nur als emotionale Unterstützung da. Ari hängt wirklich sehr an ihrem Rosenbusch."

Meine beste Freundin presste einen hohen Laut aus ihren Lungen, der meine Mundwinkel zucken ließ. Ich liebte sie wirklich, aber eines Tages musste sie in den Spiegel sehen und endlich verstehen, dass sie all das war, was Heidis Topmodels gerne wären. Dann würde sie vielleicht endlich etwas mehr Selbstbewusstsein bekommen und die männerverschlingende Amazone werden, als die Gott sie vorhergesehen hatte.

„Oh, okay. Was ist denn ..." Alejandro beendete seinen Satz nicht, denn sein Blick war auf dem überfahrenen Rosenbusch gelandet. „Mhm."

Ein leises Lächeln umspielte seine Mundwinkel und ich hatte das Gefühl, dass er sehr wohl wusste, warum Ari ihn immer wieder anrief. War er etwa auch zu schüchtern, um sie um ein Date zu bitten?

„Nun ja", stotterte Ari. „Wie du siehst, hatte ich einen kleinen Unfall. Und ich dachte, du könntest den Busch vielleicht ... retten?"

Hoffnungsvoll hob sie eine Augenbraue.

Jetzt lächelte er wirklich und ich musste es Ari lassen: Sie hatte einen tadellosen Geschmack. Er war süß. Nicht Rispo, aber süß.

Meine Güte, wann hatte ich angefangen, alle Männer mit Rispo zu vergleichen?

„Nun, ich fürchte, der Busch ist tot", sagte Alejandro, beide Hände tief in den Hosentaschen vergraben. „Keine Herzmassage könnte ihn noch retten."

Ariane lachte und strich sich immer wieder dieselbe Haarsträhne hinter ihr Ohr, während sie ihn mit aufgerissenen Augen und leicht geöffneten Lippen anstarrte.

Ich hoffte doch sehr, dass ich noch nie in meinem Leben einen Mann so angesehen hatte. Denn dann müsste ich mich anstelle des Rosenbuschs unter ein Auto werfen.

Seufzend zog ich Ariane am Arm einen Schritt zurück. Zeit, einzugreifen.

„Alejandro, könntest du mir einen Gefallen tun?"
„Natürlich."

„Machst du ein Foto von mir und Ari neben dem Rosenbusch?"

Ari verengte die Augen. „Warum?"

„Oh, ich möchte nur ein Bild für das nächste Mal haben, wenn du mir sagst, dass ich impulsiv, bescheuert oder verrückt handele", sagte ich und tätschelte ihren Arm. „Und wenn er ein Foto macht, dann ist Alejandro nicht ganz umsonst für die Beerdigung eines Rosenbuschs hergekommen."

Ich zog mein Handy aus der Tasche und reichte es ihm.

Ari war so rot wie die Blüten der Rosen im Sommer geworden wären. „Hör nicht auf sie", sagte sie, die Stimme kaum ein Flüstern. „Sie macht nur Witze."

„Mache ich nicht." Ich drückte ihm mein Telefon in die Hand und legte Ari einen Arm um die Taille. „Lächeln, Ari!", sagte ich und fügte leise hinzu: „Diese Geschichte könnt ihr noch euren Kindern erzählen. Euren süßen, zweisprachig aufwachsenden Kindern. Du kannst dich glücklich schätzen."

Aris hellblonde Haare wirkten nun fast weiß im Kontrast zu ihrem roten Kopf.

„Du kommst in die Hölle", flüsterte sie zwischen zusammengepressten Zähnen hervor.

„Ah, dann bist du da unten wenigstens nicht alleine."

„Ich bin ein Engel."

Ich prustete. „Bei all den Pflanzen, die du schon getötet hast, wirst du am Himmelstor wie ein Mörder behandelt werden."

Alejandro machte ein Foto, dann direkt noch eins und drückte dann auf den Touchscreen, um es sich anzusehen.

„Zwei wunderschöne Frauen", sagte er ernst, sein Blick nun wieder auf Ari. „Auch wenn deine Freundin hier offenbar mit einer Tierquälerin befreundet ist." Er nickte mir zu und sah mich tadelnd an. „Ich weiß, kaum jemand mag Schlangen, aber jedes Tier hat ein Recht unter vernünftigen Bedingungen zu leben. Und es ist mir ein Rätsel, wie sie überhaupt an die Schlange rangekommen ist."

Was?

Verwirrt blinzelte ich ihn an. „Wovon sprichst du?"

„Na, von der Schlange hier." Er hielt mir mein Telefon hin und ich nahm es entgegen.

Hanna Neuger lächelte mir aus dem Display zu, hinter ihr die schwarz-orange Schlange. „Was ist mit der Schlange?"

„Also, abgesehen davon, dass das Terrarium sehr klein ist, ist das Tier eine Pazifikboa. Fijiboa, wenn ich mich nicht irre. Ich komme aus Indonesien und kenne mich sehr gut mit unseren Tieren aus. Und Fijiboas sind verdammt teuer. Allein deswegen, weil sie nicht außer Landes gebracht werden dürfen."

„Du kommst aus Indonesien?", fragte Ari interessiert.

„Wie teuer?", fragte ich ungläubig.

„Aber ich dachte, du bist Spanier! Wegen deines Namens ..."

„Wie teuer?", drängte ich.

„Mein Vater ist Spanier, meine Mutter Indonesierin", lächelte er Ari an.

Hallo!? Konnten sie sich bitte wann anders verlieben?

„Wie teuer?", rief ich jetzt laut.

Endlich wandte er sich mir zu und zuckte die Achseln. „Um die fünfzehntausend Euro würde ich sagen."

Oh mein Gott. Ich hatte keine Ahnung von Schlangenpreisen, aber das kam mir doch relativ hoch vor. „Und du meinst, diese Art von Schlange darf hier gar nicht gehalten werden?", fragte ich nach, denn ich musste sicher sein.

„Nein. Sie sind nur noch sehr selten. Und es ist sehr schwer, an so eine heranzukommen."

Das reichte mir!

Die Schlange auf dem Bild gehörte Manuel Schnitzker und in der Zoohandlung hatte es auch Schlangen gegeben ... für mich war das Verbindung genug. Auch wenn mir klar war, dass Manuel wohl kaum eine Schlange in seinen Socken verstecken konnte, so war ich mir sicher, dass es irgendwie um Schlangen ging.

Teure Schlangen konnte man verkaufen. Etwas Teures zu verkaufen bedeutete Geld – was Schnitzkers hohen Lebensstandard erklären würde. Und welcher Laden bot sich besser an, um illegal nach Deutschland geschmuggelte Schlangen zu verkaufen, als ein Zoohandel? Schnitzker musste also einen Verbindungsmann gehabt haben und ich würde meine linke Hand darauf verwetten, dass es Lars war! Australien, das Reisebüro – was, wenn er in den Urlaub fuhr, um Schlangen zu fangen oder auf dem Schwarzmarkt zu kaufen, um sie dann nach Deutschland zu schmuggeln? Rispo hatte irgendetwas von Indizien erzählt, die auf ihn hinwiesen, und überhaupt! Lars? Was war das bitte für ein Name?

Euphorie stieg mir zu Kopf und ... Moment. Warum sollte Lars seinen Mittelsmann umbringen?

Egal. Einen Schritt nach dem anderen! Erst einmal musste ich meine Theorie bestätigen und das bedeutete, dass ich mir in der Zoohandlung die Schlangen genauer ansehen musste.

„Ich muss gehen", sagte ich etwas atemlos und steckte mein Handy zurück in die Tasche. „Danke, Alejandro."

Ari blinzelte mich verwirrt an. „Was ist los?"

„Der Fall, ich ... ich muss nur etwas kontrollieren!"

Ich lief zu meinem Auto, drehte mich aber auf halbem Weg noch einmal um. „Ach, Alejandro: Ariane steht auf dich, und da du immer noch zu ihren albernen Anrufen erscheinst, gehe ich davon aus, dass du sie auch magst. Also frag sie endlich, ob sie mit dir ausgeht, bevor noch mehr unschuldige Pflanzen ihr Leben lassen müssen!"

Ari klappte die Kinnlade herunter, doch auf Alejandros Gesicht hatte sich ein so großes Lächeln ausgebreitet, dass ich keinen Zweifel hatte, dass die beiden innerhalb weniger Minuten ein Paar sein würden.

Ich warf meiner besten Freundin eine Kusshand zu. „Du kannst mir später danken!", rief ich und sprang in meinen Wagen.

Kapitel 15

Als ich das Gas durchdrückte, war ich so aufgeregt, dass mein Puls zwischen meinen Schläfen hin und her zu springen schien.

Ich wusste, ich hatte Rispo versprochen, ich würde mich raushalten, aber dieses Mal hatten sich mir die Informationen quasi aufgedrängt. Ich konnte doch nichts dafür, dass ich so viel Glück hatte!

Trotzdem hatte ich ein schlechtes Gewissen und ich schuldete es ihm, zumindest kurz durchzurufen. Er würde die Information auch gleich mit irgendeinem Computer oder Labor oder was auch immer abgleichen können. Ich war durch die amerikanischen Serien verwirrt und wusste nicht mehr wirklich, zu was die deutsche Polizei eigentlich fähig war.

Ich suchte den Kontakt heraus und betätigte den Lautsprecher, damit die Tatsache, dass ich fuhr und gleichzeitig telefonierte, etwas weniger illegal wurde. Schließlich rief ich einen Polizisten an.

Rispo hob nach dem dritten Klingeln ab.

„Hey", meldete er sich. „Ich dachte, es wäre meine Aufgabe, anzurufen. Darauf warst du doch so scharf. Ich habe mich den ganzen Tag darauf vorbereitet."

„Es sind Schlangen!", ignorierte ich ihn aufgeregt. „Schnitzker hat mit Schlangen gehandelt. Ich bin mir fast sicher. Er muss sie abgeholt oder hingebracht haben oder ... keine Ahnung." Meine Informationen waren doch etwas mau.

Es herrschte angespannte Stille am anderen Ende der Leitung und ich hätte schwören können, dass ich durch den Hörer hören konnte, wie Rispos Blut hart gegen seine Ohren pochte.

„Es ist keine vierundzwanzig Stunden her", knurrte er von null auf wütend in unter zehn Sekunden. „Keine vierundzwanzig Stunden, dass du mir versprochen hast, du würdest dich nicht mehr einmischen!"

Ich überfuhr eine orange Ampel, denn ich hatte es auf einmal sehr eilig. „Ja, ich weiß. Aber diesmal kann ich wirklich nichts dafür! Ich habe Trudi gesagt, dass ich mich raushalte und alles, aber dann war da Aris Gärtner, der plötzlich was wegen der Schlangen gesagt hat, und dann hat mein Gehirn automatisch angefangen zu denken, und es macht alles Sinn und ..." Ich holte tief Luft. Ich schwafelte. „Es sind auf jeden Fall Schlangen!"

„Sitzt du im Auto?", fragte Rispo gepresst.

„Äh ... ja, aber ich habe eine Freisprechanlage!"

Fast.

Ich bog nach rechts in Richtung Neumarkt.

„Louisa, sag mir, dass du gerade im Auto sitzt und nach Hause fährst, um in deinen Mandeln zu baden und den Wein aus deinem Kühlschrank zu trinken."

Ich schwieg.

„Scheiße, Lou. Ich hab echt die Nase voll! Fahr nach Hause!"

„Okay."

„Du lügst, Lou."

„Na ja ... ja, ein bisschen. Ich will mir nur die Schlangen dort ansehen. Ob es noch welche gibt, die auffällig sind. Die es dort nicht geben dürfte."

„Nein! Das ist mein Job, Lou! Hörst du?"

Ich verdrehte die Augen. „Rispo. Das ist wohl kaum gefährlich. Es sind Leute da. Der Laden hat noch geöffnet."

„Louisa, nein! Es ist ... wir hatten bereits einen Durchbruch. Wir stehen kurz vor einer Festnahme. Aber du musst ..."

„Ihr habt den echten Mörder?", fragte ich perplex.

„Ja, uns fehlen nur noch ein, zwei Beweise, aber ..."

„Wer ist es?"

„Das kann ich dir nicht sagen. Wichtig ist nur, dass wir bereits kurz davor sind, die Mittel zu haben, um Kai zu entlasten. Wir müssen in der Zoohandlung nur ..."

„Ihr fahrt auch zur Zoohandlung? Dann treffen wir uns einfach da. Ich habe jetzt schon so viel in den Fall investiert und möchte einfach nur wissen, was los ist! Ich mach mich unsichtbar."

„Nein! Louisa! Ich mache keine Witze, dreh bitte um und fahr nach Hause. Wir werden ..."

Ich legte auf. Rispo machte sich zu viele Sorgen. Wenn er sowieso gleich dort sein würde, gab es doch kein Problem!

Ich bog in die Prinzstraße, in der mein Blumenladen lag, und war jetzt nur noch wenige Autominuten von der Zoohandlung entfernt. Mein Handy klingelte und Rispos Nummer blitzte auf. Ich verdrehte die Augen und schaltete das Telefon ganz aus. Er konnte ja wohl noch ein paar Minuten mit dem warten, was er mir zu sagen hatte.

Ich bog in die Nebenstraße ein, die an der Rückseite der Zoohandlung vorbeiführte, fuhr an mehreren schwarzen Vans vorbei und verlangsamte das Auto, als ich überrascht das offenstehende Eisentor bemerkte, das das Lager des Ladens von der Straße abtrennte.

Das war merkwürdig. Es war sonst immer verschlossen gewesen. Ich fuhr den Rest der Straße entlang und hielt in einer kleinen Sackgasse. Ich war so frei, das Parkverbotsschild zu ignorieren. Es würde ja nicht lange dauern. Ich würde nur kurz schauen, warum das Tor offen war, dann vorne in die Zoohandlung spazieren, auf Rispo warten und hoffentlich live bei der Festnahme dabei sein.

Was glaubte Rispo nur, was mir dabei passieren könnte?

Ich zog den Zündschlüssel ab und schaltete die Scheinwerfer aus. Ohne das zusätzliche Licht war es ganz schön dunkel da draußen. Ich stieg aus, schloss die Autotür so leise wie möglich – mir kam es irgendwie falsch vor, die Stille zu durchbrechen – und sah die Straße hinunter. Die spärlich gesetzten Laternen spendeten kaum Licht und der Gehweg vor mir war in schwarze Schatten gehüllt.

Ich hielt inne und nagte an meiner Unterlippe. Eine Frage drängte sich mir auf: War ich dumm?

Es konnte zumindest nicht sonderlich intelligent sein, alleine in den dunkeln Hof zu gehen, wo vor ein paar Tagen ein Mensch getötet worden war.

Aber Quatsch. Ich wurde paranoid! Ich hatte zu viele Horrorfilme gesehen. Das hier war das echte Leben. Nicht in jedem dunklen Hof wurde gleich jemand umgebracht! Und ... Gott, ich war so furchtbar neugierig! Ich wollte doch nur wissen, ob Lars der Mörder war und warum. Und wenn Rispo bald auftauchen würde, dann brauchte ich mir ohnehin keine Sorgen zu machen.

Ich holte ein letztes Mal tief Luft und wanderte die Straße entlang, während ein unbehagliches Gefühl meinen Nacken hinunterkroch.

Ich konnte jetzt die Umrisse des offenen Tores sehen und erkannte, dass ein silbernes Auto auf dem Hof stand. Zwei Gestalten standen dahinter und unterhielten sich. Ihre gedämpften Stimmen wehten zu mir herüber und das unbehagliche Gefühl hatte mittlerweile auch meine Fingerspitzen erreicht.

Meinen Schritt verlangsamend verengte ich die Augen, um die Gestalten besser erkennen zu können. Die eine gestikulierte mit den Armen, und jetzt erkannte ich, dass neben dem Wagen eine Kiste stand. Eine Holzkiste, wenn mich meine Nachtblindheit nicht täuschte. Die letzte Straßenlaterne lag weit hinter mir und die Schwärze leckte an den Schemen und verwischte sie bis zur Unkenntlichkeit.

Ich blieb stehen, denn ich war am Rande der Umzäunung des offenen Lagers angelangt. Der Eisenzaun würde mir keinen Schutz bieten, und was immer die zwei Gestalten da taten, war sicher nicht legal. Niemand, der etwas Legales tat, stand im Dunkeln auf einem verlassenen Hof und sprach mit gedämpfter Stimme.

Nein. Sie taten etwas Verbotenes und Leute, die etwas Verbotenes taten, hießen Menschen, die sie unterbrachen, nicht mit offenen Armen willkommen.

Andererseits könnte diese Szene der letzte Beweis sein, den die Polizei brauchte. Vielleicht war das sogar der Grund gewesen, warum sie noch einmal zur Zoohandlung hatte kommen wollen! Und jetzt kamen sie zu spät.

Ein dicker Kloß bildete sich in meinem Hals und Angst kroch ihn hinauf, doch ich schluckte sie wieder hinunter. Die Gestalten bewegten sich nun zu der überdachten Rampe des Lagers und ich nutzte die Chance, um in geduckter Haltung den Zaun entlangzuhuschen, den Körper größtenteils hinter der halbhohen Mauer versteckt, die das Fundament des Zauns bildete.

Mein Herz klopfte mir bis zum Hals und eine Stimme in meinem Kopf fragte mich verärgert, was ich eigentlich glaubte, hier zu tun.

Sie hörte sich verdächtig nach Rispo an.

Ich war bis zum Tor gekommen, als leise Schritte ankündigten, dass die beiden Gestalten sich zurück zum Auto bewegten. Ich hockte mich auf den Boden und lehnte mich mit dem Rücken gegen die Mauer.

„... vertrauen, wenn hier Menschen umkommen", sagte eine männliche Stimme, die ich nicht kannte.

„Ein Mensch. Nicht Menschen. Und die Situation war besonders. Das hat nichts mit dem Geschäft zu tun." Es war die Stimme von Lars und mein Herz hüpfte gleich noch ein wenig höher. „Ich habe meinen Kragen für das Tier riskiert und erwarte einen Aufschlag."

Der zweite Mann grunzte etwas, das ich nicht verstand, dann schabte Holz über den Boden. Sie bewegten die Kiste!

Du meine Güte – es fand gerade eine Übergabe statt! Wo steckte die Polizei? Was sollte ich tun?

Gar nichts.

Das war natürlich wieder Rispos Stimme in meinem Kopf.

Mach ein Foto.

Das war meine eigene Stimme.

Wenn ich ehrlich war, dann hörten sich beide Stimmen nicht sehr vertrauenswürdig an, aber ... jetzt war ich schon einmal hier und ein Foto würde mich sicher nicht umbringen.

Hoffte ich.

Ich musste mutig sein. Für Kai.

Ich zog mein Handy aus der Handtasche und blickte auf das schwarze Display. Richtig, ich hatte es ausgeschaltet, damit mein schlechtes Gewissen gegenüber Rispo nicht überhandnahm. Die Männer sprachen immer noch und jetzt hörte ich, wie eine Autotür ins Schloss fiel. Das musste der Kofferraum gewesen sein.

Mist. Ich hatte die direkte Übergabe verpasst! Aber ich könnte immer noch das Auto fotografieren. Oder die beiden Männer.

Ich drückte den An-Knopf des Handys ... und das Display leuchtete gleißend hell auf. Panisch versuchte ich das Licht mit meiner Hand abzudecken, jemand fluchte und im nächsten Moment schloss sich eine eiserne Hand um meinen Oberarm und zerrte mich auf die Beine. Erschrocken riss ich mich los, wirbelte herum und blickte geradewegs in den Lauf einer Pistole in Lars' Hand.

Vielleicht konnte ein Foto einen doch umbringen.

Übelkeit floss in meinen Magen. Heiße Angst, die versuchte, sich ihren Weg in meine Eingeweide zu fressen und gleichzeitig gegen meine Luftröhre drückte.

Ich hatte doch nicht mit einer Waffe gerechnet! Warum hatte er eine Waffe? Das machte keinen Sinn. Wenn er eine Pistole hatte, wieso ging er dann mit Stricknadeln auf Leute los?!

Es war eine echte Pistole, mit echten Kugeln und mit der echten Möglichkeit mich umzubringen.

Vielleicht war es jetzt an der Zeit, in Ohnmacht zu fallen.

„Scheiße!", fluchte Lars laut und der Mann neben ihm – der Kunde? – sah jetzt genauso panisch aus, wie ich mich fühlte. „Was ist nur los mit Ihnen? Warum können Sie sich nicht um Ihr eigenes Leben kümmern?"

Ich schluckte, versuchte meine Beine dazu zu bringen, mit dem Zittern aufzuhören, und hob hilflos die Achseln.

„Lars, was soll das?", fragte der Mann ängstlich. Sein Gesicht lag immer noch im Schatten, aber ich machte mir auch nicht die Mühe, ihn näher zu betrachten. Mein Blick war immer noch auf Lars' Waffe gerichtet, die ebenfalls zitterte. Na toll. Er wusste offensichtlich nicht, was er tat!

„Lars!", quietschte der Mann. „Damit will ich wirklich nichts zu tun haben!"

„Ich doch auch nicht", fuhr Lars ihn an und die Waffe wackelte gleich noch ein wenig mehr. „Aber sie nervt schon die ganze Woche. Und ... verdammte Scheiße."

Das schien den Mann nicht zu beruhigen. Er warf einen letzten Blick zu mir und sah beinahe entschuldigend aus, als er im nächsten Moment in sein Auto sprang und aufs Gas drückte. Ich musste zur Seite hechten, damit ich nicht überfahren wurde, und als ich wieder aufblickte, war der Lauf der Waffe leider immer noch auf mein Gesicht gerichtet.

Ich wünschte mir nichts sehnlicher, als irgendwo anders zu sein. Von mir aus auf einem von meiner Mutter arrangierten Date. Irgendwo. Irgendwo, wo mir keine Kugeln um die Ohren fliegen konnten.

Ich machte den Mund auf, um etwas zu sagen, doch zum ersten Mal in meinem Leben, war ich unfähig zu sprechen. Es war eine Sache, mit einem Messer bedroht zu werden – das hatte ich bereits hinter mir – eine ganz andere jedoch, mit der Möglichkeit konfrontiert zu sein, gleich eine Kugel im Gesicht zu haben. Vor einem Messer hätte ich weglaufen können. Aber vor einer Pistole?

Ich konnte schnell rennen, aber nicht schnell genug.

„Warum bringen Leute mich immer wieder in solche Situationen!? Warum zum Teufel denkt denn nie jemand nach, und warum bleibt die Drecksarbeit dann an mir hängen?", schrie Lars.

Ich sagte nichts, denn auf diese Frage hatte ich auch keine Antwort. Ich konnte gerade nichts anderes tun, als zu hoffen, dass sein Geschrei irgendwen auf uns aufmerksam machte.

Schweiß sammelte sich in meinem Nacken und ich hob langsam meine Hände. Das erschien mir das Richtige. Auch wenn die eine Hand immer noch mein Handy umklammert hielt.

„Es ... tut mir leid", stammelte ich, während die Hitze in meinem Magen zu Eis gefror. Ich konnte meine eigenen Worte kaum verstehen.

Lars lachte laut und hohl.

„Und was bringt mir das jetzt?", fragte er entgeistert. „Überhaupt nichts. Sie stehen trotzdem noch hier, sind zu einer Zeugin geworden, und jetzt muss ich Sie wahrscheinlich auch noch umbringen, damit ich nicht ins Gefängnis wandere."

Wahrscheinlich.

Er hatte wahrscheinlich gesagt. Das war ein Wort, an dem ich mich festhalten konnte.

„Wie haben Sie es überhaupt rausgefunden?", schrie er mich an.

Erschrocken wollte ich einen Schritt zurückweichen, doch seine Maske des Zorns hinderte mich daran. Seine weißen Zähne glühten in der Nacht auf und in seinen Augen spiegelte sich ein Wahnsinn wider, den ich in solchem Ausmaß noch nicht erlebt hatte. Und ich war schon auf einem Backstreet-Boys-Konzert gewesen!

„Wie ... wie ... wie habe ich was rausgefunden?", stotterte ich.

„Dass ich der Mörder bin!"

Ich blinzelte und fragte unschuldig: „Äh ... du bist der Mörder?"

Wieder lachte er und mit jedem Lacher bewegte sich die Waffe auf und ab.

Konnte sich bei zu viel Bewegung ein Schuss lösen? Wieso wusste ich so etwas eigentlich nicht? Wieso hatte ich Rispo nie danach gefragt? Wieso fing in meinem Kopf eine Frau hysterisch und ängstlich an zu schluchzen?

„Stellen Sie sich nicht dumm!"

Oh, ich musste mich nicht dumm stellen. Das, was ich mir heute und hiermit geleistet hatte, bewies meine Dummheit zur Genüge. „Lars, du ... ich ... ich habe wirklich keine Ahnung gehabt." Was ja auch irgendwie stimmte. „Ich wollte nur noch einmal hier vorbeischauen und ... wenn du mich gehen lässt, dann können wir einfach so tun, als wäre das alles hier gar nicht passiert. Wirklich. Ich kann ganz toll Geheimnisse behalten. Frag meinen Bruder."

„Hören Sie auf, zu schwafeln!", fuhr er mich an. „Natürlich kann ich Sie nicht einfach gehen lassen."

„Aber ... warum denn nicht?", fragte ich, die Verzweiflung war nur allzu deutlich aus meiner Stimme herauszuhören.

„Meine Güte, Sie sind ja tatsächlich dumm wie Brot. Ich werde nicht meinen Hals riskieren, nur damit Sie Ihr trauriges Leben weiterführen und Ihre Nase in fremde Angelegenheiten stecken können, die Sie einen Dreck angehen! Ich glaube, wenn ich Sie umlege, tue ich der Menschheit sogar einen Gefallen."

Das Blut pochte schmerzhaft in meinen Ohren und meine Gedanken rasten. Ich suchte nach einer Lösung, noch während mein Kopf mir sagte, dass es keine gab.

„Überleg dir das noch einmal", sagte ich langsam. „Keiner kann dir den Mord an Manuel Schnitzker nachweisen. Es gibt keine Beweise. Auch für den ... Schlangenschmuggel nicht."

„Woher wissen Sie von dem Schmuggel?", rief er hysterisch.

Oh Mist.

„Ich ... ich ..." Meine Stimme brach und ich musste tief durchatmen, um weitersprechen zu können. „Von einem Foto und ... ist auch egal." Ich schluckte. „Die Sache ist: Man kann dir nichts nachweisen. Warum noch einen Mord zu der Liste hinzufügen? Ein Mord, der dir möglicherweise zum Verhängnis wird ... du bist besser als das!"

„Natürlich bin ich besser als das!", brüllte er aufgebracht, eine Hand in seinen blonden Surferhaaren. „Ich bin besser als das alles hier." Er fuchtelte mit seinem freien Arm in der Gegend herum. „Und ich bin verdammt noch mal besser als Schnitzker. Er hat nichts getan. Überhaupt nichts. Er hat nur ein paar Käufer reingeholt. Noch nicht einmal die Preise hat er bestimmt! Er war viel zu dumm dafür. Nein. Das Wichtige hab ich getan. Das Schmuggeln und das alles, war alles ich. Und dann wollte er mehr Geld? Scheiße, nein! Wir brauchten ihn eigentlich gar nicht. Ich trug das Risiko und außerdem ... hatte er lauter Dinge, die er nicht verdiente. Ich wollte ihn ja nicht umbringen. Erst mal. Aber da waren Argumente und Gründe und ..." Erneut raufte er sich die Haare. „Herrgott, er hat Schlangen noch nicht einmal gemocht! Er hasste die Teile und wollte trotzdem immer mehr Geld für sein perfektes, beschissenes Leben. Und es war ja ..." Er verstummte und schüttelte den Kopf. „Ist auch egal! Ist nicht mehr zu ändern, oder?"

„Nein", antwortete ich sofort. „Also, ja, aber ... das bedeutet nicht, dass noch mehr geschehen muss. Ich glaube dir. Du wolltest ihn nicht töten und ... du bist kein Mörder."

Verwirrt sah er mich an. „Natürlich bin ich ein Mörder! Haben Sie nicht zugehört? Ich habe ihn umgebracht."

Mit jeder Sekunde fiel es mir schwerer zu sprechen. „Ja ... schon, aber ... heute wird keiner mehr für Mord angeklagt", zitierte ich meinen Bruder. „Heute ist das meistens Totschlag und das ist überhaupt nicht so schlimm."

Ich redete Blödsinn und Lars war leider intelligent genug, um das zu bemerken.

„Ich werde ganz sicher nicht ins Gefängnis gehen. Nicht jetzt, wo ich alles habe, was ich wollte!"

„Dann ist heute dein Pechtag", sagte plötzlich eine Stimme hinter mir und ich zuckte zusammen.

Lars jedoch schien beinahe aus der Haut zu springen. Die Pistole schwenkte einmal kurz von mir zu dem Mann hinter mir – Rispo, das war eindeutig Rispos Stimme gewesen –, dann richtete er den Lauf jedoch wieder auf meine Brust.

„Keinen Schritt weiter!", sagte Lars laut. „Wenn Sie abdrücken, drücke ich auch ab und dann bin ich zwar tot, aber sie ist es auch!"

Ich konnte spüren, wie Rispo neben mich trat, wagte es aber nicht, ihn anzusehen. Aus den Augenwinkeln konnte ich erkennen, dass er ebenfalls eine Waffe gezogen hatte. Seine jedoch lag ruhig in der Hand.

Eine Pistole in Rispos Händen gefiel mir eindeutig besser als eine Pistole in denen von Lars.

„Lars, nimm die Waffe herunter", sagte er ruhig. Seine Stimme klang so gelassen wie immer und das verunsicherte mich – aber meinem Gegenüber schien es da genauso zu gehen.

„Nein!", schrie er. „Ich gehe nicht ins Gefängnis. Und sie ist wirklich eine Nervensäge! Sie verdient den Tod."

„In zwei Minuten wird es hier von Polizisten nur so wimmeln, Lars. Es ist vorbei. Nimm die Waffe herunter."

„Es ist erst vorbei, wenn ich es sage!"

„Nein", widersprach Rispo mit fester Stimme. „Es ist vorbei, wenn ich es sage. Und ich sage: Es ist vorbei."

Wieder lachte Lars und jetzt bekam er einen Gesichtsausdruck, der mir noch weniger gefiel, als der Ausdruck des Wahnsinns, der Sekunden zuvor noch seine Züge geziert hatte.

„Tja, ich fürchte, da haben wir eine Meinungsverschiedenheit. Denn ich kann sie immer noch erschießen. Ich komme anscheinend sowieso ins Gefängnis, da macht die eine Tote auch nichts mehr aus, oder? Und ich fühle mich gerade wirklich gestresst! Ich habe noch nie jemand so Nervigen getroffen. Zu wissen, dass ich sie von der Erde gefegt habe, würde mir die nächsten Jahre im Bau sehr versüßen."

Mein Herz blieb stehen und Magensäure sammelte sich in meinem Mund. Warum tat Rispo nichts? Ich wollte nicht sterben. Ich wollte wirklich nicht sterben.

„Dass jemand nervt, ist kein Grund, ihn umzubringen", sagte Rispo langsam. „Glaub mir, ich weiß das, sonst wäre sie bereits tot."

Ungläubig riss ich die Augen auf. Was zum ...? Das war keine Hilfe!

„Sehe ich anders. Ich brauche einen besseren Grund, um sie nicht umzulegen."

Am äußeren Rand meines Sichtfeldes sah ich, wie Rispo die Schultern hob. „Na ja, ich bin noch nicht ganz fertig mit ihr. Außerdem bin ich ein trainierter Schütze ... und du hast immer noch die Sicherung drin."

„Was?" Verwirrt blickte Lars auf seine Waffe hinunter und in genau diesem Moment löste sich ein Schuss, dicht gefolgt von einem Schrei, der mir durch Mark und Bein ging.

Der laute Knall schien mein Trommelfell zu zerreißen, und ich realisierte erst, dass es Rispo war, der gefeuert hatte, als Lars die Waffe fallen ließ und im nächsten Moment mit dem Gesicht voran auf den Asphalt gedrückt wurde.

„Scheiße, Mann, Sie haben mich verstümmelt!", schrie er. „Sie haben mich zu einem Krüppel gemacht!!!"

Rispo stemmte ein Knie in Lars' Rücken und riss seine Arme nach hinten. Da war Blut und mir wurde schwindelig.

Lars Hand blutete. Rispo musste Lars' Waffe direkt aus seiner Hand geschossen haben.

Eine erneute Welle von Übelkeit, begleitet von einer Woge der Erleichterung, schwappte durch meinen Körper. Ich ließ mich auf den Boden fallen. Meine

Beine würden mich keine weitere Sekunde mehr tragen.

Ich steckte den Kopf zwischen sie, atmete ein und aus, und kämpfte gegen den Würgereiz an.

Ich konnte Lars weiter fluchen und wüste Beschimpfungen von sich geben hören.

Ich hielt die Hände über meinem Kopf zusammengeschlagen, während Blaulichter sich auf dem Asphalt zu reflektieren begannen.

Kapitel 16

Autoreifen quietschten, Türen schlugen zu, Leute redeten durcheinander – doch ich blieb einfach auf der kalten Erde sitzen, um mich zu beruhigen, bevor ich noch in Tränen ausbrach.

Ich konnte wirklich nicht gut mit Nahtoderfahrungen umgehen. Das hatte mir nie jemand beigebracht. In der Schule hatte es immer nur Kurvendiskussion, Gedichtanalyse und NS-Zeit geheißen. Nie: So reagieren Sie, wenn jemand mit einer Waffe auf Sie zielt. Selbst in der Uni hatte es so ein Fach nicht gegeben. Was stimmte nicht mit dem Bildungssystem heutzutage?

Okay, ich wurde hysterisch.

Atmen.

Wieder atmen. Das Bildungssystem hatte nichts mit der heutigen Situation zu tun. In die hatte ich mich ganz allein hineinmanövriert.

Ich schloss die Augen und die Übelkeit legte sich langsam. Hey, ich war nicht in Ohnmacht gefallen! Irgendjemand sollte mir eine Medaille geben. Ich hob meinen Kopf und senkte ihn ganz schnell wieder, als ich sah, wie einer der Streifenpolizisten, die in den letzten Minuten dazugestoßen waren, Lars vom Boden hochhob und in meine Richtung bugsierte.

Als ich das nächste Mal aufblickte, standen andere Beine in meinem Sichtfeld.

Rispos Beine. Die hätte ich unter hunderten wiedererkannt.

Er hockte sich vor mich und legte eine warme Hand unter mein Kinn. „Geht es dir gut?"

Ich sah ihm ins Gesicht. Seine Augen waren so warm wie seine Hand, aber sein Mund war zu einer dünnen Linie zusammengepresst. Er sah sehr, sehr wütend aus. Anders wütend als ich ihn kannte. Sein Gesicht war verschlossen und obwohl ich seine Hauptschlagader deutlich und schnell an seinem Hals pochen sehen konnte, war er ruhig. Gefasst.

Sein Polizisten-Ich.

Doch eine noch kühlere Version als die, die ich kannte. Seine Hand wanderte meine Wange hinauf. Er schloss die Augen, fuhr sacht mit dem Daumen über meine Haut und als er die Lider wieder öffnete, ließ er die Hand wieder fallen.

„Mir geht's gut", sagte ich leise und ließ mich von ihm auf die Füße ziehen.

Er wandte sein Gesicht ab und nickte ruckartig, dann steckte er seine Hände in die Hosentaschen.

Eine neue, unbekannte Angst stahl sich in meinen Kopf. „Josh? Geht es dir gut?"

Er lachte trocken. „Ganz ehrlich, es fällt mir gerade sehr schwer, dir in die Augen zu sehen."

„Oh." Ich legte die Hände ineinander und massierte meine Finger. „Du bist wütend."

„Wütend?" Er sah mich immer noch nicht an. „Nein. Wütend ist gar kein Ausdruck für das, was ich empfinde, Louisa."

Ich schluckte. „Es ist nichts passiert."

„Es ist nichts passiert?" Rispos Stimme war so laut, dass einige Beamte sich zu uns umwandten und als sein Blick jetzt meinen traf, musste ich mich davon abhalten, nicht vor ihm zurückzuweichen. „Wäre ich drei Sekunden später gekommen, wärst du jetzt wahrscheinlich tot."

Mein Hals zog sich schmerzhaft zusammen und ich wusste, dass er recht hatte. „Ich ... danke."

„Danke?"

Mein Gesicht wurde heiß und ich nickte. „Danke dafür."

„Ich will deine Dankbarkeit nicht!", fuhr er mich an, eine Hand an seiner Stirn. „Ich habe dir gesagt, du sollst nach Hause fahren."

„Ich weiß, nur ..."

„Nein!"

Erschrocken zuckte ich zusammen. Rispo hatte mich schon oft angeschrien, aber ... noch nie auf eine solch intensive Art und Weise.

„Es gibt keine Ausrede, die das rechtfertigt! Ich habe dir eine direkte Anweisung gegeben – und du hast sie komplett ignoriert. Du hättest getötet werden können! Das war dumm von dir, Louisa, so unglaublich dumm, hier alleine herzufahren. Herrgott, es hätte uns beiden das Leben kosten können."

„Ich weiß", sagte ich tonlos. „Aber das ... hat es nicht."

Rispo lachte freudlos und schüttelte den Kopf. „Du hattest es versprochen, Lou."

„Ich weiß …", sagte ich, unfähig dazu, andere Worte zu finden. Meine Augen brannten und sein Gesichtsausdruck war so hart, dass er mir ins Herz zu schneiden schien. „Es tut mir leid, ich …"

„Ja. Mir tut es auch leid", murmelte er. Und dann drehte er mir den Rücken zu und ging.

Mit offenem Mund sah ich ihm hinterher. Er lief einfach aus dem Tor und verschwand. Wieder bekam ich Panik, doch dieses Mal nicht, weil ich Angst um mein Leben hatte. Dieses Mal, weil seine Worte etwas … Endgültiges gehabt hatten.

„Frau Manu?"

Ich schluckte und wandte meinen Blick vom Tor ab. Ein Streifenpolizist stand vor mir. „Ja?"

„Sie müssen noch eine Aussage machen. Soll ich Sie zur Wache bringen?"

Langsam schüttelte ich den Kopf. „Ich bin mit dem Auto hier. Ich fahre selbst."

„In Ordnung. Kann ich Ihnen sonst noch irgendwie helfen? Das muss ein schockierendes Erlebnis gewesen sein."

Ich sah erneut zum Tor. Kein Rispo.

„Das war es. Aber mir geht es gut. Alles wird gut."

Das letzte sagte ich eher zu mir selbst.

Als ich endlich alles zu Protokoll gegeben hatte, was passiert war, stand ich noch eine halbe Stunde unschlüssig im Eingangsbereich der Polizei herum. Ich wusste nicht, auf was ich wartete.

Nein, das stimmte nicht.

Ich wusste genau, auf wen ich wartete. Doch Rispo erschien nicht.

Mein Bruder schaute kurz vorbei, um zu fragen, wie es mir ging, und um mir zu erzählen, dass Kai, Trudis Sohn, wieder freigelassen worden war. Dann erzählte er mir noch irgendetwas davon, dass die Polizei von der Übergabe, in die ich hineingestolpert war, gewusst hätte, der Hof bereits verwanzt worden war. Dass sie ein zweites Bankkonto von Lars gefunden und ihn beschattet hatten. Dass sie ihn hatten festnehmen wollen, sobald die Übergabe vonstattengegangen war. Er erklärte mir irgendwelches rechtliches Zeug, doch ich verstand es nicht wirklich. Ich hörte ihm auch kaum zu.

Ich wollte mit Josh reden. Ich musste mit ihm reden. Ihm erklären, warum ich gehandelt hatte, wie ich es getan hatte. Doch er tauchte nicht auf. War wahrscheinlich mit Befragungen und Polizeiarbeit beschäftigt.

Schließlich verließ ich die Station und setzte mich in den Wagen. Die Hände aufs Lenkrad gelegt sah ich in die Nacht hinaus.

Rispo war nicht das Einzige, was in meinem Kopf herumgeisterte.

Etwas nagte an mir. Etwas an dem Fall. An den Dingen, die Lars heute gesagt hatte. Da war ... irgendetwas.

Ich konnte meinen Finger nicht darauf legen, doch da war etwas, das nicht zusammenpasste. Etwas, das mich störte. Nur was?

Vielleicht die Tatsache, dass der ermordete Paketbote mir so ängstlich vorgekommen war? Nein, nicht ängstlich, eher ... unsicher. Introvertiert. Schnitzker war sehr schüchtern gewesen und ich konnte mir irgendwie nicht vorstellen, dass er von dem offenbar leicht aggressiven Lars mehr Geld verlangt hatte. Aber das war es nicht.

Es war etwas Offensichtliches.

Ich hatte das Gefühl, dass es direkt vor meiner Nase lag, dass ich nur meine Hand ausstrecken müsste … aber meinen verdammten Arm nicht hochbekam. Ich seufzte, schloss die Augen und versuchte Lars' Worte zu rekonstruieren. Doch alles, was ich sah, war Rispos verhärtetes Gesicht.

Verdammt.

Tränen brannten in meinen Augen. Heute hatte ich den Vogel wirklich abgeschossen.

Ich ließ meine Stirn auf das Lenkrad sinken, gab mir noch einige Minuten, um mich zu beruhigen, dann startete ich den Wagen.

Ich war erschöpft, immer noch etwas verängstigt und wollte nicht alleine sein.

Mich von meiner Mutter befragen lassen, wollte ich aber auch nicht. Ari hatte wahrscheinlich mit dem Gärtner zu tun, Rispo war der Letzte, der mich jetzt sehen wollte und mein Bruder war zurück zu seiner Familie gefahren.

Ich landete bei Emily.

Es war halb zwei Uhr nachts, doch sie öffnete mir bereits nach dem ersten Klingeln.

„Hey", sagte sie überrascht, als ich die Treppen zu ihrer Wohnung erklommen hatte. „Was ist los?"

„Jemand wollte mich erschießen, und ich glaube, ich habe es versaut."

Ihre Augen wurden groß. „Versaut, dass jemand auf dich schießt? Das ist doch gut, oder?"

Ich schüttelte den Kopf. „Nicht das. Mit Rispo. Ich glaube, ich habe es mit Rispo versaut."

„Oh." Emily sah mich an, blinzelte und fragte dann: „Wollen wir uns betrinken?"

Ich nickte. „Ja, bitte."

Manchmal war Emily die beste Schwester, die man haben konnte.

Sie versorgte mich mit Wein und Schokolade, setzte mich auf ihr Bett und ließ mich alles erzählen.

Bei der Stelle mit der Pistole klappte ihr schockiert die Kinnlade hinunter. Dabei hatte ich immer gedacht, dass Emily absolut nichts aus der Fassung brachte.

„Du meine Güte. Und du sagst immer, ich müsse mein Leben in den Griff bekommen", stellte sie am Ende meiner Geschichte fest.

Ich leerte mein drittes Glas Wein und lachte. „Erinnere mich das nächste Mal, wenn ich dir das sage, an diesen Abend."

Emily nickte. „Oh, das werde ich. Gib dich keinen falschen Hoffnungen hin. Aber vielleicht warte ich damit noch etwas ... bis du aufgehört hast zu zittern."

Sie reichte mir eine Decke und bei diesem Zeichen von Zärtlichkeit, hätte ich beinahe angefangen zu weinen. Ich liebte Emily und sie liebte mich, das wussten wir beide, doch gleichzeitig waren wir nicht besonders gut darin, uns diese Zuneigung zu zeigen. Größtenteils wohl deswegen, weil ich die ganze Zeit versuchte, sie zu bevormunden, und sie die ganze Zeit versuchte, mich auf die Palme zu bringen.

Emily bemerkte, dass ich am Rande der Tränen war und zog mich in eine ihrer seltenen Umarmungen. Die waren eigentlich Männern vorbehalten.

Ich hickste und mir liefen einige Tränen die Wangen hinab. Dieser Tag war zu viel für mich gewesen.

„Das wird schon wieder", sagte sie zuversichtlich. „Finn meint, Josh mag dich wirklich."

Ich zog meine Nase hoch und richtete mich wieder auf. „Seit wann bist du denn die beste Freundin von Rispos Bruder?"

Sie zuckte die Schultern. „Keine Ahnung, wir verstehen uns einfach ... und nein. Wir gehen nicht miteinander ins Bett." Sie grinste. „Noch nicht. Egal. Jedenfalls meinte er, dass Josh dich mag."

Stirnrunzelnd schüttete ich mir Wein nach. „Das hat Josh ihm gesagt?"

Emmi wurde rot. „Nun ja, nein. Nicht wortwörtlich. Aber Finn hat zwischen den Zeilen gelesen."

Na super. Nichts gegen Finn, aber er war nicht gerade von der sensiblen Sorte Mann.

„Ich rede morgen mit ihm."

„Mit Finn?"

„Nein, mit Josh."

Emily nickte. „Gut. Du hast nämlich schon deinen Rispo. Ich will meinen eigenen."

Das brachte mich zum Lachen. Auch wenn ich mir dachte, dass ich wohl gar keinen Rispo hatte.

Emily ließ mich in ihrem Bett schlafen und ich stellte meinen Wecker aus. Ich hatte beschlossen, den Laden erst am Nachmittag zu öffnen. Ich brauchte Schlaf und ein paar Stunden Ruhe. Außerdem wollte ich morgen früh direkt zur Wache, um mit Rispo zu sprechen. Schadensbegrenzung.

Ich mochte ihn wirklich. So richtig wirklich.

Ich fiel in einen unruhigen Schlaf, verfolgt von Träumen über Schlangen, Pistolen und einem wütenden Rispo.

Was hatte ich übersehen? Was hatte ich übersehen ...

Mitten in der Nacht wachte ich auf. Vielleicht, weil es mir einfiel, vielleicht auch, weil Emily mich unter der Decke trat. Es war egal. Ich wusste es.

Wir.

Lars hatte wir gesagt. Nicht ich.

Wir brauchten ihn eigentlich gar nicht.

Wer war wir?

Als ich am nächsten Morgen aufwachte, war es bereits zehn Uhr. Blinzelnd betrachtete ich die Zahl auf meinem Display und drückte schließlich auf den kleinen Umschlag. Eine SMS von meiner Mutter.

Die Braut hat mir am Samstag den Scheck für die Hochzeit gegeben. Hol ihn dir doch bitte heute Mittag ab.

Ich seufzte, ließ das Telefon sinken und schwang die Beine über den Bettrand. Ich war erleichtert, dass meine Mutter offensichtlich noch nichts von dem gestrigen Vorfall gehört hatte. Sie wäre ... not amused.

Emily schnarchte neben mir und ich ließ sie schlafen.

Von plötzlicher tiefer Zuneigung erfüllt, gab ich ihr einen dicken Schmatzer auf die Wange, dann zog ich mich an.

Ich fuhr zur Wache und blieb einige Minuten im Auto sitzen.

Wir.

Ich musste Rispo davon erzählen. Auch wenn das bedeutete, dass ich mich schon wieder in den Fall einmischte, obwohl er eigentlich abgeschlossen war. Außerdem war da außer dem wir noch etwas anderes, das mit einer roten Fahne vor meinem inneren Auge hin und her schwang. Irgendetwas, das ich übersah.

Jemand klopfte an mein Fenster und vor Schreck machte ich mir beinahe in die Hosen. Als ich jedoch durch die Fensterscheibe sah, erkannte ich erleichtert, dass keine Waffe auf mich gerichtet war. Stattdessen starrte ich in das fröhliche Gesicht von Marvin, dem Recherchisten.

Ich ließ das Fenster herunter. „Hey, Marvin. Alles klar?"

Er nickte. „Klar, alles klar. Ich wollte dir nur sagen, dass es nicht gut kommt, auf dem Parkplatz der Polizei herumzulungern. Lässt dich irgendwie schuldig wirken."

„Oh. Schuldig für was?"

Er zuckte die Achseln. „Keine Ahnung. Irgendwas. Als wolltest du etwas gestehen, würdest dich aber noch nicht so wirklich trauen."

Da das auf eine gewisse Art und Weise stimmte, seufzte ich. Doch schließlich schloss ich das Fenster wieder und stieg aus. „Ich will nur mit Rispo reden", gestand ich, während wir zusammen die Stufen zum Präsidium erklommen.

„Oh, natürlich. Hab von gestern gehört. Bin froh, dass du nicht erschossen wurdest."

„Äh ... danke?"

„Gerne. Ich mag dich." Er senkte seine Stimme. „Auch wenn du eine Akte gestohlen hast. Ich habe echt versucht, dich zu decken, aber du weißt, wie Rispo ist."

„Kein Problem. Ich hätte sie nicht stehlen dürfen."

Marvin machte eine wegwerfende Handbewegung und hielt mir die Tür auf. „Schwamm drüber. Rispo hat mich nicht verpfiffen, obwohl ich eigentlich Schuld hatte, weil ich die Akten nicht so offen hätte rumliegen lassen dürfen. Ich werde vielleicht sogar bald zu seinem Partner."

Ich trat über die Schwelle und hob eine skeptische Augenbraue. „Wirklich? Ich dachte, du wirst nicht in den Außeneinsatz gelassen."

„Ja, aber jetzt schon. Der Polizeipräsident ist es leid, dass Rispo allein agiert und er meinte, ich sei das kleinere Übel."

Ich schnaubte. Das konnte ich mir gut vorstellen. Marvin war perfekt für Rispo. Er himmelte ihn an und würde alles tun, was er ihm sagte. „Freut mich für dich, Marvin. Lass dich nur nicht herumpöbeln."

Seine Ohren wurden rot. „Nein, natürlich nicht. Soll ich Rispo für dich holen?"

„Ja, das wäre nett."

Er nickte und verschwand in einem der Gänge, die ich nie würde auseinanderhalten können. Ich richtete meine Aufmerksamkeit in Richtung Rezeption und blickte überrascht auf den dunklen Schopf einer jungen Frau, die im Profil zu mir stand. Hanna Neuger, die Freundin des Opfers. Sie wandte sich um und verengte skeptisch die Augen, als sie mich erkannte.

Ich konnte es ihr nicht verdenken. Ich würde mir auch suspekt vorkommen, wenn ich plötzlich überall auftauchte, wo ich war. Sie ließ ihren Blick kurz über meine Erscheinung schweifen, drehte sich dann jedoch wieder zur Rezeption um.

Die Rezeptionistin legte ein Stück Papier vor sie, reichte ihr einen Stift und positionierte einen Plastikbeutel daneben, der mit verschiedenen Habseligkeiten gefüllt war.

„Wo genau soll ich unterschreiben?", fragte sie und überflog das Blatt.

Gott, ich war wirklich unverbesserlich, aber ich musste einige Schritte nach vorne machen, um zu sehen, was auf dem Zettel stand.

„Hier", sagte die Dame hinter der Rezeption und deutete auf eine Stelle auf dem Papier. „Die Einverständniserklärung der Eltern, dass die Sachen an Sie gehen, werden wir behalten müssen", fuhr sie fort und lächelte mir zu, als sie mich erkannte. Ich war seit dem letzten Mal offenbar in ihrem Ansehen gestiegen.

Hanna überflog das Blatt. „Die Adresse stimmt nicht mehr", sagte sie und deutete auf den Part, wo die Anschrift der Wohnung vermerkt war, die sie meines Wissens bis vor ein paar Tagen noch bewohnt hatte. „Ich bin umgezogen."

„Oh. Dann muss ich ein neues Formular aufsetzen", bemerkte die Rezeptionistin leichthin.

Unauffällig überflog ich das Blatt. Ich verstand nicht alles, aber offensichtlich ging es darum, dass Hanna die Habseligkeiten von Manuel entgegennahm, die nicht länger als Beweismaterial galten.

„Können Sie mir hier einfach Ihre neue Adresse aufschreiben?" Sie legte einen kleinen weißen Zettel neben das Formular.

„Natürlich."

Hanna schrieb die Adresse auf und … ich stutzte. Sie hatte die Postleitzahl dazu geschrieben und ihre Nullen waren kleine Kringel. Und ihre eins war nur ein Strich.

Oh mein Gott.

Ich kannte ihre Handschrift.

Hanna reichte den Zettel der Rezeptionistin, die nickte, aufstand und mit einem „Bin gleich wieder da" den Raum verließ.

Mit offenem Mund starrte ich Hanna Neuger an. Was hatten Zettel mit ihrer Handschrift im Müll der Zoohandlung zu suchen gehabt?

Und ... heilige Frühlingswiese!

Jetzt wusste ich, was mich noch gestört hatte.

„Sie haben mich angelogen", stellte ich verblüfft fest.

Hanna, überrascht, dass ich mit ihr redete, wandte sich mit einer gehobenen Augenbraue zu mir um. „Bitte, was?"

Ihre eisblauen Augen waren so kalt, dass ich eine Gänsehaut bekam.

„Sie haben mich angelogen", wiederholte ich. „Sie sagten, es sei Manuels Schlange."

Sie verstand immer noch nicht. „Wovon reden Sie? Haben Sie nicht schon genug Fragen gestellt und Lügen verbreitet?"

„Sie sagten, er liebte Schlangen", fuhr ich fort. „Aber das stimmt nicht."

Denn Lars hatte gestern behauptet, Manuel ‚hasse die Teile'. Ausnahmsweise war ich dazu geneigt, dem Verrückten mit der Waffe zu glauben.

„Ich habe keine Ahnung, wovon Sie sprechen", sagte sie kühl und wandte mir wieder den Rücken zu.

Ich musste doch tatsächlich lachen. „Natürlich haben Sie das. Du meine Güte ... Sie und Lars sind das

‚wir'. Es war doch wieder eine Affäre! Sie haben mit ihm zusammengearbeitet, oder?"

Wütend fuhr sie zu mir herum. „Sie sollten wirklich aufpassen, was für Anschuldigungen Sie hier machen. Mein Freund ist gerade gestorben. Was weiß ich, was für verwirrte Dinge ich von mir gegeben habe."

Ich glaubte ihr kein Wort. Sie war schuldig. Ich wusste es.

„Sie haben ganz schöne Eier in der Hose", stellte ich ehrlich bewundernd fest. „Hauen Ihre Affäre an, Ihren Freund zu töten und spazieren einfach so in eine Polizeistation. Das hätte ich mich nicht getraut. Verrückte haben da offenbar eine höhere Toleranzgrenze. Aber was machen Sie denn jetzt mit einem toten Freund und einer Affäre, die hinter Gittern sitzt?"

Ich spann vor mich hin. Ich hatte keinerlei Beweise dafür, dass irgendeine meiner Anschuldigungen der Wahrheit entsprach. Doch als ich sah, wie sich ihr Blick verdunkelte und sie die Zähne aufeinander presste, wusste ich, dass ich auf dem richtigen Weg war.

„Sie haben da eine Menge Fantasie. Die wird Sie als Journalistin bestimmt weit bringen", knurrte sie. „Aber haben Sie auch irgendetwas in der Hand? Irgendetwas, dass Ihre Anschuldigungen unterstützt?"

Ich lächelte breit, einfach, weil ich wusste, dass es sie zur Weißglut bringen würde. „Oh. Das habe ich. Ihre Zettel."

„Was?", fauchte sie.

„Die Zettel, die Manuel in seine Socken gestopft hat mit ..." Ich hatte keine Ahnung, was die Zettel bedeuten sollten. „Na ja, jedenfalls sind die in der Zoohandlung – mit Ihrer Handschrift drauf. Das dürfte für die Polizei interessant sein, oder? Wenn sie wüsste, dass ..."

Ich konnte den Satz nicht zu Ende sprechen, denn ihre Faust traf mich am Kiefer.

Sie war eine kleine Person und die Kraft, die hinter ihrem Schlag lag, war nicht besonders groß. Groß genug jedoch, um mich einige Schritte zurückstolpern zu lassen und mir die Tränen in die Augen zu treiben.

Hanna schnappte sich die Plastiktüte, die immer noch auf dem Tresen lag, und wollte zur Tür hinausrennen – doch ich ließ sie nicht.

Ich war wütend!

Der gestrige Tag war die Hölle gewesen und sie trug zumindest eine Teilverantwortung dafür. Ich würde sie jetzt ganz sicher nicht laufen lassen!

Das Adrenalin von gestern schien immer noch in meinen Adern zu pochen und mit einem Schrei hechtete ich auf sie zu und riss sie zu Boden.

Wir schlugen hart auf, meine Knie und Ellenbogen durchzuckte ein scharfer Schmerz, doch es war mir egal. Ich griff nach allem, was ich kriegen konnte – vor allem Haare – während sie mit ihren Fingernägeln über mein Dekolleté kratzte.

„Sie sind die Pest!", kreischte Hanna.

Das nahm ich persönlich und drückte ihr meine flache Hand ins Gesicht, während wir uns auf dem Boden herumwälzten, bis mein Fuß etwas fand, gegen das ich mich stemmen konnte, und ich sie auf ihren Rücken rollte.

„Ihre Affäre wollte mich erschießen!", schrie ich sie an, während sie wild um sich schlug, und immer wieder meine Schulter traf.

„Er hätte einfach abdrücken sollen!", brüllte sie. „Ich habe ihm das Scheißding besorgt! Wieso können Männer nie genau das tun, was man ihnen sagt!?"

Sie schnappte mit ihren Zähnen nach meiner Hand und wütend zog ich sie an ihren Haaren zurück. Sie schrie vor Schmerz auf und schlug ihre Krallen in meinen Rücken, während sie tretend versuchte, wieder die Oberhand zu gewinnen.

„Wer sind Sie überhaupt, sich einzumischen? Lügen alle Leute an, schnüffeln herum!"

„Na ja, das ist besser, als meinen Lover dazu anzuheuern, meinen Freund umzubringen!"

„Er war ein Waschlappen, was hätten Sie getan?"

„Schlussgemacht!? Ich hätte ..."

Plötzlich schlossen sich zwei Hände um meine Oberarme und zogen mich mit einer ruckartigen Bewegung auf die Füße. Erschrocken ließ ich Hanna los, die ebenfalls von zwei Händen vom Boden aufgeklaubt wurde.

„Was genau denkst du, tust du da?", fragte Rispos Stimme interessiert an meinem Ohr.

„Sie ist eine verrückte Schlampe", brüllte Hanna und deutete mit einem Finger auf mich, während der Polizist hinter ihr Mühe hatte, sie festzuhalten.

„Sie ist eine Kriminelle, die Lars dazu gebracht hat, Manuel umzubringen", schrie ich zurück.

Ich konnte Rispo schwer ausatmen hören. „Dieser Tag hat kaum begonnen und schon ist er beschissen", murmelte er, bevor er mich losließ. „Schneider, bringen Sie Frau Neuger in ein Zimmer, ich muss ihr ein paar Fragen stellen."

„Sie glauben ihr?", fragte er verblüfft in meine Richtung nickend.

„Ich weiß nicht, wo Sie gerade waren, aber für mich hat sich das aus Frau Neugers Mund gerade wie ein verdammtes Geständnis angehört", stellte Rispo gelassen fest.

„Ich will einen Anwalt", spuckte Hanna aus.

„Natürlich wollen Sie den. Gute Wahl. Sie werden ihn gebrauchen können", nickte Rispo und deutete in einen Gang, in den der Polizist Hanna im nächsten Moment bugsierte.

Rispo drehte mich derweil an den Schultern um und betastete vorsichtig die Stelle, an der Hanna mich mit ihrem Kinnhaken getroffen hatte. Es musste sich ein großer blauer Fleck gebildet haben – zumindest tat Rispos Berührung echt weh und ich zuckte vor ihm zurück.

„Mir geht es gut!", blaffte ich gereizt. Bis gerade eben hatte ich mich noch nie in meinem Leben geprügelt, aber ich musste feststellen, dass ein Kampf einen anstachelte.

„Du hast mehr Glück als Verstand", murmelte Rispo und ließ seine Hände fallen.

„Habe ich nicht! Mein Verstand hat mich in diese Lage gebracht. Ich habe ihre Handschrift erkannt. Im Müll in der Zoohandlung sind lauter Zettel mit Zahlen und komischen Wörtern! Ich habe keine Ahnung, was sie zu bedeuten haben, aber es ist ihre Handschrift, und dann habe ich einfach wahllos Anschuldigungen um mich geworfen und ... ja, vielleicht hatte ich Glück damit, dass ich zufällig richtig lag und sie so ausgerastet ist. Vielleicht war das mehr Glück als Verstand. Aber ansonsten habe ich sehr viel mehr Verstand als Glück. Und du kannst mir nicht erzählen, dass ..."

„Hol Luft, Louisa, sonst hyperventilierst du gleich noch."

Ich dachte gar nicht daran, Luft zu holen!

„Ihr müsst diese Zettel holen. Bevor die Müllabfuhr kommt. Bevor ..."

„Beruhige dich. Wir haben die Zettel. Wahrscheinlich nicht deine, weil wir unsere schon vor ein paar Tagen aus dem Müll dort gefischt haben, aber wir haben genug von den Zetteln, um einen Handschriftenvergleich zu machen."

„Oh." Ich ließ mich auf meine Fersen zurückfallen. „Gut."

Rispo nickte. „Ja, gut. Was tust du überhaupt hier?"

„Ich wollte mit dir reden", sagte ich vorwurfsvoll. „Du bist gestern einfach weggelaufen."

„Ich bin nicht weggelaufen. Ich musste einen Mörder vernehmen."

Ich schnaubte. „Das ist dasselbe."

„Ist es nicht. Ich musste arbeiten."

Wieder schnaubte ich. Er konnte mir erzählen, was er wollte. Er war weggelaufen. „Schön. Rede dir das nur weiter ein", presste ich zwischen den Zähnen hervor. „Wenn du also gestern nicht reden konntest, können wir es dann jetzt tun?"

Josh machte einen Schritt zurück und schüttelte den Kopf. „Nein, ich muss Neuger vernehmen. Tut mir leid."

Ich sah ihn an, seine Augen frei von Emotionen jeglicher Art, und mein Kampfgeist sackte in sich zusammen.

„Kann das nicht ein paar Minuten warten? Kann die Arbeit nicht einmal hinten anstehen?"

„Kann sie nicht. Das ist mein Fall und ich werde ihn auch zu Ende bringen, Lou."

„Schön", sagte ich verbissen. Wir reden nachher. Heute."

Josh nickte.

„Josh – ich schwöre dir, wenn du jetzt nur nickst, weil du mich loswerden willst, benutze ich den Rest meiner Energie, um ..."

„Nein. Tue ich nicht. Wir reden. Später."

„Heute!"

„Sag ich doch: später."

Was immer das bedeuten mochte. Wie ich aus Erfahrung wusste, konnte ‚später' bei ihm alles heißen.

Kapitel 17

„Du wurdest mit einer Pistole bedroht?"

Die Hände in die Seiten gestemmt funkelte meine Mutter mir aus dem Türrahmen entgegen.

Ich verzog das Gesicht. Sie musste in einem früheren Leben ein Megafon gewesen sein.

„Woher weißt du das?", wollte ich wissen und putzte meine Schuhe auf der Matte ab, die vor der Tür lag.

Meine Mutter trat zur Seite, vehement den Kopf schüttelnd.

„Es tut nichts zur Sache, woher ich das weiß. Louisa Josephine Manu!" Ich lief an ihr vorbei und die Tür fiel geräuschvoll ins Schloss. „Das muss aufhören. Du kannst dich nicht alle naslang mit irgendwelchen Waffen bedrohen lassen. Wie sieht denn das aus?"

„Emily hat es dir erzählt, oder?"

„Louisa, lenk nicht vom Thema ab."

„Dann war es Jannis. Er ist die größere Tratschtante."

„Mit einer Pistole", wiederholte sie hysterisch. „Mein kleines Mädchen wurde mit einer Pistole bedroht. Das Messer vor ein paar Monaten war doch schon zu viel."

Da konnte ich ihr nur beipflichten. Ich rieb mir mit der Hand über mein Gesicht. Ich war müde. Ich wollte nur meinen Scheck abholen und dann zum Laden fahren.

Adern traten auf ihrer Stirn hervor. „Louisa, du bist keine Superheldin. Wie kannst du so dumm sein, irgendwelchen Verbrechern hinterherzujagen?"

„Mama, beruhige dich." Gott sei Dank hatte sie noch nicht von meinem Bitchfight mit Hanna auf der Wache gehört. Was sollten die Leute erst darüber denken? „Ich jage keinen Verbrechern nach. Das hat sich alles so ergeben und ich kann echt nichts dafür, dass Köln von einem Haufen Verrückter bevölkert ist."

Meine Mutter schnaubte und schob mich ins Wohnzimmer. „Wer im Glashaus sitzt, sollte nicht mit Steinen werfen, Fräulein."

Verblüfft blieb ich vor unserem Esstisch stehen und starrte sie mit offenem Mund an. „Hast du mich gerade verrückt genannt?"

„Mir fällt sonst keine Erklärung für dein Verhalten ein. Du brauchst einen Mann in deinem Leben. Jemand, der ..."

Ich legte meine Hand auf ihren Mund.

Ich hatte wirklich keinen Nerv dafür, weiter angeschrien zu werden.

Irgendwie fühlte ich mich heute dazu berechtigt, nur mit den Leuten zu sprechen, die mich nicht weiter aufregten. Ich hatte am vergangenen Tag genug Aufregung gehabt.

„Das Kind ist in den Brunnen gefallen, Mama", sagte ich und ließ langsam die Hand sinken. „Es ist passiert, ich wurde bedroht, aber mir geht es gut." Ich deutete auf mich selbst und drehte mich dann einmal im Kreis, um es ihr zu beweisen. „Siehst du? Noch alles an seinem angestammten Platz."

„Warum hast du einen Bluterguss am Kinn?"

„Den bildest du dir ein."

„Er ist dunkelblau!"

„Noch alles an seinem angestammten Platz", wiederholte ich. „Das ist es, worauf es ankommt, oder? Würdest du mir bitte einfach den Scheck geben, damit ich zum Laden kann?"

Mamas Lippen waren fest aufeinander gepresst und ich konnte ihre innere Debatte darüber, ob es so schlau war, mich mit meinem Willen durchkommen zu lassen, praktisch hören. Schließlich nickte sie kurz. „Schön. Er liegt oben."

Sie lief die Treppe hinauf und ich folgte ihr. Der vertraute Geruch nach Lavendel schlug mir entgegen und für einen kurzen Moment gestattete ich es mir, mir vorzustellen, dass ich wieder dreizehn und es meine größte Sorge war, dass der Pickel auf meiner Nase größer wurde.

Wir liefen in das Zimmer meiner Eltern ... und mein Blick fiel unweigerlich auf die dreckige Jeans, die noch immer über dem Lehnstuhl hing. Nur diesmal lag auch noch ein mit großen lehmartigen Flecken übersätes T-Shirt daneben.

Was zum Teufel ...?

„Hier ist er." Meine Mutter wedelte mit dem Scheck vor meiner Nase hin und her.

Ich ignorierte ihn. „Mama ... es tut mir leid, aber ich muss es wissen: Was tun diese dreckigen Kleidungsstücke hier?"

Sie folgte meinem Blick und bekam sofort wieder diesen missbilligenden Gesichtsausdruck, der mich seit meinem zwölften Lebensjahr verfolgte. „Fängst du schon wieder damit an?"

„Ja, natürlich", sagte ich leichthin. „Denn es lässt mich anzweifeln, was ich geglaubt habe, über dich zu wissen."

„Schön. Wenn du mich damit nicht in Ruhe lassen willst ... ich mache einen Töpferkurs."

Meine Augen waren nun so weit aufgerissen, dass es wehtat. Ich hatte mit so ziemlich allem gerechnet, angefangen damit, dass sie nachts Leichen von Leuten, die ihr Outfit kritisiert hatten, in der Erde verscharrte, aber ... mit einem Töpferkurs?

„Wieso machst du einen Töpferkurs?"

„Um Männer kennenzulernen."

„Ich bin verwirrt. Dir ist schon klar, dass du verheiratet bist, oder? Mit ... Papa?"

Verärgert sah sie mich an. „Ich suche keine Männer für mich, sondern für dich."

„Du ... was?" Ich musste mich verhört haben. „Du suchst nach Blind Dates für mich? In einem Töpferkurs?"

„Natürlich. Es gibt dort eine Menge vielversprechender Kandidaten."

„Aber ... aber ..." Ich brauchte eine Weile, bis ich die Macht über meine Worte wiederfand. „Wie kommst du auf die Idee, dass ich einen Mann gut finde, der töpfert?"

Malen, okay, Schlagzeug spielen oder Kinder aus einem brennenden Haus retten – aber töpfern?

„Du brauchst jemand Sensiblen, Louisa. Auch wenn du selbst das nicht sehen kannst. Männer die töpfern sind sensibel."

Männer die töpferten hatten eindeutig zu viel Freizeit!

Seufzend ließ ich meine Schultern sinken. „Mama. Wie oft soll ich es dir noch sagen: Ich will nicht, dass du mir einen Mann suchst. Weder einen, der töpfert, noch einen anderen. Ich kann mich allein um mein Liebesleben kümmern."

„Mhm", machte Mama pikiert. „Nimm es mir nicht übel, aber deine Vergangenheit lässt anderes vermuten."

Verdammt. Ich hasste Leute, die mich kannten!

„Och, Mama", sagte ich leise, langsam den Kopf schüttelnd. „Bitte. Gib mir wenigstens die Chance, selbst jemanden zu finden. Wenn ich in zwei Jahren immer noch alleine bin, kannst du gerne von vorne loslegen, aber bis dahin ... lass es einfach, okay?"

Meine Mutter sah mich lange an. Sie hatte dieselben grünen Augen wie ich und manchmal war es, als würde ich in einen Spiegel blicken. Doch diese erschreckenden Momente vergingen Gott sei Dank relativ schnell wieder.

„Du weißt, dass ich dich nur glücklich wissen will, oder Louisa?", fragte meine Mutter schließlich leise, und plötzlich kam sie mir viel verletzlicher vor, als ich geglaubt hatte.

Meine Augen brannten und ich nahm sie in den Arm. „Ich weiß", murmelte ich. „Aber ich glaube nicht, dass ein Töpferkurs der richtige Weg zu meinem Glück ist."

Mama tätschelte meinen Rücken und die Anstrengungen der letzten Tage fielen ein Stück weit von mir ab.

„Das ist schön zu hören. All dieser Dreck hat mich wirklich verrückt gemacht."

Ich lachte. „Danke, Mama."

„Wofür?"

„Dass du es sogar auf dich genommen hast, dreckig zu werden, nur um mich glücklich zu machen."

„Gerne."

„Gut. Dann nimmst du es mir auch nicht übel, wenn ich dich jetzt darum bitte, es zu lassen, oder?"

Wir ließen einander los und meine Mutter tätschelte meine Schulter. „Natürlich nicht, Liebes ... es gibt noch so viele andere Wege, für dich einen Mann zu finden."

Als ich schließlich beim Laden ankam, war es bereits nach zwei. Ich drehte das Schild um, kümmerte mich um die Pflanzen und zehn Minuten später ging die Tür des Ladens auf. Ich rechnete fest mit einem Mann mit Pistole und war positiv davon überrascht, dass es nur Trudi mit Kai im Schlepptau war.

„Hey ihr beiden", fing ich an, wurde jedoch von meiner Angestellten in eine feste Umarmung gezogen, die mir jede Luft aus den Lungen trieb und mich somit davon abhielt, weiter zu sprechen.

„Du hast ihn gerettet."

Ich räusperte mich unangenehm berührt und wollte die Umarmung lösen, doch Trudi hielt mich einfach fest. „Na ja, Trudi, also ... nicht wirklich. Die Polizei hatte den richtigen Täter schon länger auf dem Schirm. Das hätten die auch ohne mich geschafft."

„Papperlapapp. Du bist der Grund, warum mein Baby heute auf freiem Fuß ist."

Kai zog eine Grimasse bei dem Wort ‚Baby', doch Trudi konnte das nicht sehen, weil ihr Kopf ja immer noch an meine Schulter gepresst war.

„Trudi, ich habe wirklich nicht viel gemacht. Und eigentlich habe ich auch keine genaue Ahnung davon, was wirklich passiert ist."

„So bescheiden", murmelte sie und ließ mich endlich los. „Du bist eine Heldin."

Ich wünschte mir von ganzem Herzen, dass Rispo diesen Moment hier miterleben könnte.

„Danke, Trudi. Aber auf Heldentum kann ich verzichten, wenn das bedeutet, dass nie wieder jemand mit einer Pistole auf mich zielt."

Obwohl das im Nachhinein, wenn ich meine Panik verdrängte, alles in allem schon ein spannendes Erlebnis gewesen war.

Oh Mann, so musste das mit dem Kinderkriegen sein. Man vergaß den Schmerz und zurück blieben nur die positiven Erinnerungen. Wenn ich darüber nachdachte, dann war das äußerst ungesund.

Trudi hatte sich gerade weit genug entfernt, dass ich wieder richtig atmen konnte, da nahm Kai ihre Stelle ein. „Danke."

„Wie gesagt, ich habe nur ..."

„Danke, dass du an mich geglaubt hast. Obwohl du mich mit blutigen Händen über der Leiche hockend erwischt hast."

„Oh." Okay. Dafür durfte er dankbar sein. „Gern geschehen."

„Ich habe mir überlegt, dass du in meinen Laden kommen und dir ein Tier aussuchen kannst", bemerkte Kai mit einem Gesichtsausdruck, der mir zu verstehen gab, wie großzügig dieses Angebot war.

„Ähm, wow. Danke", sagte ich langsam. „Das ist sehr lieb, aber ich habe bereits einen Kater."

„Oh, dann gibt es Katzenfutter aufs Haus."

„Hundefutter."

Er blinzelte verwirrt. „Was?"

„Mein Kater frisst nur Hundefutter."

„Oh. Dann ... bekommst du Hundefutter."

Ich lächelte. „Abgemacht."

Sie blieben noch eine Weile im Laden, erzählten jedem Kunden, der es nicht hören wollte, dass ich einen Mörder geschnappt hatte – was nun wirklich nicht stimmte, zumindest, wenn man sich die Details ansah –, und gingen dann wieder. Trudi nahm sich den Tag frei, um mit ihrem Sohn Eis essen zu gehen. Dass ihr Sohn vierzig war, störte sie da offenbar wenig.

Um sechs schloss ich den Laden und machte mich auf den Nachhauseweg. Twinky begrüßte mich an der Tür und ließ sich einige Minuten lang zufrieden den Kopf und dann den Bauch kraulen, bevor er auf die Couch sprang und sich schlafen legte.

Ich war gestern Abend nicht einmal hier gewesen, um ihn zu füttern, fiel mir auf. Was war ich nur für eine schreckliche Katzenmama? Ich musste wirklich anfangen, meine Prioritäten neu zu setzen.

Ich zog mir eine Jogginghose und ein weites T-Shirt an und setzte mich mit einer Packung Schokoladeneis vor den Fernseher. In Krisensituationen war ich wirklich zu schwach, um gegen das Klischee anzukämpfen.

Wenn es allen Menschen in Büchern und Filmen half, Eis zu essen, dann musste es wohl stimmen. Und wenn es am Ende nur der Placeboeffekt war.

Ich hatte mich gerade durch die Hälfte der Packung gearbeitet, als es an meiner Tür klopfte.

Ich streckte mich, wischte an einem Fleck herum, den das Eis auf meinem T-Shirt hinterlassen hatte, und öffnete dann die Tür.

Rispo stand davor.

„Wie schaffst du es immer, ins Haus zu kommen?", fragte ich verwirrt. „Unten gibt es auch noch eine Tür!"

Rispo sah mich nicht an, hob nur eine Schulter und spazierte in mein Wohnzimmer.

Seufzend ließ ich die Tür zufallen, dann versuchte ich mein klopfendes Herz etwas zu beruhigen. Ich hatte mit ihm reden wollen, aber gleichzeitig hatte ich Angst vor dem Gespräch.

Rispo wurde schnell wütend, aber nicht auf die Art und Weise wie gestern. Er hatte einen Hitzkopf, regte sich auf und ließ es dann im nächsten Moment wieder fallen. Doch die Spannung, unter der seine Schultern standen, ließen mich ahnen, dass er den gestrigen Tag nicht einfach so wieder vergessen würde.

„Wir haben sie festgenommen", stellte Rispo fest, während er das Bild betrachtete, das über meiner Couch hing. Es zeigte eine Frau, die ihren Mittelfinger in die Kamera hielt. Sie war irgendwie mein Vorbild.

„Hanna Neuger?", fragte ich nach.

Er nickte knapp. „Hat mich nur drei Minuten gekostet, sie zum Reden zu bringen. War ziemlich durch den Wind nach eurem Kampf. Hat sich einen Nagel dabei abgebrochen – das hat sie wohl emotional und redselig gemacht."

Ich schnaubte. „Nun, das ist doch gut, oder? Dass sie beide hinter Gittern sitzen?"

„Ja", sagte Rispo nachdenklich, eine Hand in seinem Nacken. Es irritierte mich, dass er mich immer noch nicht ansah. „Sie war es auch, die dich gerammt hat. Lars war es, der die Drohanrufe gemacht hat. Sie haben von dir in der Zeitung gelesen und hatten Angst, dass du möglicherweise doch schlauer bist ... als die Polizei." Sein Kiefer knackte hörbar. „Als Hanna dich auch noch auf dem Campus hat herumschnüffeln sehen, hielt sie es für das Beste, die Abschreckungsmaßnahmen zu verstärken."

Ich lief rosa an, blieb aber wo ich war. Ich würde mich sicher nicht in sein Sichtfeld drängen, nur damit er mich endlich beachtete.

„Neuger hat die Preise festgelegt und Kunden gesucht. Sie kannte Lars aus ihrem Studium – Geografie und Biologie hat sich wohl teilweise überschnitten oder ... keine Ahnung. Sie wusste wohl, dass er in einer Zoohandlung arbeitet. Auf den Zetteln, die du im Müll gefunden hast, standen der Preis und das Codewort, das der Kunde benutzen sollte, um sich Lars zu erkennen zu geben. Weil Hanna sich aber aus der Sache raushalten wollte, hat sie immer ihren Freund mit den Informationen geschickt. Schnitzker war so paranoid und ängstlich, dass er sie nur persönlich übergeben wollte. Deshalb hat er die Zettel auch in seinen Schuhen versteckt." Rispo schüttelte bei dem Gedanken den Kopf. „Hätte er sie einfach per WhatsApp geschickt, wären wir wahrscheinlich nie darauf gestoßen. Verrückte Welt."

„Ja", sagte ich langsam. „Verrückt ... wieso erzählst du mir das?"

Er ignorierte die Frage und ging in meine Küche, um sich ein Glas Wasser einzuschenken. „Hanna hat dann irgendwann mit Lars angebändelt und als Manuel es herausgefunden hat und einen Batzen Schweigegeld verlangte, hatte sie die brillante Idee, ihn einfach umzubringen. Sie wollte es auf Kai schieben, weil sie von seinen vielen Vorstrafen wusste. Na ja. Die Stricknadeln waren eher ein Zufall, weil Lars sie zufällig im Eingangsbereich hat liegen sehen. Er wusste, dass sie Trudi gehören und dachte, dass man so den Verdacht noch mehr auf Kai lenken könnte. Dass Kai die Leiche dann auch noch gefunden hat, war das Glück der Dummen ... aber damit kennst du dich ja aus."

So langsam wurde ich sauer. „Könntest du mich bitte ansehen, wenn du mit mir sprichst, und mir erklären, warum du mir das alles erzählst?"

Rispo stellte das Glas auf die Anrichte, lehnte sich mit dem Rücken dagegen und fixierte mich. Ich hasste es, dass ich seine Augen nicht lesen konnte.

„Ich dachte, du würdest es gerne wissen."

„Das tue ich auch. Aber normalerweise willst du nicht, dass ich es weiß."

„Na ja, ich hielt es für besser, dir Bescheid zu geben, bevor du noch eine weitere Polizeiakte stiehlst."

Ich verschränkte die Arme vor meinem Körper. „Willst du mir das jetzt ewig vorhalten?"

„Ewig? Louisa, das ist keine Woche her."

Ich seufzte schwer. „Lassen wir das. Können wir nicht einfach vernünftig miteinander reden?"

„Worüber?", fragte er steinern.

„Über ..."

... uns.

„Über gestern."

Rispo hob eine Augenbraue. „Du meinst darüber, dass du nach nicht einmal vierundzwanzig Stunden dein Versprechen gebrochen und dich beinahe hast umbringen lassen?"

Unangenehm berührt senkte ich den Blick. „Nun ja ..."

„Darüber, dass du offenbar einen Todeswunsch hast und du meine direkten Anweisungen einfach so missachtet hast?"

„Ich ..."

„Oder etwa darüber, dass du dich einfach nicht aus dem Leben anderer heraushalten kannst und dich für einen Newage-Sherlock-Holmes hältst?"

„Das tue ich nicht", widersprach ich mit fester Stimme. „Und ich wollte mich raushalten. Wirklich. Es hat sich so ergeben."

„Es hat sich so ergeben, dass du in der dunklen Straße hinter einem Tatort herumgelungert hast?" Rispo erhob seine Stimme nicht, doch seine Augen waren so hart, dass mein Herz zwei Etagen tiefer rutschte. Auf einmal wollte ich doch nicht mehr, dass er mich ansah.

„Das war nichts weiter als ein dummer Zufall. Erst wollte ich Fotos von den Schlangen machen, und dann, als du meintest, dass ihr hinfahrt, wollte ich die

Festnahme mitansehen, und als da niemand war, wollte ich sichergehen, dass ..."

„Aber es war nicht deine Aufgabe, das zu tun", presste Rispo zwischen den Zähnen hervor. „Du bist nicht die Polizei, Lou. Du bist weder dazu autorisiert noch dazu geeignet einen Kriminalfall zu lösen. Du bist Blumenverkäuferin, Herrgott!"

„Blumenladeninhaberin – und das weiß ich doch, aber ..."

„Nein. Nichts ‚aber'. Kein Aber mehr von dir." Er rieb sich erschöpft mit der Hand über die Stirn. „Ich hatte dich gebeten, es fallen zu lassen, und du wusstest, dass es mir wichtig war. Du wusstest es, denn sonst hätte ich es dich nicht versprechen lassen. Doch das war dir scheißegal!"

„Nein, war es nicht!" Meine Stimme wurde jetzt immer drängender. „Das musst du mir glauben: Ich hatte wirklich vor, den Fall aufzugeben."

„Es vorzuhaben ist aber nicht genug!"

„Meine Güte, Josh", fuhr ich auf. „Ich habe es begriffen. Ich habe dich enttäuscht. Ich habe das Versprechen gebrochen.Es tut mir leid! Aber warum regt dich das nur so auf? Warum zum Teufel ist es dir so wichtig, dass ich mich komplett aus allem raushalte?"

„Weil meine Mutter bereits tot ist, weil sie sich in Dinge eingemischt hat, die sie nichts angingen", schrie er. „Da muss meine Freundin nicht gleich hinterherhechten!"

Stille legte sich über den Raum und mit geöffnetem Mund und geweiteten Augen starrte ich ihn an.

Ich wusste nicht, was mich mehr schockte. Dass er zugab, dass der Tod seiner Mutter ihn immer noch verfolgte oder dass er mich als seine Freundin bezeichnet hatte.

„Ich ... ich bin aber nicht deine Freundin, oder?"

„Nein", sagte er schroff. „Aber du könntest es werden und ... ich glaube nicht, dass ich damit zurechtkäme."

„Damit ... zurechtkämest?", wiederholte ich langsam, die Worte bitter in meinem Mund. „Meinst du mit mir als deiner Freundin?"

Rispo sah zu Boden, die Hand immer noch auf der Stirn.

„Es ist nicht nur die Sache mit dem Fall", murmelte er. „Es ist auch das Lügen und ... der ganze Rest. Ich hatte bereits eine Verlobte, die mich von vorne bis hinten belogen hat. Den Fehler mache ich ganz sicher nicht noch einmal."

Ein Kloß bildete sich in meinem Hals, denn ich war mir sicher, dass ich es war, die in diesem Zusammenhang den ‚Fehler' darstellte.

Meine Brust wurde unangenehm eng, und vielleicht wäre es besser gewesen, wenn Josh jetzt einfach aufgehört hätte zu reden. Doch das tat er natürlich nicht.

Er seufzte schwer und sah mich wieder an. Die Augen nicht mehr ganz so hart, aber dennoch nicht warm.

„Das Ding ist: Ich mag dich, Lou. Wirklich. Du bist ..." Er seufzte noch einmal. „Ich mag dich, okay? Aber ich kann mit einer Frau wie dir nicht zusammen sein."

Ich brauchte einige Minuten, um zu verarbeiten, was er da gerade gesagt hatte.

„Einer Frau wie mir?"

„Ja, wie dir." Er zuckte nicht einmal mit der Wimper, als er das sagte.

„Was soll das bitte heißen?"

„Na ja, du bist ... kompliziert. Arbeit."

„Arbeit?" Ungläubig sah ich ihn an. Rispos Worte taten weh, aber das hielt mich nicht davon ab, so langsam richtig wütend zu werden. Ich hatte das Gefühl, dass heute noch jemand einen Tritt in die Eier bekommen würde.

„Du weißt, was ich meine", murmelte er leise.

„Nein. Weiß ich nicht", widersprach ich und schluckte. „Ich weiß, ich habe Mist gebaut, und es tut mir leid. Ich hätte auf dich hören sollen, aber ..."

„Und da ist wieder dieses Aber. Lou, du kannst nicht alles mit einem Aber rechtfertigen. Das funktioniert so nicht. Zumindest nicht für mich."

„Was funktioniert so nicht?"

Rispo wedelte mit seinen Händen zwischen uns hin und her. „Wir. Das ... du bist im Moment einfach zu viel für mich."

Ich war ... „Was?"

„Lou, tut mir leid", unangenehm berührt kratzte er sich am Kinn. „Aber ... ich habe genug Leute in meinem Leben, auf die ich aufpassen muss und ... "

„Du machst Schluss?", unterbrach ich ihn, denn ich konnte es nicht mehr mit ansehen, wie er um das eigentliche Thema herumredete. „Wieso sagst du es nicht einfach? Obwohl – das kannst du ja gar nicht sagen, richtig? Da wir ja nie wirklich zusammen waren. Also willst du mich einfach nur nicht mehr sehen?"

„Ich ... ja. Sieht so aus." Seine Hand verschwand in seinen Haaren. „Es tut mir leid, wirklich, aber ... du hast selbst gesagt, dass du was Ernstes willst. Was Richtiges. Das kann ich dir nicht geben."

„Du willst es nicht."

Er schien verwirrt. „Was ist daran der Unterschied?"

Meine Hände ballten sich zu Fäusten. „Das ist ein sehr großer Unterschied." Aber ich hatte keine Energie, ihm diesen Unterschied zu erklären.

„Lou", murmelte er und stieß sich von der Anrichte ab. „Wie gesagt, es tut mir leid."

Wie sehr ich ihn dafür hasste, dass er tatsächlich so aussah.

„Aber es ist besser, dir das jetzt zu sagen. Es wäre unfair, dich hinzuhalten. Wenn es dir irgendwie hilft … ich bin wirklich froh, dass es dir gut geht."

Wieder klappte mir die Kinnlade herunter. „Wenn es mir irgendwie hilft?"

Mein Stolz erwachte zu neuem Leben.

„Wow. Danke. Du bist froh, dass es mir gut geht. Was bringt mir das?", fragte ich wütend. „Ich kann auch ohne dieses Wissen leben!"

Rispo war offenbar aufgefallen, dass meine Stimmung von verletzt zu wütend gekippt war, denn er schien auf einmal ein schlechtes Gewissen zu haben.

„Na ja, es ist die Wahrheit … ich bin sehr froh, dass es dir …"

„Raus."

Verblüfft hob er die Augenbrauen. „Was?"

„Ich will, dass du gehst", sagte ich ruhig, die Lippen zusammengepresst. „Du hast gesagt, was du sagen wolltest, ich weiß jetzt, dass du ein mieser Feigling bist, und mehr muss ich im Moment nicht wissen."

„Ich bin ein …"

„Raus, Rispo."

„Louisa, ich …"

„Bitte, geh einfach."

Er tat mir den Gefallen.

Als die Tür hinter ihm ins Schloss fiel, blieb ich noch einige Sekunden bewegungslos im Raum stehen. Das war anders gelaufen, als ich es mir gewünscht hatte. Sehr viel anders.

Ich ging ins Bad, spritzte mir Wasser ins Gesicht und richtete mich wieder auf. Mein Blick fiel in den Spiegel über dem Waschbecken und ein dicker Kloß bildete sich in meinem Hals. Es war nicht das erste Mal, dass jemand mit mir Schluss gemacht hatte. Aber es war das erste Mal, dass es meine Schuld war. Und das erste Mal, dass ich nicht gewollt hatte, dass es zu einem Ende kam.

Verdammt.

Ich war eine verliebte Vollidiotin. Ich hatte tatsächlich gedacht, dass Rispo mich gernhaben könnte. Gern genug, um … keine Ahnung.

Mist.

Meine Augen brannten.

Mist, Mist, Mist.

Er hatte mich aus seinem Leben gekickt. Einfach so.

Und während er das getan hatte, hatte ich nicht einmal heiß ausgesehen.

Ich fuhr zu Ari, weil sie sicherlich Schokolade im Haus hatte, und fand sie vor ihrer Haustür vor – schwer beschäftigt damit, ihren Gärtner zu knutschen.

Ich gönnte es ihr und trotzdem versetzte mir der Anblick einen Stich.

„Ich dachte, man küsst seine Angestellten nicht?", begrüßte ich sie und augenblicklich löste sie sich von Alejandro.

Als sie mich erblickte, grinste sie breit. „Ich habe eine Lösung gefunden."

„Welche?"

„Ich habe ihn gefeuert."

Ich lächelte schwach. „Gute Lösung."

Ari, die immer sofort bemerkte, wenn es mir nicht gut ging, schob Alejandro von sich weg. „Ale, du musst leider nach Hause gehen. Ich glaube, Lou hat Redebedarf."

Es war offensichtlich, dass er nicht nach Hause gehen wollte. „Aber ..."

Ari schüttelte den Kopf und gab ihm einen weiteren Kuss. „Nein. Du musst gehen. Lou braucht mich." Sie schubste ihn den Weg hinunter, und etwas hilflos hob ich meine Hand zum Abschied.

Als er nicht mehr zu sehen war, seufzte meine beste Freundin und zog mich in ihre Arme. „Rispo hat Schluss gemacht, was?"

Ich schniefte. „Er hat gesagt, ich sei zu viel."

„Och, Süße. Du bist nicht zu viel."

„Für ihn schon." Ich wischte die einzelne Träne weg, die sich dreist einen Weg aus meinem Augenwinkel gebahnt hatte, und wischte mir mit dem Handrücken über die Nase. „Und ich habe ihn wirklich gemocht. Das ist so unfair. Warum müssen Männer nicht ihre Inhaltsstoffe verraten, so wie bei Tiefkühlkost? Zwanzig Prozent heiß, aber dreißig Prozent Idiot und fünfzig Prozent Für-nicht-mehr-als-Sex-zu-haben, hätte mir sehr geholfen."

„Süße ... ich will nicht gemein sein, aber irgendwie stand das bei ihm auf der Stirn", gab Ari leise zu bedenken. „Komm rein. Rispo ist ein Vollidiot, dich gehen zu lassen."

Ja, das war er. Nur half mir das nicht weiter.

Wir gingen in die Küche, und Ari war gerade in ihrer Vorratskammer verschwunden, als mein Handy klingelte.

Unbekannte Nummer.

„Louisa Manu?", meldete ich mich.

„Hallo, Frau Manu. Sie sind doch die Blumendetektivin, oder?"

Ich runzelte die Stirn. „Ich bin die ... was?"

„Die Blumendetektivin. Die Frau mit dem Blumenladen, die Mordfälle aufklärt?"

„Öhm ... vielleicht?"

Der Mann am anderen Ende lachte. „Hallo. Ich bin vom Kölner-Blatt und ich hätte da ein Angebot ... Wären Sie daran interessiert, kostenlose Publicity zu bekommen?"

„Kommt drauf an. Muss ich mich dafür ausziehen?"

„Nein. Eigentlich müssen Sie nur das tun, was Sie ohnehin schon machen."

Das, was ich ohnehin schon machte, konnte ich gut. Ich lehnte mich in meinem Stuhl zurück.

„Okay. Legen Sie los."